थोड़ा-सा खुला आसमान

उपन्यास

थोड़ा-सा खुला आसमान

रामकठिन सिंह

लोकभारती प्रकाशन

लोकभारती प्रकाशन
पहली मंजिल, दरबारी बिल्डिंग, महात्मा गांधी मार्ग
प्रयागराज-211 001

वेबसाइट : www.lokbhartiprakashan.com
ईमेल : info@lokbhartiprakashan.com

शाखाएँ : 1-बी, नेताजी सुभाष मार्ग, दरियागंज
नई दिल्ली-110 002
अशोक राजपथ, साइंस कॉलेज के सामने
पटना-800 006
1, अनमोल सोराबजी संतुक लेन, धोबी तलाव,
मरीन लाइंस, मुम्बई-400 002

प्रथम संस्करण : 2021
द्वितीय संस्करण : 2023

मुद्रक : **राजकमल प्रेस**
नई दिल्ली-110 002

THODA SA KHULA ASMAN
by Ram Kathin Singh

ISBN : 978-93-90625-12-3

मूल्य : ₹695

भूमिका

अन्तरराष्ट्रीय धान-अनुसन्धान-संस्थान, फ़िलिपीन्स से रिटायरमेण्ट के बाद, अपनी एक संस्था के माध्यम से मैं पूर्वी उत्तर प्रदेश में किसानों के साथ काम करने लगा था। सुविधा की दृष्टि से, दिल्ली छोड़कर मैं लखनऊ आ गया। साहित्यिक अभिरुचि के नाते लखनऊ आने के बाद यहाँ होनेवाली साहित्यिक गोष्ठियों में मैं सक्रियता से भाग लेने लगा।

ऐसी ही एक गोष्ठी में मेरी मुलाक़ात डॉ. गिरीशचन्द्र श्रीवास्तव से हुई थी। दरअसल, वे ही उस गोष्ठी की अध्यक्षता कर रहे थे। गोष्ठी बड़ी नहीं थी। बस, यही कुल 15-16 लोग रहे होंगेः 'जलेस' से जुड़े हुए। मुझे भी कुछ कहने का मौक़ा मिला। चूँकि मैं वहाँ उपस्थित अधिकतर लोगों के लिए पूर्णतः अपरिचित था, अतः परिचय के रूप में मैंने अपनी वैज्ञानिक पृष्ठभूमि और अपनी संस्था के काम की संक्षेप में चर्चा करते हुए, अपनी साहित्यिक अभिरुचि का उल्लेख किया और 'मेरी गुड़िया' खण्डकाव्य से कुछ पंक्तियाँ सुनायीं। मुझे कम आश्चर्य नहीं हुआ, जब अपने अध्यक्षीय उद्बोधन में गिरीश जी ने ख़ास तौर पर मेरा ज़िक्र किया और मेरी संस्था के काम की तारीफ़ की।

संगोष्ठी समाप्त हो जाने के बाद वे मेरे साथ ही मेरी गाड़ी में अपने घर के लिए निकले। रास्ते में तमाम बातें हुईं। मैंने उनसे आग्रह किया कि वे मेरे घर एक कप चाय पीकर जायें। पर फिर कभी आने की बात कहकर वे रुके नहीं। चले गये। मेरा ड्राइवर उन्हें उनके घर छोड़ आया। जाने से पूर्व मैंने उन्हें अपनी पत्रिका 'शब्दिता' के नये अंक की एक प्रति और 'पापा की डायरी' पुस्तक भेंट की थी। ड्राइवर के साथ वे अपनी पत्रिका 'निष्कर्ष' के अलग-अलग अंकों की लगभग एक दर्जन प्रतियाँ भेजना नहीं भूले।

एक हफ़्ते बाद, एक दिन अचानक उनका फ़ोन आया। वे मुझसे मिलना चाहते थे। मैंने गाड़ी भेजकर उन्हें बुलवा लिया। छड़ी के सहारे धीरे-धीरे चलते

हुए वे मेरे ड्राइंग-रूम में आकर बैठे। उस दिन बहुत देर तक वे मेरे साथ रहे। बल्कि दोपहर का खाना भी उन्होंने हमारे साथ ही खाया। ऐसे में हमारे पास बातें करने का समय बहुत था। हमारी पत्रिका उन्हें बहुत पसन्द आयी थी। उन्होंने इसे एक बड़ा काम बताया और इस काम में मुझे हर सम्भव मदद देने का वायदा भी किया।...और उन्होंने उसे निभाया भी। अब बारी थी 'पापा की डायरी' की। वे उससे इतना प्रभावित हुए थे कि कहने लगे—"यह एक बेजोड़ आत्मकथा है। इसकी प्रस्तुति भी नयेपन का एहसास दिलाती है।"

दरअसल, 'पापा की डायरी' का ताना-बाना कुछ इस प्रकार बुना गया था, कि मेरी बेटी 'गुड़िया' उसे पढ़कर लोगों को सुनाती है। मेरे बचपन से लेकर पूर्वी जर्मनी में पी-एच.डी. करने और फिर हरियाणा और फैजाबाद कृषि विश्वविद्यालयों आदि के अनुभवों के साथ-साथ कृषि-विकास का इतिहास, भारत में आयी हरित-क्रान्ति, आदि का बहुत विस्तार से वर्णन किया गया है। येन-केन-प्रकारेण कुलपति बनने की होड़ तथा विश्वविद्यालयों में चल रही उठापटक की राजनीति तक, सब-कुछ तो है इसमें।

इस पुस्तक को लेकर एक ख़ास बात पर बल देते हुए गिरीश जी ने कहा कि मुझे इसका पुनर्लेखन करना चाहिए। 'पुनर्लेखन?' 'हाँ, पुनर्लेखन। एक उपन्यास के रूप में।' उन्होंने कहा कि आपके पास कहने को बहुत-कुछ है। बस डायरी का फारमेट बदलकर उपन्यास का रूप देना है, जो आपकी लेखन-शैली को देखते हुए क़तई मुश्किल नहीं होगा। मैं असमंजस में पड़ गया। उन्होंने यह बात कई बार दुहरायी। "ठीक है।...सोचूँगा।" "ज़रूर सोचिये! और इस काम को करिये! यह एक बड़ी उपलब्धि होगी।" अन्ततः उपन्यास लिखने की बात मेरे मन में घर कर गयी।

आख़िरी बार बीमार पड़ने से पहले, वे कई बार मेरे घर आये। हम देर-देर तक बातें किया करते। कहानियों के विषय में वे बहुत क्रिटिकल थे। लखनऊ के कई कथाकारों की कहानियों का उदाहरण देकर वे उनके दोष-गुण की चर्चा करते। डॉ. गिरीश स्वयं एक बड़े कथाकार तथा जाने-माने आलोचक थे। उनकी कहानियों के कई संग्रह प्रकाशित हो चुके थे। उन्होंने मेरी कई कहानियाँ पढ़ीं और अपने सुझाव दिये।

हर बार जब वे अपने घर जाने लगते, तो याद दिलाना न भूलते कि उपन्यास जल्दी आना चाहिए, क्योंकि मुझे उसे पढ़ना है। मैं बड़ी दुविधा में था।

उनकी बात पर मैंने कई बार सोचा। उपन्यास लिखने का मेरा मन भी बन रहा था। परन्तु जो चीज़ें मैं एक बार पहले लिख चुका हूँ, उन्हीं को दुबारा, एक-दूसरे फारमेट में प्रस्तुत करने की बात मुझे पचती नहीं थी।

दुर्भाग्य देखिये! एक दिन रात में ख़बर आयी कि गिरीश जी नहीं रहे। दूसरे दिन सुबह ही मैं उनके घर पहुँचा। ड्राइंग-रूम की फ़र्श पर उनका पार्थिव शरीर रखा हुआ था। उनके घर के लोगों के सिवा, अभी वहाँ कोई और नहीं पहुँचा था। मैं बड़ी देर तक उनके पास बैठा रहा और उनकी कही बातों के बारे में सोचता रहा। मैं जब वहाँ से चला तो मन बनाकर चला कि उपन्यास अवश्य लिखूँगा। यही मेरी उनके प्रति श्रद्धाञ्जलि होगी।

अभी मैं अपने उपन्यास के लिए प्लॉट की तलाश कर ही रहा था कि तभी 9 अक्टूबर को 'इण्डिया इनसाइड' के सम्पादक अरुण सिंह का एक नोट फ़ेसबुक पर आया। उन्होंने अपने इस नोट में 9 अक्टूबर, 1989 में बर्लिन की दीवार के गिरने की ख़ुशी में जर्मनी में हर साल मनाये जानेवाले विजय-दिवस पर अपने जर्मन दोस्तों को बधाई दी थी। उनका नोट पढ़कर मुझे जर्मनी में अपने विद्यार्थी-काल की एक घटना याद आ गयी। संक्षेप में घटना यह थी कि हुम्बोल्ट यूनिवर्सिटी में मेरे साथ जेनेटिक्स का कोर्स कर रहे एक विद्यार्थी–जुर्गेन–को विश्वविद्यालय से महज़ इसलिए निष्कासित कर दिया गया था, क्योंकि उसने तत्कालीन कम्युनिस्ट सरकार की दमनकारी नीतियों के ख़िलाफ़ आवाज़ उठायी थी। उस दिन हमारे प्रोफ़ेसर ने क्लास के बच्चों को बताया था, कि जुर्गेन को एक फैक्टरी में नौकरी दे दी गयी है, ताकि वह वहाँ रहकर समझ सके कि ज़िन्दगी इतनी भी आसान नहीं है और यह मज़दूरों-किसानों की अथक मेहनत का ही परिणाम है कि बच्चों को 'फ़्री' शिक्षा मिल पा रही है।

विश्वविद्यालय से जुर्गेन के निष्कासन की ख़बर भी उसी प्रोफ़ेसर ने दी थी।

अरुण सिंह के नोट से प्रेरित होकर मैंने इस घटना को 'बग़ावत' शीर्षक से फ़ेसबुक पर पोस्ट किया था। मेरे इस नोट पर तमाम प्रतिक्रियाएँ आयीं। परन्तु 'जनसन्देश टाइम' के सम्पादक डॉ. सुभाष राय के एक सवाल ने मुझे जुर्गेन की कहानी को नये सिरे से टटोलने के लिए बाध्य कर दिया। उन्होंने पूछा था–"जर्मनी के लिबरेशन के बाद क्या जुर्गेन का कुछ पता चला?" उत्तर में मैंने लिखा था, कि तत्कालीन सरकार की खुफ़िया पुलिस (स्टासी) के हत्थे

जो एक बार चढ़ गया, वह फिर कभी लौटकर अपने घर, अपने लोगों के बीच नहीं आया।

परन्तु सच कहें तो मुझे सही-सही पता नहीं था, कि यूनिवर्सिटी छोड़ने के बाद जुर्गेन का क्या हश्र हुआ! लेकिन जब मैं उपन्यास की रूप-रेखा तैयार करने लगा, तो जुर्गेन को ढूँढ़ना मेरे लिए अहम हो गया। दरअसल, कहानी की शुरुआत ही उसके यूनिवर्सिटी से निष्कासन के साथ हुई थी। मैंने अपने मित्र आल्फ़्रेड के माध्यम से जुर्गेन को ढूँढ़ भी लिया। जुर्गेन के साथ-साथ आल्फ़्रेड और उसकी पत्नी रिया की ज़िन्दगी में झाँकना भी ज़रूरी हो गया था, क्योंकि उनके बिना यह उपन्यास पूरा हो ही नहीं सकता था। इनके अतिरिक्त मेरी थीसिस के काम के को-गाइड और मेरे दोस्त डॉ. बेलमैन, मेरे गाइड प्रो. रुदोल्फ़ शिक्, डॉ. हंस आरेन्स, डॉ. रोथाकर, रेनी, पाउलीनो और अन्य बहुत-से लोग इस उपन्यास के किरदार बने। अपनी-अपनी भूमिकाओं के साथ; और इस तरह यह उपन्यास पूरा हुआ।

उपन्यास की कहानी मूल रूप से पूर्वी जर्मनी की पृष्ठभूमि पर रची गयी है। पूर्वी जर्मनी की उत्पत्ति कुछ विशिष्ट परिस्थितियों में हुई थी। द्वितीय विश्वयुद्ध में मित्र देशों—अमेरिका, इंग्लैण्ड, फ्रान्स एवं सोवियत यूनियन—की भारी विजय और जर्मनी की हार के बाद, जर्मनी के भविष्य को लेकर एक बड़ा प्रश्न खड़ा हो गया था। ये महाशक्तियाँ कदापि नहीं चाहती थीं कि जर्मनी फिर कभी एक मज़बूत राष्ट्र बनकर उभरे और दुनिया के लिए ख़तरे का कारण बने। जर्मनी को चार हिस्सों में बाँट दिया गया और एक-एक हिस्सा चारों महाशक्तियों के अधीन कर दिया गया। आपसी सहमति न बन पाने के कारण अगले चार वर्षों तक यथास्थिति बनी रही।

अन्ततः 1949 में पश्चिमी ताक़तों में अपने तीन हिस्सों को मिलाकर एक स्वतन्त्र राष्ट्र बनाने की सहमति बनी और इस तरह 'फेडेरल रिपब्लिक ऑफ जर्मनी' का जन्म हुआ। सोवियत-संघ इस योजना से अलग रहा। किन्तु उसने भी अपने हिस्सेवाले पूर्वी भाग की 'जर्मन डेमोक्रेटिक रिपब्लिक' नाम से एक नये राष्ट्र की स्थापना की जो मार्क्सवादी व्यवस्था पर आधारित था। इस तरह पश्चिमी जर्मनी, जहाँ खुली अर्थव्यवस्था और मुक्त बाज़ार के रास्ते चलकर शीघ्र ही आर्थिक रूप से एक विकसित देश बन गया, वहीं पूर्वी जर्मनी ने एक नियन्त्रित साम्यवादी व्यवस्था अपनायी, जो मज़दूर-वर्ग को इसका मुख्य आधार बनाती है। क्योंकि वह इस वर्ग को शोषित-वर्ग मानती है। साम्यवादी व्यवस्था

स्थापित करने के प्रयास में न केवल दमनकारी नीतियों का अनुसरण किया गया, अपितु भय का एक ऐसा वातावरण पैदा किया गया, कि जिससे लोग सत्ता के ख़िलाफ़ आँख उठाने की जुर्रत भी न कर सकें। परिणामस्वरूप, लोग डरे-सहमे रहते। गुलामों की तरह ज़िन्दगी जीते। सर्वहारा-वर्ग की जगह पार्टी की तानाशाही ने ले ली थी। लोगों पर इतने जुल्म ढाये गये कि जनता कराह उठी।

दिन-रात की जहालत का परिणाम यह हुआ कि जन-जन के मन में व्याप्त असन्तोष की आग सुलगने लगी, जो अवसर मिलते ही ज्वाला बनकर भभक उठी और पूरी व्यवस्था जलकर राख हो गयी। बर्लिन की अभेद्य दीवार ढह गयी। सीमाओं पर से प्रतिबन्ध हट गये। पूर्वी जर्मनी कम्युनिस्टों के चंगुल से निकल गया। लोग स्वतन्त्र हो गये। किन्तु घड़ी की सुई यहीं नहीं रुकी। पूर्वी जर्मनी का पश्चिमी जर्मनी में विलय हो गया, उसका अस्तित्व सदा-सदा के लिए समाप्त हो गया।

बर्लिन की दीवार ढहने और सीमाओं पर से प्रतिबन्ध हटा लिये जाने के बाद पूरब से पश्चिम की ओर भागकर जाने के लिए जो भगदड़ मची, वह कुछ उसी तरह थी जैसी कि हमारे देश में विभाजन के बाद भारत-पाकिस्तान सीमा पर देखी गयी थी। इस अफरा-तफरी और उथल-पुथल में हज़ारों परिवार बिखर गये, तमाम ज़िन्दगियाँ तबाह हो गयीं। आल्फ़्रेड की प्रेमिका-पत्नी रिया का विक्षिप्तावस्था में मनोरोग-चिकित्सा-संस्थान में पहुँच जाना अथवा आज़ादी की मशाल जलानेवाले जुर्गेन का विष देकर मार दिया जाना तो उस त्रासदी के बस उदाहरण मात्र थे।

उपन्यास की कहानी किसी एक पात्र या घटना पर केन्द्रित नहीं है। इसके किरदार समाज के अलग-अलग तबक़ों से आते हैं; अपने-अपने अनुभव और अनुभूतियों के साथ। ये पात्र अपनी जद्दोजहद-भरी कहानी बयाँ करते हुए, कम्युनिस्ट-शासन के वास्तविक चरित्र को उजागर करते हैं। साथ ही, यह सन्देश भी देते हैं कि हत्या और हिंसा के बल पर स्थापित व्यवस्था कभी स्थायी नहीं हो सकती। उसका अन्त भी हिंसा के द्वारा ही होता है।

एक बात मैं यहाँ अवश्य 'कन्फेस' करना चाहूँगा। मैं यह नहीं जानता था कि मेरे इस उपन्यास का अन्त एक ऐसे मोड़ पर जाकर होगा, जिसकी मैंने कल्पना तक नहीं की थी।

इस उपन्यास को लिखने की प्रेरणा मुझे डॉ. गिरीशचन्द्र श्रीवास्तव से मिली थी। अफ़सोस! आज वे इस दुनिया में नहीं हैं। मैं अपनी इस कृति को उनको श्रद्धाञ्जलिस्वरूप अर्पित करता हूँ। साथ ही, मैं श्री अरुण सिंह तथा डॉ. सुभाष राय का भी हृदय से आभार व्यक्त करना चाहता हूँ, जिन्होंने इस उपन्यास के प्लॉट को ढूँढ़ने में मेरी मदद की। प्रो. नेत्रपाल सिंह, मेरे अग्रज एवं गुरु, एक बड़े उपन्यासकार थे। उनकी कमी बहुत खल रही है। क्योंकि इस उपन्यास के लिखने में मैं उनकी सलाह से वंचित रह गया। मुझे पूर्ण विश्वास है, यदि वे जीवित रहे होते तो यह उपन्यास और बेहतर बन पाया होता। मेरा शत-शत नमन!

उपन्यास की पाण्डुलिपि को कई लोगों ने पढ़ा और अपने सुझाव दिये। इस सम्बन्ध में मैं प्रमुख रूप से प्रो. रामदेव शुक्ल, प्रो. रामशंकर त्रिपाठी, श्री तरुण निशान्त, डॉ. देवनाथ द्विवेदी, डॉ. ओम धीरज मिश्र तथा श्री शैलेन्द्र सागर जी का आभारी हूँ, जिनके अमूल्य सुझाव उपन्यास को बेहतर बनाने में मददगार रहे। प्रो. रामशंकर त्रिपाठी आजीवन शुद्ध हिन्दी-लेखन की दिशा में प्रयास करते रहे हैं। उन्होंने मेरी पुस्तक की पाण्डुलिपि को अक्षरशः पढ़ा और भाषा-सम्बन्धी त्रुटियों की ओर मेरा ध्यान आकृष्ट किया। मैं इसके लिए उनका विशेष तौर से आभारी हूँ। इसी तरह तरुण निशान्त जी का मैं विशेष आभारी हूँ कि उन्होंने उपन्यास के कई विन्दुओं की ओर मेरा ध्यान आकृष्ट किया, जिधर मेरा ध्यान नहीं गया था।

टाइपिंग और पुस्तक की साज-सज्जा के लिए मैं अपने सहयोगियों-रामशंकर एवं रूपा झा को हृदय से साधुवाद देता हूँ।

—रामकठिन सिंह

1

जुर्गेन और उसके साथियों द्वारा सुनियोजित ढंग से संचालित जन-आन्दोलन आख़िर रंग लाया। सरकार को झुकना पड़ा। सीमाओं पर से प्रतिबन्ध हटा लिये गये। जर्मनी को बाँटनेवाली बर्लिन की अभेद्य दीवाल टूटकर बिखर गयी। चारों ओर आज़ादी के नारे गूँज उठे। और जन-जन के मन में ख़ुशी की लहर दौड़ गयी।

जुर्गेन ने सोचा था—जब देश स्वतन्त्र होगा, तब सब मिलकर एक नया देश बनायेंगे- अपने सपनों का देश, जहाँ सब तरफ़ बस ख़ुशी-ही-ख़ुशी होगी। किन्तु...उसके बाद वहाँ जो कुछ हुआ, उसकी तो उसने कभी कल्पना भी नहीं की थी। देश छोड़कर भागनेवालों की जैसे होड़-सी लग गयी थी। लग रहा था, उसका देश जन-विहीन हो जायेगा। हर कोई, जो जहाँ था, जिस हाल में था, वह जल्दी-से-जल्दी सीमा पारकर दूसरी ओर जानेवालों की दौड़ में शामिल हो गया था। घर-परिवार...सब-कुछ पीछे छोड़कर। सबका बस एक ही मक़सद था—वर्षों से मन में सँजोये पश्चिम के स्वप्न-लोक में जल्दी-से-जल्दी पहुँच जाना।

और-तो-और आल्फ़्रेड की जान, रिया भी उस दौड़ में शामिल हो गयी थी। वह भी अकेले।...बग़ैर आल्फ़्रेड को अपने साथ लिये।

कभी 'लव बर्ड्स' के नाम से मशहूर आल्फ़्रेड और रिया, दो जिस्म एक जान थे। अगाध प्यार था उन दोनों में। उनकी जोड़ी भी बेमिसाल थी। बाँहों में बाँहें डाले, जब वे अपने घर से या ऑफ़िस से ग्रोस-लुज़ेवित्स की सड़कों पर निकलते, तो अनायास ही लोगों की नज़रें उनकी ओर मुड़ जातीं। चाहे

वे मेस में हों अथवा स्पोर्ट्स-हॉल में, या फिर संस्थान में आयोजित डान्स-डे पर : सब जगह बस वे ही दोनों नज़र आते। स्पोर्ट्स-हॉल के डान्स-फ़्लोर पर तो जब वे उतरते, तब शेष सभी जोड़े फ़्लोर छोड़कर अलग खड़े हो जाते और मन्त्र-मुग्ध होकर बस उनका ही डान्स देखते रहते।

पर...उस दिन! अचानक! न जाने क्या हुआ? वही रिया जो एक पल भी आल्फ़्रेड से अलग नहीं रह सकती थी, उसे छोड़कर बिना कुछ बताये चुपचाप ग्रोस-लुज़ेवित्स से चली गयी थी। कहाँ?...किसी को पता नहीं। सारा ग्रोस-लुज़ेवित्स स्तब्ध था। किसी को विश्वास नहीं हो रहा था कि रिया आल्फ़्रेड को छोड़कर चली गयी है।

निश्चय ही यह कोई सामान्य घटना नहीं थी। आल्फ़्रेड तो जैसे पागल ही हो गया था। वह उसे ढूँढ़-ढूँढ़ कर थक गया। कहाँ-कहाँ नहीं ढूँढ़ा उसने रिया को! हफ़्तों, महीनों, सालों। पर रिया...कहीं नहीं मिली उसे।...और जब मिली, तब इस हाल में मिली कि उसे देखकर आल्फ़्रेड की आँखें खुली-की-खुली रह गयीं।

एक लम्बे अन्तराल के बाद कमलेश्वर को जर्मनी जाने का अवसर मिला था। उसने पाँच साल का एक लम्बा समय कभी जर्मनी में बिताया था। वह एक विद्यार्थी के रूप में जर्मनी गया और वैज्ञानिक बनकर लौटा। उसने वहाँ जर्मन भाषा सीखी। फिर पी-एच.डी. की डिग्री हासिल की और कुछ समय तक पोस्ट-डॉक्टोरल शोध-कार्य किया। यह तब की बात है, जब अभी पूर्वी और पश्चिमी जर्मनी एक नहीं हुए थे; यानी उनका विलय नहीं हुआ था। बल्कि वे दो अलग-अलग स्वतन्त्र राष्ट्र थे; अलग-अलग व्यवस्थाओं के साथ—एक वामपन्थी, तो दूसरा दक्षिणपन्थी। इन दोनों शब्दों का अर्थ...और उनका मर्म भी तो वह वहीं जाकर समझ पाया था। वह खुद वामपन्थ-प्रशासित पूर्वी जर्मनी के रोस्टॉक विश्वविद्यालय का छात्र रहा था। आज भी जब कभी उसे 'जुमा-कुम-लाउडे' से अलंकृत डिग्री प्रदान किये जाने की बात याद आती है, तो वह रोमांचित हो उठता है। वह एक विशेष घटना थी! क्योंकि विश्वविद्यालय के इतिहास में पैंतीससाल के अन्तराल के बाद किसी विद्यार्थी ने यह उपलब्धि हासिल की थी, और एक नया कीर्त्तिमान् बनाया था। वह विद्यार्थी कोई और नहीं, बल्कि स्वयं कमलेश्वर ही था।

1968 में पी-एच.डी. की डिग्री पूरी कर लेने के बाद कमलेश्वर जर्मनी से वापस भारत लौट आया था। तबसे लेकर आज तक, वहाँ बहुत-कुछ घटित हो चुका था। बहुत-सारी स्थितियाँ बदल चुकी थीं। सबसे बड़ी बात तो यह हुई थी कि पूर्वी जर्मनी का पश्चिमी जर्मनी में विलय हो चुका था। और इस तरह, कभी एक स्वतन्त्र राष्ट्र के रूप में रहे पूर्वी जर्मनी का अस्तित्व सदा-सदा के लिए समाप्त हो गया था। पूर्वी जर्मनी के समाप्त हो जाने का मतलब था, एक कम्युनिस्ट-प्रशासित देश का अन्त हो जाना। और उसके साथ ही समाप्त हो जाना वामपन्थी विचारधारा का; एक ऐसी विचारधारा, जिसकी कभी विश्व-पटल पर दमदार उपस्थिति रही थी।

ख़ैर! ब्राउनस्वाइग, जहाँ उसे एक सेमिनार के सिलसिले में जाना था, वह जर्मनी के पश्चिमी हिस्से में बसा एक बड़ा और पुराना शहर है। तकनीकी शिक्षा, शोध और इण्डस्ट्रीज़ के लिए विश्व-भर में सुप्रसिद्ध यह शहर, कई अन्य मायनों में भी दुनिया में मशहूर था। एक तो यही कि सबसे पुरानी और मशहूर कार 'फ़ॉक्स-वैगन' ब्राउनस्वाइग में ही बनती थी। जी हाँ, वही 'बीटल' की शक्ल-जैसी फ़ॉक्स-वैगन कार, जो कभी दुनिया भर में नम्बर 'वन' हुआ करती थी। 'विज्ञान, कृषि और इण्डस्ट्री' विषय पर केन्द्रित वह अन्तरराष्ट्रीय सेमिनार इसी शहर में प्रस्तावित था। यहाँ की विश्व-प्रसिद्ध टेक्निकल यूनिवर्सिटी को होस्ट-इन्स्टीट्यूट की भूमिका मिली थी। दुनिया-भर के वैज्ञानिक, कृषिशास्त्री व इण्डस्ट्री के प्रतिनिधि इस सेमिनार में भाग लेनेवाले थे। उन्हीं में एक नाम कमलेश्वर का भी था।

कमलेश्वर बहुत ख़ुश था। वह इस अवसर का पूरा-पूरा लाभ उठाना चाहता था। उसकी ख़ुशी के अनेक कारण थे। एक तो यह कि जो खोज वह सुगन्धित धान की क़िस्मों पर पिछले कई वर्षों से कर रहा था, और जिनका व्यापार-इण्डस्ट्री की दृष्टि से बड़ा महत्त्व हो सकता था, वह उसे इस सेमिनार के माध्यम से विश्व के सामने प्रस्तुत कर सकेगा। वह सोचता—हो सकता है, कुछ लोग इन क़िस्मों में अपनी दिलचस्पी दिखायें और भविष्य में भारत उनका निर्यात कर फ़ायदा उठा सके। अभी तक इनकी खेती सीमित क्षेत्रों में ही होती रही है, किन्तु एक बार जब इनकी माँग बढ़ेगी, तब इनकी खेती का दायरा भी बढ़ेगा।

इस ख़ुशी के साथ-साथ, उसके मन में एक और भी ख़ुशी छिपी हुई थी। उसे विश्वास था कि उस सेमिनार में उसके कुछ पुराने जर्मन-साथियों से उसकी मुलाक़ात अवश्य होगी। वह उनसे मिलने के लिए बेताब था। पल-भर में ही ऐसे जर्मन-दोस्तों के दर्जनों चेहरे उसकी आँखों में नाच गये। उनसे जुड़ीं उसकी यादें जीवन्त हो उठीं और उसका चेहरा खिल उठा। एक और प्रश्न जो उसे बार-बार कुरेद रहा था, वह यह था कि जर्मनी के विलय के बाद आख़िर उसके साथियों का क्या हुआ! वह जानना चाहता था, कि जर्मनी के पूर्वी और पश्चिमी दोनों हिस्से आपस में घुल-मिल तो गये थे, पर क्या दोनों ओर के बाशिन्दों के मन भी मिल पाये थे? क्या विलय के बाद सब-कुछ ठीक-ठाक रहा; बिलकुल वैसा ही जैसा पूर्वी जर्मनी के लोग सोचते-चाहते थे?

उसे याद आता है। पूर्वी जर्मनी में तब ऐसे तमाम लोग थे, जो रात-दिन पश्चिमी जर्मनी जाने का सपना देखा करते थे। उनकी दृष्टि में वह 'जन्नत' था, जबकि पूर्वी जर्मनी 'नरक'। वहाँ स्वच्छन्द वातावरण में साँस लेने की पूरी आज़ादी थी, तो यहाँ घुट-घुटकर जीने की बाध्यता। अपने सपने को पूरा करने के उद्देश्य से कइयों ने तब बर्लिन की दीवार फाँदकर पश्चिमी जर्मनी जाने का जोख़िम भी उठाया था। जानें भी गँवायीं।...और अब! जब पूर्वी और पश्चिमी जर्मनी दोनों एक हो गये हैं, तब क्या उन्हें वह 'जन्नत' नसीब हो पायी है? क्या उन्हें वहाँ सब-कुछ वैसा ही मिला, जैसा वे कभी पूरब में रहकर सोचा करते थे?

उसे अचानक हेलमुत और उसकी विधवा माँ की याद आयी।

हेलमुत की माँ ग्रोस-लुज़ेवित्स के प्लाण्ट-ब्रीडिंग-संस्थान के उसी विभाग में काम करती थीं, जिनमें वह स्वयं काम कर रहा था। वे उसे भी पुत्रवत् मानतीं और प्यार करतीं। जब भी वे हेलमुत के लिए कोई विशेष 'डिश' बनातीं, तो वे कमलेश्वर के लिए भी अवश्य लातीं। उन्होंने ही तो एक दिन बताया था उसे।

...हेलमुत अभी पेट में ही था कि एक दिन उसके पिता किसी काम का बहाना बनाकर बर्लिन चले गये थे। किन्तु लौटकर वापस घर नहीं आये। अपने एक अन्य साथी के साथ बर्लिन की दीवार फाँदकर उस पार जाने की कोशिश में गोलियों से भून दिये गये थे। दूसरे दिन सुबह ही, ख़ुफ़िया पुलिस उनके

घर आ गयी थी और उन्हें पूछताछ के लिए अपने साथ लेकर चली गयी। कई दिन तक उनसे पूछताछ होती रही। परन्तु अन्त में जब उन्हें विश्वास हो गया कि उन्हें अपने पति की योजना के विषय में ज़रा भी इल्म नहीं था, तो उन्हें छोड़ दिया गया। कितनी दिक्क़त और परेशानियों से पाला था उन्होंने अपने बेटे हेलमुत को; यह बताते-बताते तब वे रो पड़ी थीं!

उसके को-गाइड, डॉ. क्लाउस बेलमैन ने भी तो उसे एक बार बताया था कि 1961 में बर्लिन की दीवाल बनने से पहले लगभग चालीस लाख लोग पूर्वी जर्मनी से भागकर पश्चिमी जर्मनी चले गये थे। इस पलायन को रोकने के उद्‌देश्य से ही तब सीमाएँ सील कर दी गयी थीं और बर्लिन की दीवाल बनायी गयी थी। इसके बावजूद, दीवाल के गिरने के दिन तक, पाँच हज़ार से ज़्यादा लोग दीवाल फाँदकर उस पार जाने की कोशिशों में मौत के घाट उतार दिये गये थे।...और सैकड़ों जेल की सलाख़ों के पीछे ज़िन्दगी बिताने के लिए मजबूर हुए थे।

यह सब क्यों हुआ? और किसलिए हुआ?...ये कुछ अहम् प्रश्न थे और कमलेश्वर हर हाल में इनका उत्तर पाना चाहता था।

वह अख़बारों में पढ़ता रहता था कि पुरुषों की अपेक्षा औरतें पश्चिमी जर्मनी जाने के लिए ज़्यादा इच्छुक रहती थीं। इसका एहसास तो उसे पूर्वी जर्मनी में अपने अध्ययन-काल के दौरान भी हुआ था। सम्भवतः यही कारण था, कि तमाम युवा जर्मन लड़कियाँ विदेशी पुरुषों से विवाह करने की इच्छुक रहती थीं। और इसी बहाने पूर्वी जर्मनी छोड़कर बाहर जाने का सपना पूरा करतीं।

...अचानक उसे पाल की दोस्त—लीना की याद आ गयी। लीना भी तो कुछ इसी तरह सोचा करती थी।

कमलेश्वर के मित्रों में एक नाम 'सत्यपाल रोड' का भी था। वह उसे 'पाल' कहकर बुलाता था। दोनों लगभग एक ही साथ जर्मनी आये थे। और साथ-साथ लाइप्सिस शहर के हर्डर इन्स्टीट्यूट में उन्होंने जर्मन भाषा सीखी। फिर सत्यपाल ड्रेसडेन चला गया और वह रोस्टॉक। पर छुट्टियों-त्योहारों पर उनका मिलना-जुलना बना रहा।

सत्यपाल पंजाब के जालन्धर शहर का रहनेवाला था। उसके परिवारवाले कपड़ों के बड़े व्यापारी थे। स्वभाव से मस्तमौला पाल एक लड़की से प्यार करने

लगा था। उसका नाम लीना था। लीना पाल के साथियों से भी खूब घुली-मिली थी। वे सब उसे प्यार से 'पाउलीनो' कहकर बुलाते थे। देखने में सुन्दर और आकर्षक शक्ल-सूरतवाली पाउलीनो एक अत्यन्त महत्त्वाकांक्षी युवती थी। पाउलीनो की बड़ी इच्छा थी कि वह पाल से शादी करके हिन्दुस्तान चली जाये। इसलिए वह पाल को शादी के लिए हर क्षण उकसाती रहती थी। अन्ततः पी-एच.डी. ख़त्म करते-करते, पाल ने पाउलीनो से शादी कर ली थी।

पाल से पहले कमलेश्वर की डिग्री पूरी हो गयी थी। और वह भारत आकर एक विश्वविद्यालय में काम करने लगा था। इस तरह पाल व पाउलीनो से उसका साथ छूट गया। इस बीच उसका कभी जर्मनी जाना भी नहीं हुआ। इसलिए फिर कभी उनसे उसकी मुलाक़ात नहीं हुई।

कई वर्ष बाद कमलेश्वर को एक बार पश्चिमी बर्लिन जाने का अवसर मिला। बर्लिन में कमलेश्वर का उसके विद्यार्थी-काल का एक मित्र, डॉ. भूपिन्दर सिंह अपने परिवार के साथ रहता था। पाल उसका भी बड़ा अच्छा मित्र था। भूपिन्दर से मिलने के बाद कमलेश्वर को पता चला कि पाल और पाउलीनो अब साथ-साथ नहीं रहते। उनका तलाक़ हो चुका है। भूपिन्दर ने उसे बताया कि शादी के बाद पाल अपनी पत्नी पाउलीनो को लेकर भारत चला गया था। वहाँ उसके माँ-बाप ने उन दोनों की हिन्दू-रीति से पुनः खूब धूम-धाम से शादी करायी। कुछ दिन जालन्धर में रहकर और भारत-भ्रमण करने के बाद, पाल पाउलीनो को लेकर पश्चिमी बर्लिन आ गया। पश्चिमी बर्लिन आकर पाउलीनो बहुत ख़ुश थी। उसका सपना साकार हो गया था। पाल को वहाँ की एक इन्जीनियरिंग फ़ैक्ट्री में नौकरी मिल गयी थी। और पाउलीनो ने भी एक प्राइवेट फ़र्म में नौकरी कर ली थी। वह आर्किटेक्चर से ग्रेजुएट थी। अतः उसे नौकरी मिलने में कोई दिक्क़त नहीं हुई।

भूपिन्दर ने उसे बताया कि पाल और पाउलीनो में बहुत शीघ्र ही मतभेद हो गया। इसका एक बड़ा कारण यह था कि पाउलीनो ने अपनी फ़र्म के ही किसी जर्मन लड़के से दोस्ती कर ली थी, जो धीरे-धीरे प्यार में बदल गयी। पाल ने उसे बहुत समझाया। भूपिन्दर ने भी एक-दो बार उससे बात की। पर पाउलीनो अब पूर्वी जर्मनीवाली पाउलीनो नहीं रह गयी थी। उसे पश्चिमी दुनिया की खुली हवा लग चुकी थी। सम्भवतः उसे यही चाहिए भी था। पाल से

मुहब्बत और फिर शादी : मानो एक छलावा-भर थी। उसने पाल को मात्र एक माध्यम बनाया था, ताकि वह पूर्वी जर्मनी के बन्द झरोखों से बाहर आ सके। अब वह स्वतन्त्र थी। आसमान में उड़ती और चहचहाती बुलबुल की तरह। पिंजरे में बन्द पंछी भी मौक़ा पाते ही आसमान में फुर्र हो जाता है। फिर लीना तो नये ज़माने की एक पढ़ी-लिखी युवती थी।

पाल की यह दर्दभरी कहानी सुनकर कमलेश्वर को बहुत अफ़सोस हुआ। उस दिन उसे अपने पूर्वी जर्मनी के आवास-काल के दौरान के वे तमाम विदेशी छात्र व उनकी गर्ल-फ्रेण्ड्स याद आयीं। और उन्हें लेकर कई प्रश्न उसके मन में उठे।...क्या वे सारी युवतियाँ वही चाहती थीं, जो पाउलीनो चाहती थी? क्या वे विदेशी युवक वैसे ही छले गये, जैसे उसका मित्र पाल छला गया था...? किन्तु क्या इस खेल में ख़ुद वहाँ की युवतियाँ छली नहीं गयीं? ख़तरा तो उनके लिए भी कम नहीं था। एक उदाहरण तो ख़ुद उसके सामने रीटा का ही था। यह उसके ग्रोस-लुज़ेवित्स में प्रवास के दौरान की बात है। एक युवा भारतीय वैज्ञानिक एक साल की ट्रेनिंग के सिलसिले में ग्रोस-लुज़ेवित्स आया हुआ था। कुछ समय बाद ही उसकी दोस्ती रीटा से हो गयी थी, जो दिनोंदिन प्रगाढ़ होती गयी। एक साल का समय बीतते देर नहीं लगी। उसका प्रशिक्षण समाप्त हुआ और वह भारत लौट आया। उसके भारत लौटने के कुछ दिन बाद रीटा ने कमलेश्वर को बताया कि वह उसके बच्चे की माँ बननेवाली है। कुछ महीनों बाद रीटा ने एक पुत्र को जन्म दिया। वह बहुत ख़ुश थी। कमलेश्वर उससे मिलने अस्पताल गया था। उस दिन वह अपने उस भारतीय मित्र को बहुत याद कर रही थी।

उसके दो वर्ष बाद तक कमलेश्वर ग्रोस-लुज़ेवित्स में रहा। रीटा अक़सर अपने बेटे के साथ उससे मिलने आती। यों तो रीटा ने उससे कभी कुछ कहा नहीं। परन्तु न जाने क्यों, उस बच्चे को देखते ही उसके मन में एक अजीब-सी पीड़ा महसूस होती। सोचता—वह बच्चा बड़ा होकर अपने बाप के बारे में अपनी माँ से अवश्य जानना चाहेगा। पर माँ को तो मात्र इसके कि उसका पिता एक हिन्दुस्तानी है, यह भी नहीं पता था कि वह हिन्दुस्तान में रहता कहाँ है! निश्चय ही रीटा अकेली ही ऐसी युवती नहीं थी, जिसे ऐसे दिन देखने पड़े होंगे।

वह सोच रहा था—क्या इसमें सारा दोष पाउलीनो, रीटा या उनकी ही तरह की उन तमाम युवतियों का ही था, जो बन्द कमरों में साँसें लेने के लिए मजबूर थीं? अथवा उस व्यवस्था का, जिसके हाथ में इन बन्द कमरों की चाभियाँ थीं? शायद इसका उत्तर वह जर्मनी पहुँचकर ढूँढ़ पाये!

2

टेक्निकल यूनिवर्सिटी के पास ही एक होटल में कमलेश्वर के ठहरने की व्यवस्था की गयी थी। होटल में चेक-इन कराकर वह अपने कमरे में जाने के बजाय, लॉबी में ही बैठ गया। एक कप कॉफ़ी मँगवायी और धीरे-धीरे कॉफ़ी का स्वाद लेने लगा। उसकी नज़रें होटल के मुख्य-द्वार और स्वागत-केन्द्र की ओर टिकी थीं। सोचता–शायद उसका कोई जाननेवाला उसी होटल में ठहरा हो, और आते-जाते उसे दिख जाये! पर घण्टों इन्तज़ार के बाद भी, जब उसे कोई अपना परिचित आते-जाते दिखायी नहीं दिया, तब वह अपने कमरे में चला गया। दूसरे दिन सुबह समय से टेक्निकल यूनिवर्सिटी के रजिस्ट्रेशन-चैम्बर में पहुँचकर उसने अपना रजिस्ट्रेशन करवा लिया। और फिर वहीं एक सोफ़े पर बैठकर आने-जानेवालों को निहारता रहा। पर यहाँ भी उसको निराशा ही हाथ लगी; कोई उसका परिचित दिखायी नहीं दिया। उद्घाटन-सत्र के शुरू होने का समय हो गया, तो वह वहाँ से उठकर यूनिवर्सिटी के ऑडिटोरियम में चला गया। और स्टेज़ के पास ही एक सुभीतेवाली कुर्सी पर अपना स्थान ग्रहण कर लिया।

उद्घाटन-सत्र में मुख्य-अतिथि के रूप में जर्मनी के मिनिस्टर ऑफ़ इण्डस्ट्रीज़ मौजूद थे। उन्होंने अपने संक्षिप्त उद्बोधन में ख़ासतौर पर जर्मनी के पूर्वी भाग, अर्थात् तत्कालीन पूर्वी जर्मनी (जीडीआर) वाले हिस्से में इण्डस्ट्री के विकास पर प्रकाश डालते हुए बड़ी साफ़गोई के साथ कुछ बातें बतायीं। उन्होंने इस बात को स्वीकार किया कि पूरब में आर्थिक विकास पश्चिम की तुलना में अभी भी काफ़ी पीछे है। इसका प्रमुख कारण यह रहा है कि वहाँ का औद्योगिक उत्पादन तो कम था ही, उनकी अधिकांश वस्तुएँ भी प्रौद्योगिकीय दृष्टि से पश्चिमी अत्याधुनिक प्रणाली से लगभग दो दशक पुरानी थीं और इस कारण बाज़ार में उनकी माँग भी बहुत कम हो गयी थी। हालाँकि, इस बीच

समृद्धि के कई क्लस्टर—ड्रेसडेन, लाइप्सिस, जेना, एअरफर्ट आदि कुछ शहरों के इर्द-गिर्द आकार ले चुके हैं। परन्तु यह भी सही है कि अभी तक किसी बड़ी जर्मन कम्पनी ने उस हिस्से में अपना उत्पादन शुरू नहीं किया है। इसका प्रमुख कारण वहाँ इन्फ्रास्टक्चर आदि सुविधाओं की कमी रहा है।

मिनिस्टर साहब ने अफ़सोस जताते हुए कहा, यह बड़े दुर्भाग्य की बात है कि जहाँ हमारे देश के पश्चिमी हिस्से में कई नगर और बर्लिन के मेट्रोपोलिटन क्षेत्र तेज़ी से फल-फूल रहे हैं, वहीं पूर्वी जर्मनी की बड़ी पट्टियाँ निर्जन होती जा रही हैं। 1990 में, विलय के पूर्व वहाँ की आबादी एक करोड़ सत्तर लाख के आस-पास थी, जो घटकर एक करोड़ चालीस लाख तक आ गयी है। इसकी एक बड़ी वजह रही है—ऊर्जावान् और महत्त्वाकांक्षी युवाओं का बड़ी संख्या में पश्चिम की ओर पलायन, जिन्होंने अपने क्षेत्र में किसी आर्थिक चमत्कार की उम्मीद छोड़कर पश्चिम की ओर जाने का फ़ैसला किया। इसका दुष्परिणाम यह हुआ है कि पूर्वी हिस्से में जहाँ योग्य और कुशल युवाओं की कमी हुई है, वहीं पश्चिमी जर्मनी में बड़े पैमाने पर हुए इमिग्रेशन के कारण नौकरियों के लिए स्पर्द्धा बहुत बढ़ गयी है। बहरहाल, आर्थिक रूप से पूर्वी जर्मनी अब रफ़्तार पकड़ रहा है। इसका प्रभाव एकीकृत जर्मनी में दिख भी रहा है।

उन्होंने इस बात को भी स्वीकार किया कि पूरब और पश्चिम के लोगों के मूलभूत मनोभावों में अभी भी सुस्पष्ट भिन्नता है। इसमें ज़्यादा ताज़्जुब नहीं है। क्योंकि विभाजन के लगभग चालीस वर्षों में विकसित विशिष्ट मानसिक साँचे और मानसिकता को, जो लगभग दो पीढ़ियों को प्रदान किया गया था, एक़दम ख़त्म कर देना आसान नहीं है। उम्मीद है, समय के साथ ये दूरियाँ भी घटेंगी और एक-दूसरे के प्रति अपनत्व का भाव बढ़ेगा। पूरब के प्रति पश्चिम के लोगों के सौतेले व्यवहार को ख़ारिज़ करते हुए, उन्होंने कहा—"निश्चित रूप से यह कोई कम महत्त्व की बात नहीं है कि एकीकृत जर्मनी की वर्तमान चान्सलर एञ्जेला मर्केल और राष्ट्राध्यक्ष जोआख़िम गौक, दोनों ही पूर्वी भाग में पैदा हुए और पले-बढ़े। उनके होते हुए किसी तरह की नाइन्साफ़ी की कल्पना भी बेबुनियाद है।"

अन्तरराष्ट्रीय कम्युनिटी के सामने एक मिनिस्टर के द्वारा इस तरह की सफ़ाई देना, कमलेश्वर को बहुत खटका।

उन्होंने अपने भाषण का अन्त इस आशय के साथ किया कि यह सेमिनार इण्डस्ट्री के विकास और आयात-निर्यात के नये द्वार खोलेगा, जो जर्मनी और उसके मित्र-देशों के वासियों की समृद्धि में सहायक होगा। कमलेश्वर भी तो इसी आशा और विश्वास के साथ इस सेमिनार में भाग लेने आया हुआ है।

उद्घाटन-सत्र के बाद चाय की व्यवस्था की गयी थी। फिर पहला सेशन शुरू होना था। उस सेशन में पहला लेक्चर कमलेश्वर का ही था। चाय के लिए लम्बी लाइन लगी थी। कमलेश्वर भी उसी लाइन में खड़ा होकर अपनी बारी के आने का इन्तज़ार करने लगा। अन्ततः जब उसका नम्बर आया, और उसने चाय की प्याली हाथ में उठायी ही थी कि उसे अपने कन्धे पर किसी के हाथ रखने का एहसास हुआ। इसके पहले कि वह पीछे मुड़े और देखे, कि उसके कन्धे पर हाथ रखनेवाला कौन है—किसी ने उसका नाम लेकर पुकारा। वह आवाज़ पहचान गया। आवाज़ उसके जिगरी दोस्त आल्फ़्रेड की थी। वह पीछे मुड़ा तो देखा कि आल्फ़्रेड उसके पीछे ही खड़ा है।

"आल्फ़्रेड!"

"कमल!"

दोनों ने एक साथ कहा और एक-दूसरे को आलिंगन में भर लिया। कुछ क्षण बाद जब उन्हें एहसास हुआ कि वे दोनों पंक्ति में खड़े अन्य लोगों का रास्ता अवरुद्ध किये हुए हैं, तो वे बिना चाय लिये ही पंक्ति से बाहर निकल गये और हॉल के एक कोने में रखे सोफ़ासेट पर जाकर बैठ गये।

कुछ देर वे दोनों यों ही चुप बैठे रहे। किसी ने कुछ नहीं कहा। बस, एक-दूसरे को एकटक निहारते रहे।

"अकेले ही आये हो?" कमलेश्वर ने चुप्पी तोड़ते हुए पूछा।

"हाँ! अकेला ही आया हूँ।...रेनी किसी आवश्यक कार्य में बिजी थी, तो. .."

"रेनी?" कमलेश्वर ने मन-ही-मन दोहराया, और आल्फ़्रेड को प्रश्नभरी नज़रों से घूरकर देखा।

आल्फ़्रेड ने कमलेश्वर की आँखों में साफ़-साफ़ देख लिया था, कि वह रेनी नहीं, 'रिया' के बारे में पूछ रहा है। उसे मालूम था कि असलियत जानने के बाद कमल बहुत दुःखी होगा। उसे भला-बुरा कहेगा। डाँटेगा। और तमाम सवाल भी करेगा।

"सॉरी यार, कमल! मैं तुम्हें बता नहीं पाया। पर रिया अब मेरे साथ नहीं रहती।...रेनी ही मेरी पत्नी है।"

आल्फ़्रेड की बात सुनकर कमलेश्वर भौंचक रह गया। उसे उसकी बात का विश्वास नहीं हुआ। आल्फ़्रेड और रिया के एक-दूसरे से अलग होने के बारे में तो वह कभी सपने में भी सोच नहीं सकता था। उसे लगा, आल्फ़्रेड मज़ाक कर रहा है।...पर, ऐसा मज़ाक! कुछ उत्तेजित होते हुए उसने आल्फ़्रेड से कहा— "क्या बकवास कर रहे हो!...रिया साथ नहीं रहती!...रेनी मेरी पत्नी है!...क्या मतलब है इस सबका?" कमल का चेहरा तमतमा उठा था।

बात आगे बढ़ती कि प्रथम सत्र के शुरू होने का एलान सुनायी पड़ा।

"मेरा पहला लेक्चर है। इसलिए मुझे अभी जाना होगा। किन्तु यदि यह बात सही है कि रिया अब तुम्हारे साथ नहीं रहती, तो ऐसा कब और क्यों हुआ? कैसे हुआ? वह गयी तो कहाँ गयी? इसका जवाब तो तुम्हें देना ही होगा!" कमलेश्वर ने अपनी सीट से उठते हुए कहा।

"देखो कमल! यह एक लम्बी कहानी है। फिलहाल तो हम सेमिनार अटेण्ड करते हैं। शाम को यहाँ से ख़ाली होने के बाद हम किसी एक 'लोकल' रेस्तराँ में जाकर साथ-साथ डिनर करते हैं। ये सब बातें वहीं होंगी।...ऐसी बहुत-सारी बातें हैं, जो मुझे तुम्हें बतानी हैं, उन्हीं में तुम्हारे प्रश्नों के उत्तर भी मिल जायेंगे।" आल्फ़्रेड ने अपनी सीट से उठते हुए कहा।

कमलेश्वर ने भारी मन से हामी भरी, और दोनों सेमिनार-हॉल की ओर चल दिये।

3

संयुक्त सत्र होने के नाते पूरा ऑडिटोरियम खचाखच भरा हुआ था। सेमिनार के इस प्रथम सत्र में कुल तीन 'इन्वाइटेट लेक्चर' प्रायोजित थे, जिसमें पहला लेक्चर कमलेश्वर का ही था। वैज्ञानिकों की ऐसी बड़ी भीड़ को सम्बोधित करने का अवसर तो उसे पहले भी कई बार प्राप्त हुआ था। पर इस बार उसका उत्साह इसलिए बढ़ गया था, क्योंकि वह अपने देश की एक ऐसी धरोहर पर चर्चा करने जा रहा था, जिसके विषय में लोगों को बहुत कम जानकारी थी, या कहें कि बिलकुल नहीं थी। और चूँकि इस बैठक में वैज्ञानिकों के साथ-साथ इण्डस्ट्रीज़ के प्रतिनिधि भी बड़ी संख्या में उपस्थित थेः यह उसे और भी ऊर्जा दे रहा था। संक्षिप्त परिचय के साथ, अध्यक्ष महोदय ने कमलेश्वर को अपना वक्तव्य प्रस्तुत करने के लिए आमन्त्रित किया, तो सभागार में बैठे लोगों ने उसका स्वागत तालियाँ बजाकर किया।

कमलेश्वर का वक्तव्य भारत में सुगन्धित धान की प्रजातीय विविधताओं पर केन्द्रित था।

अध्यक्ष को सम्बोधित कर, कमलेश्वर ने अपना वक्तव्य शुरू किया। उसने बताया कि धान भारत की प्रमुख फसल है और चूँकि भारत ही धान की उत्पत्ति का केन्द्र माना जाता है, इस कारण यहाँ धान की क़िस्मों में भारी विविधताएँ पायी जाती हैं। कुछ साल पहले तक यहाँ धान की हज़ारों क़िस्में उगायी जाती थीं। परन्तु इधर कुछ वर्षों में इनमें से ढेर-सारी प्रजातियाँ एक-एक कर विलुप्त हो गयीं। ख़ासतौर से, सन् साठ के दशक के मध्य से जब अधिक उपज देनेवाली बौनी प्रजातियों का प्रचार-प्रसार बढ़ा, किसानों ने कम पैदावार देनेवाली पुरानी प्रजातियों को एक-एक कर टाटा-बॉय-बॉय कर दिया। यह तो भला हो जाने-माने कृषि-वैज्ञानिक, विश्व-प्रसिद्ध केन्द्रीय धान-अनुसन्धान-संस्थान, कटक

(इण्डिया) के पूर्व निदेशक डॉ. आर.एम. रिचार्या का, जिन्होंने उन्नीस हज़ार से भी ज़्यादा धान की क़िस्मों को एकत्र किया, जो आज भी धरोहर के रूप में इन्दिरा गाँधी कृषि विश्वविद्यालय, रायपुर (इण्डिया) में सुरक्षित हैं।

अपनी बात को आगे बढ़ाते हुए, कमलेश्वर ने बताया कि भारत में धान की प्रजातियों का एक बड़ा और अति-विशिष्ट वर्ग सुगन्धित क़िस्मों का है और इनमें एक बहुप्रचलित क़िस्म है 'बासमती'। बासमती चावल का पूरे विश्व में कोई सानी नहीं है। यों तो बासमती धान की खेती केवल हिमालय की तराई में होती है, परन्तु उसकी महक दुनिया के हर सौभाग्यशाली परिवार की रसोई की शान मानी जाती है। कमलेश्वर ने बताया कि बासमती के अलावा भारत में सुगन्धित धान की कई और भी क़िस्में उगायी जाती रही हैं, जिनमें चावल के दाने की लम्बाई एवं आकार के अतिरिक्त बासमती के अन्य सभी गुण प्रचुरता में विद्यमान हैं। कोई-कोई तो उससे भी बेहतर रहीं। किन्तु खेद की बात है कि इनमें से ज़्यादातर क़िस्में या तो विलुप्त हो चुकी हैं अथवा विलुप्ति की कगार पर हैं।

नरेन्द्रदेव कृषि विश्वविद्यालय, फ़ैज़ाबाद (इण्डिया) में अपने कार्यकाल के दौरान कमलेश्वर ने बहुत चाहा था कि उस क्षेत्र की कुछ प्रचलित सुगन्धित धान की क़िस्मों पर कार्य हो, पर कतिपय कारणों से काम शुरू होने के बावजूद कोई ख़ास प्रगति नहीं हुई। अन्तरराष्ट्रीय धान-अनुसन्धान-संस्थान, फिलिपीन्स (इर्री) में आने के बाद उसने इस काम को अंजाम देने के उद्‌देश्य से इर्री के सहयोग से एक योजना बनायी और कार्य प्रारम्भ किया। वास्तविक स्थिति का जायज़ा लेने के उद्‌देश्य से कमलेश्वर की टीम ने उन सभी क्षेत्रों का दौरा किया जहाँ-जहाँ भी ये प्रजातियाँ उगायी जाती रही हैं। यात्रा का प्रारम्भ देहरादून शहर के पास स्थित शेवला-माज़रा गाँव से हुआ, जो कभी विश्व-प्रसिद्ध देहरादूनी बासमती का गढ़ हुआ करता था। पर वहाँ की स्थिति तो एकदम बदली हुई मिली। कभी पूरे जवार (क्षेत्र) को अपनी सुगन्ध से महमहानेवाले बासमती धान के खेत अब मकानों व गोदामों में परिवर्तित हो गये थे। बस कुछ इने-गिने थोड़े-से किसान ही बासमती धान की खेती कर रहे थे।

धान की फ़सल कट गयी थी। खेत ख़ाली पड़े थे। अतः उन लोगों ने घर-घर जाकर किसानों से बात की, तथा बासमती धान के सैम्पल इकट्ठे किये। यों तो सभी सैम्पल देहरादूनी बासमती के ही थे, पर मिश्रण के कारण उनमें भिन्नता इतनी अधिक थी, कि किसी को भी यह सुनिश्चित कर पाना

मुश्किल होता कि उनमें असली देहरादूनी बासमती कौन-सा था! किसानों का तो यह भी दावा था कि अब इस प्रजाति में वह बात नहीं रही, जिसके लिए कभी देहरादूनी बासमती प्रसिद्ध हुआ करती थी।

इस सम्बन्ध में कमलेश्वर ने एक ढाबेवाले की बात का भी ज़िक्र किया। ऋषिकेश के आगे पहाड़ी पर स्थित तपोवन-क्षेत्र का दौरा करने के बाद उसकी टीम लौट रही थी कि सड़क पर एक ढाबा दिखायी पड़ा। वे वहीं कुछ देर विश्राम करने व चाय पीने के उद्‌देश्य से रुक गये। बैठे-बैठे वे सब 'तपोवन बासमती' के विषय में बातें कर रहे थे। तपोवन-बासमती कभी उस क्षेत्र की अत्यन्त लोकप्रिय सुगन्धित धान की प्रजाति हुआ करती थी। स्थानीय लोग इसे 'लाल बासमती' के नाम से भी पुकारते थे। ढाबेवाला बड़े ध्यान से उनकी बातें सुन रहा था। जब वह चाय बनाकर देने लगा तो उसने उन्हें बीच में टोकते हुए कहा, "बाबू जी, अब वह 'लाल बासमती' कहाँ रही? न जाने किसका शाप लग गया कि इसकी सुगन्ध ही गायब हो गयी।"

वे सब उत्सुक होकर उसकी बात सुनने लगे। उसने एक गहरी साँस ली, और आगे कहना प्रारम्भ किया, "कभी वह ज़माना था, जब मैं अपने गाँव पंजाब जाता तथा लाल बासमती मेरे घर में पकती, तब सारा गाँव जान जाता था कि जोगिन्दर घर आया है। धान के सीजन में तो यह पूरा इलाका इसकी सुगन्ध से गमगमा उठता था। हाँ साहब! ऐसी महक थी इस चावल में। पर अब, न जाने इसकी गन्ध कहाँ चली गयी?"

ढाबेवाले को बीच में टोकते हुए वहाँ बैठे चाय की चुस्की ले रहे एक बड़ी उम्र के किसान ने एक मज़ेदार बात बतायी। उसने कहा—"सर! गन्ध की बात चली तो एक पुरानी बात याद आ गयी। धान के मौसम में गर्भवती महिलाओं को घर से बाहर निकलकर खेतों की ओर जाने की तब मनाही होती थी। कहा जाता था कि सिवान में फैली धान की तीव्र गन्ध के कारण गर्भपात हो जाने का ख़तरा रहता था।"

कुछ ऐसा ही एक क़िस्सा उन्हें पश्चिम बंगाल में भी सुनने को मिला था। पश्चिम बंगाल के एक हिस्से में 'रंधुनि पागल' नामक धान की एक सुगन्धित प्रजाति काफ़ी प्रचलित रही है। कहते हैं कि तीव्र गन्ध के कारण इसके चावल को पकानेवाली महिला का सिर चकरा जाता है। वह पागल-सी हो जाती है। इसीलिए इसका नाम 'रंधुनि पागल' पड़ा है।

कमलेश्वर ने श्रोताओं को स्पष्ट करते हुए बताया कि इन कहानियों को अक्षरशः लेने की ज़रूरत नहीं है। इनका मतलब सिर्फ़ इस बात पर बल देना था कि इन प्रजातियों में 'महक' बहुत अधिक होती है। ब्रीडिंग के पहलू से इनका महत्त्व इन मायनों में बढ़ जाता है कि इनके इस गुण को बासमती धान की आधुनिक प्रजातियों में प्रवेश कराकर उनकी सुगन्ध को बरक़रार रखा जा सकता है। क्योंकि आमतौर पर यह देखा गया है कि अधिक पैदावार देनेवाली आधुनिक प्रजातियों में सुगन्ध की मात्रा बहुत कम हो जाती है। कमलेश्वर की टीम ने कई ऐसी क़िस्में विकसित की हैं, जो उपज और गुणवत्ता दोनों में बेहतर साबित हुई हैं।

पूर्वी उत्तर प्रदेश का 'काला मोती' कहे जानेवाले 'कालानमक' का ज़िक्र करते हुए कमलेश्वर ने बताया कि किस तरह नब्बे के दशक में यह प्रजाति ब्लास्ट नामक बीमारी के कारण समाप्तप्राय हो गयी थी! इसका क्षेत्रफल घटकर एक प्रतिशत से भी कम रह गया था। कमलेश्वर की टीम के सतत प्रयास के परिणामस्वरूप ऐसी प्रजातियाँ विकसित हुई हैं जो ब्लास्ट-अवरोधी होने के साथ-साथ अधिक उपजाऊ भी हैं। इससे किसानों का विश्वास जगा है। वे पुनः कालानमक की खेती करने लगे हैं। इसके प्रचार-प्रसार हेतु सरकार ने कई योजनाएँ भी शुरू की हैं।

इस आशा के साथ कि भविष्य में ग़ैर-बासमती धान की सुगन्धित प्रजातियों की माँग देश-दुनिया के बाज़ारों में बढ़ेगी, उसने अपना वक्तव्य समाप्त किया और इस अवसर के लिए आयोजकों का आभार भी व्यक्त किया।

इधर कमलेश्वर का वक्तव्य समाप्त हुआ, उधर सभागार तालियों की गड़गड़ाहट से गूँज उठा। ऐसा लग रहा था मानो तालियाँ बजना बन्द होंगी ही नहीं। अध्यक्ष महोदय ने हाथ उठाकर सभा में बैठे लोगों से शान्त रहने की अपील की और प्रश्नोत्तर का दौर शुरू हुआ। एक सवाल का उत्तर अभी समाप्त नहीं होता कि दूसरे सवालों के लिए हाथ खड़े हो जाते। लोगों की उत्सुकता कम होती नहीं दिखती। अन्त में, अध्यक्ष महोदय को समय की बाध्यता को देखते हुए हस्तक्षेप करना पड़ा। उन्होंने दूसरे वक़्ता को उद्‌बोधन के लिए आमन्त्रित किया।

सत्र के अन्त में जब सब चाय के लिए बाहर निकले तो कइयों ने कमलेश्वर को घेर लिया और सवाल-पर-सवाल करने लगे। यही नहीं, लंच के समय भी लोग उसे घेरे रहे और ख़ासतौर पर ग़ैर-बासमती सुगन्धित धान की

प्रजातियों के विषय में अधिक-से-अधिक जानकारी प्राप्त करने की इच्छा जताते रहे। कमलेश्वर ख़ुश था। वह भी तो यही चाहता था कि लोगों का ध्यान बासमती के साथ-साथ सुगन्धित धान की ग़ैर-बासमती प्रजातियों की तरफ़ भी जाये, ताकि भविष्य में भारत से सुगन्धित धान के निर्यात का दायरा बासमती तक ही सीमित न रहकर, अन्य सुगन्धित प्रजातियों की ओर भी बढ़े।

कमलेश्वर को लगा, उसका इस सेमिनार में भाग लेना वास्तव में सार्थक रहा। प्रथम तो यह कि वह विश्व-भर से पधारे वैज्ञानिकों एवं इण्डस्ट्रीज़ के प्रतिनिधियों का ध्यान अपने देश की ग़ैर-बासमती सुगन्धित धान की प्रजातियों की ओर आकृष्ट कर सका, और उसको यह उम्मीद बँधी कि भविष्य में दुनिया में इनकी माँग बढ़ेगी।

दूसरी बड़ी बात यह हुई थी कि उसे पूर्वी जर्मनी में उसके अध्ययन-काल के दौरान का उसका सबसे क़रीबी दोस्त, आल्फ़्रेड मिल गया था, जिसके साथ वह शाम को डिनर पर जानेवाला है। उससे बात कर वह जर्मनी छोड़ने के बाद से लेकर अब तक की सारी घटनाओं से अवगत हो सकेगा, ख़ासतौर पर यह कि आख़िर रिया ने उसका साथ क्यों छोड़ा? क्योंकि वह तो उसे प्राण से भी ज़्यादा प्यारी थी। उसके चले जाने के पीछे कारण क्या थे? साथ ही, उसके मन में यह जानने की उत्सुकता भी थी कि पूर्वी जर्मनी का पश्चिमी जर्मनी में विलय हो जाने के बाद ग्रोस-लुज़ेवित्स के प्लाण्ट-ब्रीडिंग-संस्थान और उसमें कार्यरत उसके साथियों और सीनियर वैज्ञानिकों का क्या हुआ?

ऐसे अनगिनत सवाल उसके मन में उठ रहे थे, जिनके उत्तर सिर्फ़ आल्फ़्रेड के पास थे।

4

सेमिनार से लौटकर होटल आया, तो कमलेश्वर बहुत थका-थका महसूस कर रहा था। बिना कपड़े बदले ही वह बिस्तर पर लेट गया। उसे नींद आ गयी। रात का खाना आल्फ़्रेड के साथ था। यह तो अच्छा हुआ, जो उसने होटल के रिसेप्शन को आते समय ही बता दिया था कि ठीक एक घण्टे बाद उसे चाय और कुछ बिस्कुट भेज देगा। अभी वह नींद में ही था कि दरवाज़े की घण्टी बजी। वह हड़बड़ाकर उठा और जाकर दरवाज़ा खोला।

होटल का बेयरा चाय और बिस्कुट की प्लेट टेबिल पर रखकर चला गया। उसने कुछ बिस्कुट खाये और चाय पी। फिर बाथरूम में फ़्रेश होने चला गया। नहा-धोकर वह कपड़े पहन ही रहा था कि रिसेप्शन से आल्फ़्रेड के आने की ख़बर मिली। वह जल्दी-जल्दी नीचे आया तो देखा कि आल्फ़्रेड लॉबी में बैठा उसका इन्तज़ार कर रहा है। आल्फ़्रेड ने उठकर कमलेश्वर से हाथ मिलाया, और फिर वे पार्किंग की ओर बढ़ गये।

उनकी कार शहर की मुख्य सड़क पर दौड़ती हुई जा रही थी। एक़दम साफ-सुथरी सड़क, धूल-माटी तो क्या, कहीं एक तिनका भी नहीं। पान-सुर्ती-तम्बाकू की पीक का तो कोई सवाल था ही नहीं। वहाँ के लोग इस प्रकार का कोई नशा नहीं करते, कि उन्हें बार-बार थूकना पड़े। सड़क के दोनों तरफ़ हरे-भरे पेड़ों की शृंखला और उनके बीच की ख़ाली ज़मीन पर हरी-हरी घास, सब-कुछ बहुत मोहक लग रहा था। कमलेश्वर इस बात से हैरान रहता था कि जर्मनी में सभी मकानों की बनावट लगभग एक-जैसी है, जबकि उसके खुद के शहर में हर मकान अलग-अलग डिजाइन के बने हैं। हाँ, अब जो बिल्डर्स नयी कॉलोनियाँ बना रहे हैं, उनमें मकान सब एक-जैसे अवश्य हैं। वह यही

सब सोच रहा था कि अचानक उनकी कार चौराहे से एक पतली गली की ओर मुड़ी।

कमलेश्वर ने उत्सुकतावश पूछा, ''हम जा कहाँ रहे हैं आल्फ़्रेड? यह तो बताओ!''

''आज मैं तुम्हें यहाँ के एक टिपिकल देशी रेस्तराँ में ले चल रहा हूँ। उसका नाम है, 'दस आल्टे हाउस'।''

''ओह, 'पुरानी हवेली'! क्या बात है!'' कमलेश्वर ने प्रसन्नता व्यक्त करते हुए कहा।

यद्यपि आल्फ़्रेड ने यदि उससे पूछा होता, तो वह किसी 'बियर कार्नर' में जाना पसन्द करता। उसे पता था कि जर्मनी के शहरों में लगभग हर बड़े चौराहे के किसी कार्नर पर एक छोटा-सा रेस्तराँ अवश्य होता है, जहाँ मुख्य रूप से पीने के लिए बियर और कुछ फ़ास्ट-फूड क़िस्म की खाने की चीज़ें जैसे ब्राट-वुर्स्ट, जावर-ब्राटेन, रूलाडे आदि मिलती हैं। लगभग वैसे ही जैसे उसके देश के पुराने शहरों में प्रचलित कॉफ़ी-हाउस, जहाँ अक्सर पुराने लोग बैठकर गप-शप करते हैं। कुछ हल्का-फुल्का खाते-पीते हैं, और समय बिताते हैं।

उसे याद आया।...लाइप्सिस शहर के हर्डर इन्स्टीट्यूट से उसने जर्मन भाषा का कोर्स पूरा कर लिया था। पर उसके कुछ सप्ताह बाद तक भी यह सुनिश्चित नहीं हो पाया था कि शोध-हेतु उसे किस विश्वविद्यालय में जाना है! अपने इस ख़ाली समय को उसने और उसके दोस्त भूपिन्दर ने लाइप्सिस शहर की छान-बीन में बिताये थे। शहर के ऐतिहासिक स्थलों से लेकर, हर मुहल्ले के कोने में बने 'बियर-बार' में देर रात तक बियर पीने के साथ-साथ वहाँ के पुराने लोगों से बातें करने में उन्हें कितना मज़ा आता था! विश्व-युद्ध की विभीषिका से लेकर कार्ल मार्क्स के 'दास कापिटाल' तक, क्या कुछ डिस्कस नहीं होता, वहाँ? भारत के विषय में उनकी जानकारी बहुत कम थी। उनके ज़्यादातर प्रश्न भारत में ग़रीबी के सम्बन्ध में होते—शहरों की सड़कों पर घूमती गायें, बन्दर नचाते मदारी, कन्धे पर अजगर लिये घूमते सँपेरे, राजे-महाराजे, भूखे-नंगे बच्चे आदि।

बियर का प्रभाव जब बढ़ता, तब कभी-कभी व्यक्तिगत सुख-दुःख की कहानियों का दौर भी चल पड़ता। उस दिन का क़िस्सा उसे कभी नहीं भूलता,

जब वे कार्ल मार्क्स स्ट्रीट के कार्नर-बियर-बार में बैठे बियर पी रहे थे। विश्व-युद्ध की बात छिड़ी तो, मिस्टर माइकल बिदक उठे।

''उस विश्व-युद्ध ने तो मेरा सब-कुछ छीन लिया था'', उन्होंने क्रोधित मुद्रा में कहा। सब लोग उनकी ओर देखने लगे।

''हाँ, हाँ! मैं ठीक कह रहा हूँ। आप लोग यह न समझें कि मैं नशे में बोल रहा हूँ'', उन्होंने आगे कहा।

''क्या हुआ था आप के साथ? मिस्टर माइकल! ज़रा हमें भी तो बतायें!'' भूपिन्दर ने उनके कन्धे पर हाथ रखते हुए पूछा।

''रेगीना और मैं एक-दूसरे से बहुत प्यार करते थे। वह मेरे बच्चे की माँ बननेवाली थी। हम शीघ्र ही शादी करनेवाले थे कि अचानक...उन्होंने एक गहरी साँस ली, और चुप हो गये।

''हाँ तो,...आगे क्या हुआ? बताइये न!'' भूपिन्दर ने उन्हें उकसाया।

''मेरा बुलावा आ गया।...मुझे फ़ौज में जाना पड़ा। जर्मनी ने पोलैण्ड पर हमला बोल दिया था। पोलैण्ड में बड़ी संख्या में जर्मन रहते थे। हिटलर उसे जर्मनी का हिस्सा मानता था। आम धारणा थी कि पोलैण्ड के क़ब्ज़े के बाद युद्ध समाप्त हो जायेगा। मुझे भी यही बताया गया था। किन्तु हिटलर की महत्त्वाकांक्षा की कोई सीमा नहीं थी। वह तो एक देश के बाद दूसरे देश को पराजित कर विश्व-विजयी बनना चाहता था। हफ़्तों, महीनों और फिर वर्षों बीते। पर युद्ध था कि समाप्त होने का नाम ही नहीं ले रहा था। युद्ध का अन्त तो जर्मनी की पराजय के बाद ही हुआ।...देश टुकड़े-टुकड़े हो गया।... घर-परिवार सब-कुछ बिखर गया।'' इतना कहकर मिस्टर माइकल चुप हो गये। उनका गला भर आया था और आँखें डबडबा गयी थीं।

कुछ देर रुककर भूपिन्दर ने पुनः प्रश्न किया—''फिर क्या हुआ मिस्टर माइकल?''

''फिर क्या! युद्ध से लौटने के बाद मेरा एक ही मक़सद था—रेगीना को ढूँढ़ना। मैंने रेगीना को कहाँ-कहाँ नहीं ढूँढ़ा। पर, उसका कहीं कोई पता नहीं चला। और जब पता चला, तब बहुत देर हो चुकी थी। सब-कुछ बदल चुका था।...उसकी शादी हो चुकी थी।

रेगीना से पता चला कि मेरे युद्ध में चले जाने के कुछ माह बाद उसने एक बच्ची को जन्म दिया। बच्ची को अकेले पालने-पोसने में उसे अनेक

कठिनाइयों का सामना करना पड़ा। आख़िर...कब तक इन्तज़ार करती वह मेरा? कुछ पता भी तो था नहीं कि मैं कहाँ हूँ? किस हाल में हूँ? लौटूँगा भी या नहीं?...ठीक ही किया था उसने, जो दूसरी शादी कर ली थी।''

''अब वह बच्ची कहाँ है? क्या वह आपके साथ रहती है?'' उन्हें बीच में टोकते हुए कमलेश्वर ने पूछा।

''नहीं, नहीं। यही तो रोना है। वह एक हमउम्र युवक के साथ रहती है, उन दोनों का भी एक बेटा है।'' उन्होंने बताया।

''चलिये, यह तो ख़ुशी की बात है न कि बेटी का पता चल गया। वह शादी-शुदा है और एक बेटे की माँ भी। आप नाना भी बन गये हैं।'' कहते हुए भूपिन्दर ने चीयर्स के लिए बियर का गिलास उठाया।

''अरे भाई!'' उन्होंने आगे कहना प्रारम्भ किया, ''यही तो रोना है। वह शादी-शुदा नहीं है। वे दोनों तो बस साथ-साथ रहते हैं। आजकल 'सहवास' का एक अज़ीब-सा रिवाज़ जो चल गया है। उनके लिए शादी एक बन्धन है, और वे किसी बन्धन में बँधना नहीं चाहते। 'जिस दिन चाहा, अलग हो गये। कोर्ट-कचहरी जाने का कोई झंझट नहीं।' ये उनके आर्गूमेण्ट्स हैं।'' अपनी बात बताते-बताते मिस्टर माइकल बहुत भावुक हो उठे थे। उनका गला भर आया था और आँखें छलाछला उठी थीं।

कमलेश्वर अपने इन्हीं विचारों में खोया हुआ था कि अचानक उनकी कार एक पुराने मकान के सामने आकर रुकी। कमलेश्वर का ध्यान भंग हुआ। 'ओह. ..तो, यही है 'दस आल्टे हाउस!' कमलेश्वर ने मन-ही-मन कहा।

'दस आल्टे हाउस' रेस्तराँ की दीवार काले रंग की छोटी-छोटी ईंटों से बनी हुई थी। दरवाज़े के आसपास हल्की रोशनी का इन्तज़ाम था। भीतर का डाइनिंग-हॉल पुराने घरों की तरह पुराने-से लगते फर्नीचर से सजाया गया था। आल्फ्रेड ने किनारे की एक टेबिल बुक करा रखी थी, जहाँ बैठकर वे खाने के साथ-साथ आराम से बातें कर सकते थे। बिना किसी डिस्टर्बेन्स के।

खाने में कमलेश्वर ने अपनी पुरानी रेसिपी को ही चुना—'गूलाश' आलू के साथ। और आल्फ्रेड ने अपने लिए 'रिण्डर रूलाडे' (बीफ-रोल) का ऑर्डर दिया। जर्मनी में अपने पूर्व-प्रवास के दौरान भी कमलेश्वर की पसन्दीदा डिश 'गूलाश के साथ चावल या आलू' ही रही। कमलेश्वर ही क्यों, उसके साथ के

सभी भारतीयों की पसन्दीदा डिश गूलाश ही थी। सम्भवतः इसलिए कि इसका स्वाद बहुत-कुछ 'मीट-करी' से मिलता-जुलता था।

उसे अचानक अपने मित्र प्रभु ईनामदार की याद आ गयी। ईनामदार नागपुर इन्जीनियरिंग कॉलेज में सहायक अध्यापक था और वह कमलेश्वर के साथ ही पूर्वी जर्मनी में पी-एच.डी. करने आया था। वे दोनों साथ-साथ हर्डर इन्स्टीट्यूट में जर्मन भाषा का कोर्स कर रहे थे। ईनामदार जैनी था। शुद्ध शाकाहारी। संस्थान के मेस में खाते समय जब उसे चावल के साथ गूलाश परोसा जाता, तो वह मांस के टुकड़े निकालकर कमलेश्वर की प्लेट में डाल देता, और खुद शोरबा के साथ चावल खा लेता। वह और उसके साथी ईनामदार का मज़ाक उड़ाते। ईनामदार कहता—"आदमी को प्रैक्टिकल होना चाहिए। अब जब यहाँ सुबह से लेकर रात तक के हर खाने में मीट-ही-मीट होता है, तो कोई करे भी तो क्या करे! वैसे भी, सिर्फ़ चन्द दिनों की बात तो है नहीं, यह बात तो तीन-चार वर्षों की है।...शायद इससे भी ज़्यादा! इसलिए प्रैक्टिकल होना ही ठीक है।"

खाने के साथ ही बियर का ऑर्डर भी दे दिया था आल्फ्रेड ने। थोड़ी ही देर में बेयरा पिल्शनर बियर की दो बोतलें ले आया। दोनों ने बोतल ऊपर उठायी और एक साथ बोल पड़े, "त्सुम वोल!" आल्फ्रेड और कमलेश्वर ने एक बार जब बियर की बोतल मुँह में लगायी, तो ख़ाली करके ही नीचे रखा। फिर दोनों एक साथ ज़ोर से हँस पड़े। उन्हें अपना विद्यार्थी-जीवन याद आ गया। तब भी तो वे ऐसे ही बियर पिया करते थे। वीक-एण्ड्स पर तो, कभी-कभी यह दौर रात-भर चलता। दोनों नशे में धुत्त होकर घर पहुँचते। और सुबह-सुबह रिया की डाँट सुनते। दुबारा ऐसा न करने की क़समें खाते। कान पकड़कर उठक-बैठक भी करते। फिर भी, वही ग़लती वे बार-बार दुहराते।

खाने-पीने के साथ-साथ, बातों का सिलसिला चल पड़ा। पैंतीस-छत्तीस साल के लम्बे अन्तराल के बाद मिले थे वे दोनों। ऐसी तमाम बातें थीं, जो वे उस शाम एक-दूसरे से शेयर करना चाहते थे...

❍

5

जर्मनी से वापस भारत लौटने के बाद कमलेश्वर ने एक विश्वविद्यालय में एसोशिएट प्रोफ़ेसर के पद पर ज्वाइन कर लिया था। टीचिंग और रिसर्च दोनों में ही उसकी विशेष रुचि रही थी। उसका मानना था कि टीचिंग एक नोबल प्रोफ़ेशन है। युवा विद्यार्थियों के साथ रहते-रहते, शिक्षक भी युवा बना रहता है। अपनी कड़ी मेहनत और कर्त्तव्यपरायणता के बल पर, उसने कृषि-शिक्षा और शोध के क्षेत्र में अच्छी पहचान बनायी। सैकड़ों शोध-पत्र और दो दर्जन से ज़्यादा उसकी पुस्तकें प्रकाशित हो चुकी थीं। और वह पूरे विश्व में बायोमेट्रिकल जेनेटिक्स के एक एक्सपर्ट के रूप में जाना-पहचाना नाम बन गया था। यही समय था, जब देश में हरित-क्रान्ति का बिगुल बजा था। उसने और उसकी टीम ने गेहूँ की क्रान्ति में महत्त्वपूर्ण योगदान दिया था और देश को खाद्यान्न-उत्पादन में आत्मनिर्भर बनाने में अहम् भूमिका निभायी थी। पारिवारिक स्तर पर भी सब-कुछ ठीक-ठाक रहा। बच्चे अच्छे निकल गये थे। उन्हें लेकर उसे कभी कोई परेशानी नहीं उठानी पड़ी। संक्षेप में कहें तो, काफ़ी सुकून-भरी ज़िन्दगी रही थी उसकी।

पर आल्फ़्रेड!...उसकी ज़िन्दगी तो जैसे एक बड़ा प्रश्न बनकर रह गयी थी। पूरी ज़िन्दगी में उसे कभी सुकून नहीं मिला। बस उन थोड़े दिनों को छोड़कर, जब वह रिया के साथ रहा था। रिया उसकी ज़िन्दगी से क्या गयी, जैसे उसका सब-कुछ लुट गया। उसकी दुनिया ही उजड़ गयी। फिर...देश में आयी संकट की वह घड़ी! पूर्वी जर्मनी का पश्चिमी जर्मनी में विलय होने के समय के वे अनिश्चितता भरे दिन। ऊपर से बेरोज़गारी। एक शरणार्थी की तरह पश्चिमी जर्मनी की गलियों में दर-दर ठोकरें खाता रहा था वह। थक-हारकर उसे ज़िन्दगी से समझौता करना पड़ा। एक प्राइवेट फ़र्म में नौकरी मिली, वह

भी बड़ी जद्दोजहद के बाद। फिर उसने दूसरी शादी की और नये सिरे से ज़िन्दगी प्रारम्भ की।

रिया को लेकर कमलेश्वर भी कम परेशान नहीं था। जबसे उसे पता चला था कि रिया आल्फ़्रेड को छोड़कर अचानक ग़ायब हो गयी थी और वह उसे ढूँढ़ नहीं पाया था। अब उसने दूसरी शादी कर ली है। उसके मन में तरह-तरह के ख़याल उठने लगे थे। "आख़िर रिया कहाँ गयी होगी? वह किस हाल में होगी?" यह सोच-सोचकर उसका दिल बैठने लगता।

उसने बियर का घूँट भरा और आल्फ़्रेड की ओर मुखातिब होकर पूछा,

"तो, आल्फ़्रेड अब बताओ! ऐसा क्या हुआ था, जो तुम्हें और रिया को एक-दूसरे से बिछुड़ना पड़ा।"

आल्फ़्रेड ने एक लम्बी आह भरी और कहना शुरू किया, "कमल! उस वक़्त हालात ही ऐसे हो गये थे। हम क्या, पूरा देश ऊहापोह की स्थिति से गुज़र रहा था। हाँ, एक ऐसा अनिश्चितता का दौर जिसका छोर किसी को दिखायी नहीं दे रहा था। पूर्वी जर्मनी का अस्तित्व समाप्त हो गया था। चारों तरफ़ अफ़रा-तफ़री का माहौल था। घर-परिवार बिखर गये थे, देश नेस्तनाबूद हो गया था।

"पर ये हालात बने कैसे?" कमलेश्वर ने ज़ोर देकर पूछा।

"यह लम्बी कहानी है।...तुमने तो अपनी पी-एच.डी. की डिग्री हमसे पहले पूरी कर ली थी और वापस अपने देश लौट गये थे। याद है न जब मैं और रिया तुम्हें एयरपोर्ट पर छोड़ने गये थे!"

"हाँ, हाँ! भलीभाँति याद है मुझे। मैं भीतर जाने लगा था, तो रिया मुझे पकड़कर फफक-फफककर रो पड़ी थी। बड़ी मुश्किल से समझा पाया था मैं उसे।"

"हाँ! तो तुम्हारे चले जाने के बाद, लगभग दो साल लगे और मेरी डिग्री भी पूरी हो गयी। मैंने ग्रोस-लुज़ेवित्स में ही ब्रीडर की पोस्ट पर ज्वाइन कर लिया था। रिया को एक साल और लगे। अपनी डिग्री हासिल कर रिया भी संस्थान में ही नौकरी करने लगी। उन दिनों पूर्वी जर्मनी में बेरोज़गारी कोई समस्या नहीं थी। तुम तो भलीभाँति जानते हो। पूर्वी जर्मनी एक 'वेल्फेयर स्टेट' होने के नाते, वहाँ सब सुविधाएँ उपलब्ध थीं। निःसन्देह पश्चिमी जर्मनी जैसी तड़क-भड़क नहीं थी। न तो वहाँ जापानी, अमेरिकन या मर्सिडीज़ जैसी बड़ी कारें थीं और

न ही साजोसामान से सुसज्जित दुकानों की शृंखलाएँ। परन्तु वहाँ की सामाजिक सुरक्षा-व्यवस्था का पश्चिमी देशों में कोई सानी नहीं था। निःशुल्क शिक्षा व स्वास्थ्य सेवाएँ हर नागरिक को प्राप्त थीं। युवा-कल्याण से सम्बन्धित संवैधानिक प्रावधान तो अद्वितीय थे।

आल्फ़्रेड की बातें सुनकर कमलेश्वर को ग्रोस-लुज़ेवित्स की फ्राऊ गीज़ेन याद आ गयीं। पहले दिन ही जब वह अपने ऑफ़िस पहुँचा, तो विभाग के अध्यक्ष डॉ. बेलमैन ने उसका परिचय विभाग के लोगों से कराया। उन्हीं में एक फ्राऊ गीज़ेन भी थीं। थोड़े दिनों में ही उसे पता चल गया था कि वे विधवा हैं। उनके चार बच्चों में तीन बेटे और एक बेटी है। श्रीमती गीज़ेन मात्र आधे दिन काम पर आती थीं। दोपहर तक। दोपहर के बाद वे अपने बच्चों की देखभाल में लगाती थीं। उनके बच्चे बड़े नटखट थे। उनके नटखटपन की छोटी-मोटी कहानियाँ वे उसे अक़सर बताती रहती थीं।

फ्राऊ गीज़ेन एक भली महिला थीं और कुल मिलाकर खुश और सुखी लगतीं। कम-से-कम उसे ऐसा कभी महसूस नहीं हुआ कि उन्हें कोई परेशानी हो सकती है। एक बार रविवार के दिन उन्होंने कमलेश्वर को अपने घर कॉफ़ी पर बुलाया। जब वह उनके घर पहुँचा तो देखा कि उनके बच्चे बेसब्री से उसका इन्तज़ार कर रहे हैं। "अंकल आ गये, अंकल आ गये", कहकर नाचने लगे और अपनी माँ को उसके आने की ख़बर दी। श्रीमती गीज़ेन किचेन में कॉफ़ी बना रही थीं। वे बाहर आयीं। अभिवादन के बाद उसे अपने ड्राइंग-रूम में बैठाकर स्वयं किचेन से सामान लाने चली गयीं। इस बीच कमलेश्वर बच्चों के साथ बातें करता रहा। उनके उत्सुकता-भरे सवालों का जवाब देता रहा। उसने ड्राइंग-रूम में चारों तरफ़ नज़रें घुमाकर देखा। ज़रूरत की सभी चीज़ें वहाँ मौजूद थीं—टी.वी., रेफ़्रीजरेटर, सोफ़ासेट, सुन्दर-स्वच्छ दूधिया परदे। तभी श्रीमती गीज़ेन कॉफ़ी व केक लेकर आ गयीं। उसने केक खाया और कॉफ़ी पी। ढेर-सारी बातें भी हुईं। वह लगभग दो-घण्टे वहाँ रहा, फिर उनसे विदा लेकर अपने कमरे पर आ गया।

घर लौटने के बाद भी वह श्रीमती गीज़ेन के बारे में ही सोचता रहा। उसकी समझ में यह बात नहीं आ रही थी, आख़िर वे किस तरह से अपना घर चलाती हैं! आधे दिन की नौकरी। एक विधवा औरत। चार-चार बच्चे। स्कूल का ख़र्च, कपड़े-लत्ते आदि-आदि। कई दिनों तक यह बात उसके मन को कुरेदती रही। आख़िर जब उससे नहीं रहा गया, तो उसने अपने मित्र टेण्डलर से उनके बारे

में पूछा। टेण्डलर भी पी-एच.डी. स्कॉलर थे और उसके बग़ल में ही उनका ऑफ़िस था। उन्होंने उसे 'सामाजिक सुरक्षा' के अन्तर्गत सरकार द्वारा प्रदत्त प्रावधानों के बारे में विस्तार से बताया। उस दिन उसे पता चला, पूर्वी जर्मनी में सम्पूर्ण शिक्षा निःशुल्क है। स्वास्थ्य-सुरक्षा भी निःशुल्क मुहैया करायी जाती है। इसके अतिरिक्त, हर बच्चे के लिए प्रतिमाह एक निश्चित राशि माँ-बाप को उनकी देख-रेख के लिए दी जाती है। विधवाओं के लिए अलग से कई सुविधाओं का प्रावधान है। वह सोचता–यदि सामाजिक सुरक्षा की उचित व्यवस्था न रही होती, तो पूर्वी जर्मनी की फ्राऊ गीज़ेन भी उसके देश की किसी सुखराजी की तरह कहीं कूड़ा बीन रही होतीं।

"कहाँ खो गये भाई! सुन भी रहे हो, मैं क्या कह रहा हूँ?" आल्फ़्रेड के यह कहने पर कमलेश्वर का ध्यान भंग हुआ और कहा, "सॉरी यार! मैं कुछ और सोचने लगा था।"

"ख़ैर, तो मैं कह रहा था, कि सब-कुछ बहुत सुचारु रूप से चल रहा था। रिया ख़ुश थी, और उसके साथ मैं भी ख़ुश था। समय बीतता रहा। संस्थान की ज़िम्मेदारियों के साथ-साथ पार्टी में मेरी ज़िम्मेदारियाँ बढ़ती जा रही थीं। अक़सर पार्टी की बैठकों में भाग लेने के लिए मुझे बाहर जाना पड़ता। यद्यपि रिया मेरे कार्यों में कोई दख़लअन्दाज़ी नहीं करती; पर हाँ, जब मुझे कभी कई दिनों के लिए बाहर जाना होता, तो वह नाख़ुशी अवश्य ज़ाहिर करती।

हमारी शादी हुए कई साल बीत गये थे। परन्तु हमारा कोई बच्चा नहीं था। अब जब हम हर तरह से 'सेटल' हो गये, और माँ-बाप का दबाव भी बढ़ता जा रहा था, तो हम इसे और टाल नहीं पाये। शीघ्र ही रिया पेट से हो गयी। हम बहुत ख़ुश थे। लगा जैसे सारे अरमान पूरे हो गये। परन्तु विधि का विधान तो देखो! इसी बीच सोवियत रूस से चौंका देनेवाली ख़बरें आने लगी थीं। अनेक समस्याओं से जूझ रहे सोवियत-संघ में जन-असन्तोष तेज़ी से बढ़ने लगा था। जनाक्रोश के तमाम कारण थे। आर्थिक संकट ने उन्हें और भी उत्तेजित कर दिया था। फलस्वरूप, वहाँ की साम्यवादी सरकार जन-समर्थन खोने लगी थी। मिखाइल गोर्बाचेव ने देश में 'ग्लॉस्नोस्त' नामक खुलेपन की नयी नीति और 'पेरेस्त्रोइका' नामक आर्थिक ढाँचे को बदलने की नीति के अन्तर्गत सुधार करने की कोशिश की। उनकी विचारधारा के विरुद्ध राजविप्लव की कोशिश भी हुई, लेकिन उसे कुचल दिया गया। किन्तु इस घटना के बाद

सोवियत-संघ सँभल नहीं पाया और अन्ततः टूटकर बिखर गया। उसके सभी पन्द्रह गणतन्त्र स्वतन्त्र देश के रूप में उभरे।

गोर्बाचेव ने पूर्वी यूरोप में भी साम्यवाद के दुर्ग को ढहने से रोकने की दिशा में कोई प्रयास नहीं किया। उल्टे उसकी नीतियों के कारण पूर्वी यूरोप में साम्यवादी विरोधी शक्तियाँ हावी होती गयीं और एक के बाद एक कम्युनिस्ट पार्टी द्वारा शासित देश स्वतन्त्र होते गये।

परन्तु दुर्भाग्य तो देखो! पूर्वी जर्मनी में कम्युनिस्ट पार्टी का आधिपत्य तो समाप्त हो गया, परन्तु पूर्वी यूरोप के अन्य देशों जैसे चेकोस्लोवाकिया, रोमानिया, पोलैण्ड आदि की तरह पूर्वी जर्मनी स्वतन्त्र राष्ट्र न बनकर पश्चिमी जर्मनी का हिस्सा बन गया। या यों कहें, पश्चिमी जर्मनी में उसका विलय हो गया और इस तरह उसका अस्तित्व सदा-सदा के लिए समाप्त हो गया।

विलय के पूर्व बर्लिन की दीवाल ढहने और सीमाओं पर से प्रतिबन्ध हटा लिये जाने के कारण पूर्वी जर्मनी से पलायन शुरू हो गया था। पूरे देश में भगदड़-सी मच गयी थी। पूर्वी जर्मनी के लोग पश्चिमी जर्मनी की तरफ़ इस तरह भागे थे कि उन्हें इसकी तनिक भी सुधि नहीं रही कि उनके परिवार के बाक़ी लोगों का क्या हुआ! पति पत्नी से और बच्चे माँ-बाप से बिछड़ गये। जो जहाँ था, जिस हाल में था वह पश्चिम की ओर दौड़ पड़ा था। चलती हुईं फ़ैक्ट्रियाँ, रेलगाड़ियाँ और बसें छोड़कर लोग तब पश्चिम की ओर भागे थे। उनके मन में कहीं-न-कहीं यह डर समाया हुआ था कि फिर से कोई प्रतिबन्ध न लग जाय और उन्हें रोक न लिया जाये! इसलिए कोई भी इस मौक़े को गँवाना नहीं चाहता था।

...और मेरा दुर्भाग्य कि उसी दौड़ में मेरी रिया भी शामिल हो गयी।''

इतना कहकर आल्फ़्रेड चुप हो गया। उसका गला भर आया था।

''आल्फ़्रेड! रिया तुम्हें इस तरह अचानक छोड़कर क्यों चली गयी? क्या तुमने कभी इसके बारे में सोचा?''

''हाँ, कमल! बहुत सोचा। और मैं यह जान भी गया कि वह मुझे बेवजह छोड़कर नहीं गयी थी। मुझे अपनी ग़लती का एहसास भी हुआ। पर तब तक बहुत देर हो चुकी थी। इसीलिए मैंने उसे बहुत ढूँढ़ा। मैं उससे मिलकर दिल से माफ़ी माँगना चाहता था। पर वह मिली ही नहीं। आज भी जब कभी उसकी

याद आती है, तो मैं उद्विग्न हो उठता हूँ। सोचता हूँ—न जाने वह किस हाल में होगी? मैं ईश्वर से प्रार्थना करता रहता हूँ, वह जहाँ भी हो खुश हो।''

''ख़ैर, जो होना था हो गया। उसको अब बदला तो नहीं जा सकता। फिर भी मैं यह जानना जरूर चाहूँगा कि रिया के चले जाने की वजहें क्या थीं?''

''देखो कमल! पहला कारण तो यही था कि मैं पार्टी की गतिविधियों में इस क़दर लिप्त हो गया था कि मुझे अपनी सरकार द्वारा उठाये गये उचित-अनुचित सभी क़दम सही लगने लगे थे। तुम्हें याद तो होगा न, कि देश-भर के गोदामों में आलू के सड़ने को लेकर संस्थान में आहूत की गयी उस बैठक में मैं प्रोफ़ेसर शिक् का साथ न देकर, पार्टी के पक्ष में खड़ा हो गया था। रिया को इस बात ने बहुत आहत किया था।....शायद तुमको भी!

यों तो रिया भी पार्टी की सदस्य थी, पर दिखावे-भर के लिए। उसे न तो पार्टी में और न ही पार्टी के कार्यक्रमों में कोई दिलचस्पी थी। वह सरकार की ग़लत नीतियों के सख़्त ख़िलाफ़ रहती। कभी-कभी वह इन बातों को लेकर मुझसे झगड़ पड़ती। पर मैं उसे चुप करा देता। मेरे ऊपर तो जैसे मार्क्सवाद का भूत सवार हो गया था। मैंने उसी को जीवन का सच मान लिया था। बाक़ी सब-कुछ मेरे लिए बेमानी था। ऐसे में भला मुझे उसकी बात समझ में कहाँ आती!''

''और यह भी तो था कि पार्टी की गतिविधियों में अत्यधिक सक्रियता के कारण तुम रिया को पूरा समय नहीं दे पा रहे थे!'' कमल ने उसे बीच में टोकते हुए कहा।

''हाँ, बिलकुल ठीक कह रहे हो। ये ही सब तो मेरी गलतियाँ थीं।''

''तुम रिया को इतना चाहते थे कि एक पल भी उसके बिना रह नहीं सकते थे, और रिया भी तुम्हें उतना ही चाहती थी, फिर अचानक वही रिया तुम्हारे लिए गौण कैसे हो गयी?''

''नहीं, कमल! रिया मेरे लिए कभी गौण नहीं हुई। मैं तब भी उसे उतना ही प्यार करता था। पर हाँ, पार्टी का काम मेरी प्राथमिकता में अवश्य आ गया था। सच कहूँ कमल! मैं स्वार्थी हो गया था। ऊँचे-ऊँचे सपने देखने लगा था। मेरे मन में ऊँचाइयाँ छूने की महत्त्वाकांक्षा बुरी तरह घर कर गयी थी। मुझे लगने लगा था कि पार्टी ही मेरे उद्देश्य की पूर्ति में सीढ़ी का काम करेगी। किन्तु आज जब यह सब सोचता हूँ, तो मूर्खता लगती है। सिर्फ़ मूर्खता। तुम्हीं सोचो!

आख़िर क्या मिला मुझको? हाँ, बल्कि सब-कुछ गँवा अवश्य दिया मैंने।...यहाँ तक कि जान से भी प्यारी अपनी रिया को भी।''

इतना कहकर आल्फ़्रेड सिसक उठा। पश्चात्ताप के आँसू उसकी आँखों से झर-झर झरने लगे। कमलेश्वर ने उसके कन्धे पर हाथ रखकर उसका ढाँढ़स बँधाया। और उसका ध्यान बँटाने की दृष्टि से उससे पूछा,

''आल्फ़्रेड! क्या तुम्हें नहीं लगता कि रिया के चले जाने का कोई इससे भी बड़ा कारण अवश्य रहा होगा?...सच कहूँ आल्फ़्रेड! कभी-कभी मुझे उसे देखकर ऐसा लगता था कि रिया कोई बड़ा दर्द अपने सीने में छिपाये हुए है। क्या यह मेरा भ्रम था, या...?''

''नहीं, नहीं, कमल! तुम्हारा भ्रम नहीं था। तुम सही कह रहे हो। दरअसल, एक बात जो रिया ने तुम्हें कभी नहीं बतायी, और न ही मैंने, वह यह थी कि रिया ने बहुत छोटी उम्र में ही अपने पिता को खो दिया था।''

''क्या?''

''हाँ, यह सच है।''

''क्या वे बीमार थे? या कोई दुर्घटना...?'' कमलेश्वर ने जानना चाहा।

''नहीं-नहीं! ऐसा कुछ भी नहीं था।...कारण तो कुछ और ही था।''

''क्या कारण था? खुलकर बताओ तो सही!'' कमलेश्वर की उत्सुकता बढ़ गयी थी।

''दरअसल, यह उस समय की बात है, जब जर्मनी के विभाजन के बाद पूर्वी जर्मनी का पुनर्निर्माण हो रहा था। निर्माण की इस प्रक्रिया की रूपरेखा मार्क्स के सिद्धान्तों के आधार पर तैयार की गयी थी। मार्क्स के सिद्धान्तों के अनुसार निजी कुछ नहीं होता। यह तो तुम जानते ही हो। सभी प्रकार के संसाधन स्थानीय समूह और समाज के हो जाते हैं। किसी व्यक्ति के पास किसी भी प्रकार का मालिकाना हक़ नहीं रह जाता। व्यक्ति उस व्यवस्था में महज़ एक मज़दूर या कर्मचारी बनकर रह जाता है। फिर तुम्हीं सोचो!...क्या कोई व्यक्ति इसे आसानी से स्वीकार कर सकेगा?...नहीं न!

रिया के पिता एक किसान थे। नयी व्यवस्था के अन्तर्गत व्यक्तिगत किसान नामक इकाई को समाप्त कर सामुदायिक खेती चालू करने का प्रावधान था। अर्थात् किसान को अपनी ज़मीन का मालिकाना हक़ छोड़कर सामुदायिक

खेती में एक मज़दूर या कर्मचारी की भूमिका में रहना था। किसानों को जब इसकी जानकारी दी गयी और यह कहा गया कि सभी को इस व्यवस्था में भागीदारी के लिए अपनी स्वीकृति देनी होगी, तो पूरे किसान-समाज में खलबली-सी मच गयी। एक भी किसान इस प्रस्ताव के पक्ष में नहीं था। किन्तु बाद में जब उन्हें पता चला कि यह सिर्फ़ एक प्रस्ताव नहीं है, बल्कि राजाज्ञा है, तो फिर उनके पास इसे स्वीकारने के सिवा कोई चारा नहीं रह गया था।''

''तो क्या, सभी किसान इस आदेश को मानने के लिए तैयार हो गये थे?'' कमलेश्वर ने उत्सुकता जतायी।

''नहीं, नहीं, भाई! पर जो तैयार नहीं हुआ, उसके विरुद्ध कार्रवाई शुरू हो गयी। उसे तरह-तरह से प्रताड़ित किया जाने लगा। अन्त में जब कोई अन्य चारा नहीं रह गया, तो एक-एक कर किसान सामुदायिक खेती के लिए अपनी ज़मीन देने को राज़ी होते गये।''

''रिया के पापा भी?''

''नहीं! वे तैयार नहीं हुए। रिया के पापा स्वभावतः विद्रोही प्रकृति के व्यक्ति थे। वे गाँव-गाँव जाकर किसानों को अपनी ज़मीन का हक़ न छोड़ने के लिए प्रेरित करते रहे। उनका मानना था कि जब ज़्यादातर किसान अपनी अनिच्छा दिखायेंगे, और उस राजाज्ञा के ख़िलाफ़ खड़े हो जायेंगे, तो सरकार मज़बूर होकर सामुदायिक खेती का विचार छोड़ देगी और राजाज्ञा वापस ले लेगी।''

''पर ऐसा नहीं हुआ?...क्यों, यही न!'' कमलेश्वर ने बीच में टोकते हुए कहा।

''हाँ, तुम ठीक कह रहे हो। सरकार अपने निर्णय पर अडिग थी। उसे तो एक साम्यवादी व्यवस्था बनानी थी। और उसमें व्यक्तिगत भावनाओं की जगह थी ही कहाँ?''

''तो फिर क्या हुआ?'' कमलेश्वर की उत्सुकता बढ़ती ही जा रही थी।

''एक दिन की बात है। कोई दो लोग रिया के पापा से मिलने उसके घर आये। उन्होंने रिया के पापा को बताया कि उनके जैसे लोगों की अपील पर सरकार की तरफ़ से एक तत्काल बैठक बुलायी गयी है। उस बैठक में भाग लेने के लिए आपको साथ ले जाने के लिए हमें भेजा गया है।''

रिया के पिता को यह जानकर बहुत खुशी हुई कि सरकार उनकी बातों को सुनने के लिए तैयार है। रिया की माँ से लंच तक लौट आने की बात कहकर, वे उनके साथ चले गये।

लंच तक वे घर नहीं पहुँचे, तो रिया और उसकी माँ ने अकेले ही खाना खाया। इन्तज़ार करते-करते शाम हो गयी। धीरे-धीरे रात का अँधेरा गहराने लगा। पर रिया के पिता वापस घर नहीं लौटे। रिया की माँ ने इधर-उधर उनके दोस्तों से पूछा, पर हर किसी ने कोई जानकारी न होने की बात कही। पास के थाने पर जाकर पुलिस को इत्तला दे दी गयी। उनके पास भी कोई जानकारी नहीं थी। पर उन्होंने यह आश्वासन अवश्य दिया कि उनका पता लगाने का वे पूरा प्रयास करेंगे।

रिया और रिया की माँ के पास अगले दिन सुबह तक इन्तज़ार करने के सिवा और कोई विकल्प नहीं रह गया था। रात में जब वे रिया को सुला रही थीं, तो रिया बार-बार अपनी माँ से पूछती, ''माँ, पापा कब घर आयेंगे?''

''वे किसी काम से बाहर गये हैं। कल तक आ जायेंगे। अब तुम सो जाओ!''

किसी तरह उन्होंने रिया को तो सुला दिया, पर वे खुद कहाँ सो पायीं उस रात!

दूसरे दिन खूब दौड़-धूप हुई। कोई भी थाना, सरकारी ऑफ़िस, दोस्त-मित्र उनके बारे में कुछ भी बताने में असमर्थ था। किसी को पता नहीं था कि वे कहाँ ले जाये गये। ले जानेवाले लोग कौन थे? और रिया के पिता के साथ उन्होंने क्या किया?...दिन बीते। हफ़्ता, महीना बीता। धीरे-धीरे साल भी बीत गया। पर रिया के पापा का कुछ पता नहीं चला। रिया अक़सर पूछती, ''पापा कब घर आयेंगे, मम्मी?'' मम्मी भी हर बार उसे एक ही जवाब देतीं, ''बस काम ख़त्म होते ही, तुम्हारे पापा वापस घर आ जायेंगे।''

धीरे-धीरे रिया बड़ी हो रही थी। वह सब समझने-बूझने लगी थी। अब उसे और अधिक समय तक बहला-फुसलाकर रखा नहीं जा सकता था। आख़िर एक दिन उसे पता चल ही गया कि उसके पापा अब लौटकर कभी वापस घर नहीं आयेंगे। उसे यह भी पता चल गया था कि वे वर्तमान व्यवस्था के शिकार हुए थे। परन्तु वह कर भी क्या सकती थी? अपनी मज़बूरी पर वह भीतर-ही-भीतर सिसकती रही। क्रोधाग्नि की ज्वाला में तिल-तिल कर जलती रही। जीवन-भर।

“ओह, कितनी दुःखद कहानी है?...कितना कुछ सहा है उसने और उसकी माँ ने?” कमलेश्वर ने लम्बी आह भरी।

“सच कहूँ कमल! रिया तो मेरे साथ आने के बाद नॉर्मल हुई थी। वह रिया नहीं रह गयी थी जैसा मैंने अपनी प्रारम्भिक मुलाक़ातों में उसे देखा और जाना था। छोटी-छोटी बात पर उग्र हो जाना, झगड़ पड़ना, उसका स्वभाव-सा बन गया था। मैंने उसको इतना प्यार दिया कि वह अपने पिता के विछोह को भूल गयी। उसके स्वभाव में जो उग्रता थी, वह धीरे-धीरे समाप्त हो गयी। और उसका विद्रोही मन धीरे-धीरे शान्त होता गया। वह एक नयी ज़िन्दगी जीने लगी थी। पर उस दिन अचानक रिया का चुपचाप इस देश को छोड़कर...मुझे छोड़कर चले जाना, कहीं-न-कहीं यह दर्शाता है कि उसके मन के कोने में जो नफ़रत इस व्यवस्था के प्रति दबी पड़ी थी, वह मौक़ा मिलते ही बाहर आ गयी।”

इतना कहकर आल्फ़्रेड चुप हो गया। कमल ने देखा कि एक बार फिर उसकी आँखें भर आयी हैं। कमल ने उसके कन्धे पर हाथ रखा और उसका ढाँढ़स बँधाया।

“इस देश की व्यवस्था के प्रति रिया की नफ़रत की बात तो समझ में आती है। पर सवाल यह है कि वह तुम्हें छोड़कर क्यों चली गयी?...वह तुम्हें अपने साथ लेकर भी तो जा सकती थी!” कमलेश्वर ने बात आगे बढ़ाते हुए पूछा।

“देखो कमल! पिछले कुछ समय से, जब से मेरा झुकाव पार्टी के कार्यक्रमों की ओर बढ़ता गया और मैं रिया को पूरा समय नहीं दे पा रहा था, यह बात तो उसके मन में थी ही। पर मुझे लगता है, उसके विश्वास के टूटने का असली कारण व्यवस्था के प्रति मेरा पूर्ण समर्पण रहा होगा। व्यवस्था जो उसके पिता की क़ातिल थी, जिसने उसका बचपन छीना था और जिसके कारण उसकी माँ को जीवन-भर यातनाएँ सहनी पड़ी थीं। रिया की नज़रों में मैं उसी व्यवस्था का एक अभिन्न अंग बन गया था। यानी उसके पापा के क़ातिलों के साथ हो गया था। उनके सही-ग़लत कृत्यों का समर्थक बन गया था। आज मैं तुम्हें एक राज़ की बात बताता हूँ। शायद तुम्हें विश्वास न हो, पर यह सही है। मैं स्तासी (खुफ़िया पुलिस) का आफ़िशियल ‘मुख़बिर’ भी था।”

“स्तासी का मुख़बिर?’ कमल का मुँह खुला-का-खुला रह गया।

“हाँ कमल! यह सही है। मैं स्तासी पुलिस का मुख़बिर था।”

“तो क्या, रिया यह बात जानती थी?”

''नहीं! ऐसा मुझे कभी एहसास नहीं हुआ। पर उस दिन जब उसके मना करने के बावजूद मैं बैठक के लिए रोस्टॉक जाने के लिए घर से निकला, तो उसने ऐसा कुछ कहा, जिससे मुझे लगा कि मेरे 'मुख़बिर' होने की बात का पता उसे चल गया है। मैंने तब सोच लिया था, बैठक से लौटकर उसे सब-कुछ सच-सच बता दूँगा। पर तब तक बहुत देर हो चुकी थी। वह मुझे छोड़कर चली गयी थी। मेरे प्रति उसकी दूरियाँ बढ़ने का निश्चय ही यह एक बड़ा कारण रहा होगा। मैं तो इसी निष्कर्ष पर पहुँचा हूँ। इसीलिए मैं अपने को उसका बड़ा दोषी मानता हूँ। अफ़सोस तो यह है, मैं अपनी इस भूल का प्रायश्चित्त भी नहीं कर पाया। अगर वह मुझे मिली होती, तो मैं उसके पैरों पर गिरकर माफ़ी माँग लेता। पर मेरा दुर्भाग्य! वह मुझे फिर कभी मिली ही नहीं।''

''रिया का न मिल पाना कई अनुत्तरित प्रश्न छोड़ गया है।'' कमलेश्वर ने धीरे से कहा।

''हाँ! तुम ठीक कह रहे हो।'' आल्फ्रेड ने हामी भरी।

''परन्तु मुझे आश्चर्य तो इस बात का है, और अफ़सोस भी, कि तुम एक वैज्ञानिक होकर स्तासी के लिए 'इनफ़ार्मर' का काम कर रहे थे!''

''कमल! तुम नहीं जानते। हम जिस व्यवस्था में रह रहे थे, उसमें कुछ काम न चाहते हुए भी करने पड़ते थे। तुम्हें यह जानकर आश्चर्य होगा, तब देश का हर छठा व्यक्ति 'इनफ़ार्मर' था। किन्तु सब अपनी स्वेच्छा से इनफ़ार्मर नहीं बने थे। दरअसल, सरकार का उद्देश्य समाज में इतना 'मिस्ट्रस्ट' पैदा करना था कि हर कोई एक-दूसरे पर शक करने लगे। समाज में भय का आतंक फैल जाये। ऐसे हालात बन जायें कि लोग कभी भी किसी मुद्दे पर एक-मत न हो सकें। ऐसे डरे हुए समाज को अँगुलियों पर नचाना शासन के लिए बहुत आसान होता है।''

''ओह, यह सब जानकर घिन्न आने लगी है मुझे।'' इतना कहकर कमलेश्वर चुप हो गया। आल्फ्रेड भी चुप था।

कुछ देर बाद, कमलेश्वर को जैसे अचानक कुछ याद आया। उसने आल्फ्रेड से पूछा।

''क्या तुमने कभी यह जानने की कोशिश नहीं की कि आख़िर रिया के पापा के साथ क्या किया उन लोगों ने? क्या उन्हें आजीवन कारावास में डाल दिया गया था, या फाँसी...??''

"देखो कमल! सही-सही तो कुछ पता नहीं है। पर तुम्हें एक बात बता दूँ। हिटलर तो अपने यातना-शिविरों और गैस-चैम्बरों के कारण पूरे विश्व में बदनाम हुआ, जो सही भी था। पर सच तो यह भी है कि कम्युनिस्ट-सरकारें चाहे पूर्वी जर्मनी की रही हों या सोवियत-संघ की या कहीं और की, ये सभी सरकारें अपने विरोधियों को सबक़ सिखाने की दिशा में हिटलर से किसी मायने में कम नहीं थीं। बल्कि कुछ क़दम आगे ही रहीं।"

यातना-शिविरों की बात तो एक बार उसे डॉ. बेलमैन ने भी बतायी थी- कमलेश्वर ने मन-ही-मन कहा। उन्होंने तो किसी 'महाजेल' की बात भी बतायी थी। यह जेल सोवियत-संघ में साइबेरिया के जंगलों में किसी अनजान जगह पर बनायी गयी थी, जहाँ पर कम्युनिस्ट-ब्लाक के ऐसे लोगों को बन्द करके रखा जाता था, जिन्हें वे देश के लिए ख़तरा मानते थे। वह कोई भी हो सकता था; आम आदमी से लेकर बड़ा-से-बड़ा लेखक, वैज्ञानिक और यहाँ तक कि नोबेल-पुरस्कार-विजेता भी। महाजेल में पहुँचते ही उस व्यक्ति का नाम व पता हमेशा-हमेशा के लिए गुम हो जाता। वह सिर्फ़ एक नम्बर बनकर रह जाता। यह भी सही था कि जो एक बार वहाँ पहुँच गया, वह फिर कभी वापस लौटकर अपने घर-परिवार में आ नहीं पाया।

'सम्भवतः यही हाल रिया के पापा का भी हुआ होगा।' कमलेश्वर ने मन-ही-मन सोचा।

सामने की दीवाल पर टँगी कुक्कू घड़ी रात के डेढ़ बजा रही थी। अधिकतर लोग खा-पीकर जा चुके थे। रेस्तराँ लगभग ख़ाली हो चुका था। आल्फ़ेड ने बेयरा को बुलाकर पेमेण्ट किया और वे दोनों भी रेस्तराँ से बाहर निकल गये।

❍

6

अन्तरराष्ट्रीय सेमिनार का पहला दिन बहुत हेक्टिक रहा। फिर आल्फ़्रेड के साथ देर रात तक डिनर और डिनर के समय हुई बातचीत का असर कमलेश्वर के दिल-ओ-दिमाग़ पर छाया रहा। थका होने के बावजूद, उसे नींद नहीं आ रही थी। उसका मन न जाने कहाँ-कहाँ भटक रहा था। अचानक उसे ग्रोस-लुज़ेवित्स की याद आयी–

...वैज्ञानिकों से खचाखच भरा रोस्टॉक विश्वविद्यालय का सेमिनार-हॉल तालियों की गड़गड़ाहट से गूँज रहा है। उसकी थीसिस के डिफ़ेन्स का कार्यक्रम अभी-अभी समाप्त हुआ है। उसे 'जुमा-कुम-लाउडे' से अलंकृत डिग्री प्रदान किये जाने की घोषणा हुई है। यह एक विशेष उपलब्धि थी। जुमा-कुम-लाउडे तो विरले ही पाते हैं। इस विश्वविद्यालय में, यह 'ग्रेड' किसी को पैंतीस वर्ष के अन्तराल के बाद मिला है। लोग उसे बधाइयाँ दे रहे हैं। उसकी ख़ुशी का ठिकाना नहीं है। उसकी आँखों से ख़ुशी के आँसू झर रहे हैं। वह कल्पना करने की कोशिश कर रहा है कि उसके परिवार के लोगों को यह ख़बर कितनी सुखद लगेगी!

कमलेश्वर को याद आ रहा है।

...थीसिस के लिए किये गये अपने शोध-कार्यों का एक संक्षिप्त विवरण उसे बीस मिनट में प्रस्तुत करना था। सामान्यतया यह एक लिखित भाषण होता था। पर उसका भाषण मौखिक था। भारतीयों के लिए 'एक्सटेम्पोर' भाषण देना गर्व की बात मानी जाती है। किन्तु जर्मनी में इसका ठीक उलटा था। वहाँ हर कोई अपना भाषण लिखकर लाता, और उसे पढ़ता। कुछ ऐसा ही चलन उसने अन्य पश्चिमी देशों में भी देखा था। इस चलन का मर्म उसे बहुत बाद

में समझ आया। वहाँ के लोग अपने भाषण में जो कुछ कहते हैं, सोच-समझकर कहते हैं। वही उनका अभीष्ट होता है। उनके अन्तर्गत काम करनेवालों के लिए उनके भाषण दिशा-निर्देश जैसे होते हैं। परन्तु उसके देश में, भाषण सिर्फ़ भाषण होता है। लोग अपनी भाषण-शैली से औरों को बस प्रभावित-भर करते हैं। इससे वक़्ता और श्रोता दोनों को एक क्षणिक आनन्द अवश्य मिलता है, परन्तु इन सारगर्भित भाषणों में कही गयी बातों की असलियत में कोई अहमियत नहीं होती। उन्हें निभाने की ज़िम्मेदारी न तो भाषणकर्त्ता की होती है, न ही श्रोताओं की। शायद इसीलिए, लोग खूब खुलकर बोलते हैं।

भारतीय होने के नाते 'एक्सटेम्पोर' बोलना कमलेश्वर की भी आदत में था। अतः उसने अपनी थीसिस का सारांश मौखिक रूप में प्रस्तुत किया। वह भी जर्मन भाषा में। सारांश-प्रस्तुति के बाद प्रश्न-उत्तर का दौर चला। लोग सवाल पूछते, वह उनका उत्तर देता। यह क्रम एक घण्टे तक चला। पूर्व की परीक्षाओं की ग्रेडिंग, थीसिस की गुणवत्ता और उसके डिफ़ेन्स के आधार पर उसे 'जुमा-कुम-लाउडे' ग्रेड दिया गया। परीक्षण-समिति के अध्यक्ष प्रोफ़ेसर अर्नी ने अपने संक्षिप्त भाषण में उसकी तारीफ़ करते हुए आश्चर्य व्यक्त किया कि उन्होंने अपनी ज़िन्दगी में पहली बार किसी विद्यार्थी को अपनी थीसिस का सारांश मौखिक रूप से प्रस्तुत करते हुए देखा। वह भी विदेशी भाषा में। विषय-ज्ञान के साथ-साथ कमलेश्वर ने जर्मन भाषा में जो महारत हासिल की है, वह सराहनीय है। अन्त में, उसके उज्ज्वल भविष्य की कामना करते हुए प्रो. अर्नी ने अपना भाषण समाप्त किया। हॉल तालियों की गड़गड़ाहट से गूँज उठा।

सभा समाप्त हुई। एक-एक कर सभी हॉल से बाहर निकल गये। कमलेश्वर सबसे आख़िर में अपने साथियों के साथ हॉल से बाहर आया।

बाहर लॉन में फूल-मालाओं से सजी एक ट्रैक्टर-ट्रॉली खड़ी थी। ट्रॉली में रखी एक कुर्सी पर उसे बैठाया गया। जौ-गेहूँ-मक्का के दाने और आलू से गूँथकर बनायी गयी एक भारी-भरकम माला उसे पहना दी गयी। कार्ड-बोर्ड से बना, लगभग डेढ़ फुट लम्बा एक काला हैट भी उसके सिर पर रख दिया गया। उस पर मोटे अक्षरों में लिखा था, 'मैं पी-एच.डी. हूँ!'

परम्परानुसार उसे ट्रैक्टर-ट्रॉली में बैठाकर विश्वविद्यालय की सड़कों पर घुमाया गया। उसके साथी तथा विश्वविद्यालय के तमाम लोग उसके पीछे-पीछे चल रहे

थे। जुलूस ख़त्म होने के बाद कमलेश्वर और उसके साथी ग्रोस-लुज़ेवित्स आ गये। वहाँ पहले से ही एक बड़े जश्न की तैयारी की गयी थी। तरह-तरह के पेय और खाने के लिए ढेर-सारी चीज़ें उपलब्ध थीं। देर रात तक खाना-पीना और नाच-गाना चलता रहा। अन्त में, डॉ. स्वाइगर ने जश्न की समाप्ति की घोषणा की। किन्तु उसके पहले संस्थान की ओर से उसके उत्कृष्ट शोध के लिए उसे 'लेनिन गोल्ड मेडल' प्रदान किया। इसके बाद रिया और आल्फ़्रेड ने उसे एक एलबम भेंट किया। एलबम के सभी फ़ोटोग्राफ़्स उसके वहाँ के चार साल के क्रिया-कलापों से सम्बन्धित थे।

एलबम में पहला फ़ोटोग्राफ़ उस जगह का था, जहाँ से रोस्टॉक-जानित्स रोड से एक लिंक-रोड ग्रोस-लुज़ेवित्स की तरफ़ मुड़ती है। मोड़ पर दिशा-निर्देश के लिए एक बोर्ड लगा हुआ है। उस पर 'ग्रोस-लुज़ेवित्स एक किलोमीटर' अंकित है। रिया ने बड़े दार्शनिक ढंग से उस फोटोग्राफ की व्याख्या करते हुए बताया, कमलेश्वर को किस तरह से यह एक किलोमीटर का लम्बा रास्ता तय करने में लगभग चार साल लग गये।

'चार साल?'

अचानक कमलेश्वर को याद आया।...20 दिसम्बर, 1964 को वह अपने दोस्तों के साथ दिल्ली के अन्तरराष्ट्रीय हवाई अड्डे पर खड़ा, हवाई जहाज़ के जाने का इन्तज़ार कर रहा था। फूल-मालाओं से लदा, आँखों में आँसू लिये, उसे अपने लोगों से बिछड़ने का गम तो था ही, दूर एक अनजान देश में जाने का डर भी मन में समाया हुआ था। बड़े ऊहापोह की स्थिति थी। अन्त में, जब जहाज़ के जाने का समय हो गया, वह अपने दोस्तों से विदा लेकर जहाज़ की ओर बढ़ गया।

मुम्बई में उसे जहाज़ बदलना था। लुफ्थान्जा में उसकी बुकिंग थी। चेक-इन कराकर वह एक कस्टम-अधिकारी के डेस्क पर पहुँचा और उसे अपना पासपोर्ट तथा बोर्डिंग-पास दिया। पासपोर्ट के पन्ने इधर-उधर पलट, उस अधिकारी ने कमलेश्वर की ओर प्रश्नभरी नज़रों से देखा और पूछा,

"कहाँ जा रहे हैं आप?"

"जर्मनी।...पूर्वी जर्मनी।"

"परन्तु पूर्वी जर्मनी का 'वीज़ा' तो है नहीं!"

"हाँ, पर पूर्वी जर्मनी का वीज़ा तो नहीं लगता है न" कमलेश्वर ने कहा।

किन्तु वह उसकी बात मानने को राज़ी नहीं था। इस सम्बन्ध में कमलेश्वर ने उसे शिक्षा-मन्त्रालय के एक-दो पत्र भी दिखाये। उसके बावजूद वह अपनी ज़िद पर अड़ा रहा।

सीधा-सादा, गाँव-देहात का रहनेवाला कमलेश्वर, ज़िन्दगी में पहली बार अँगरेज़ी में अपनी बात कहने की कोशिश कर रहा था। किन्तु वह उस अधिकारी को 'कनविन्स' कर नहीं पाया। उसने उसे जाने से रोक दिया। जर्मनी न जा पाने की आशंका से, कमलेश्वर इतना घबड़ा गया था कि यह बात उसकी समझ में नहीं आयी कि वह इस सम्बन्ध में किसी बड़े अधिकारी से बात करे। बल्कि वह तो वहीं एक तरफ़ असहाय-सा खड़ा होकर सबको जाते हुए निहारता रहा।...उसका जहाज़ उसे बिना लिये ही फुर्र हो गया।

"क्या, अब वह जर्मनी नहीं जा पायेगा?" इस सोच मात्र से ही उसका मन बैठने लगता। पर क्या करे वह? कहाँ जाये? कुछ समझ में नहीं आ रहा था। पागलपन की स्थिति हो गयी थी उसकी। कभी सिर पकड़कर वह किसी कुर्सी पर बैठ जाता, तो कभी उठकर इधर-उधर टहलने लगता। इसी उधेड़-बुन में कई घण्टे बीत गये। वह बहुत थका-थका महसूस कर रहा था। अन्त में, वह हॉल के एक किनारे पर रखी कुर्सी पर जाकर बैठ गया।

सहसा उसका ध्यान अपने दाहिने हाथ की हथेली की ओर गया। उसने अपने हाथ की उस लकीर को देखा, जिसकी ओर इशारा कर किसी पण्डित ने कई वर्ष पहले उसे विदेश जाने के योग के बारे में बताया था। पर आज उसे पण्डित जी की भविष्यवाणी झूठी साबित होती नज़र आ रही थी। तभी अचानक उसने एक आदमी को अपने सामने से गुज़रते हुए देखा। वह 'सीता ट्रैवल्स' का कर्मचारी था। सीता ट्रैवल्स ने ही उसके जर्मनी जाने का प्रबन्ध किया हुआ था। वह जल्दी से अपनी जगह से उठकर उसके पास पहुँचा और अपनी आपबीती बतायी। घबराहट में उसकी ज़ुबान लड़खड़ा रही थी। उसकी साँसों की गति तेज़ हो गयी थी।...

"देखिये, मैं तुरन्त तो कुछ नहीं कर सकता। वैसे भी जहाज़ तो चला ही गया है। सुबह होने दीजिये। मैं आपको अपने दफ़्तर ले चलूँगा। अब वे लोग ही कुछ कर सकते हैं", उसने कमलेश्वर को ढाँढ़स बँधाते हुए कहा।

'सीता ट्रैवल्स' की मैनेजर श्रीमती उमरीगर को जब उसने अपना दुखड़ा सुनाया, तो वह कस्टमवालों पर बरस पड़ीं। उन्होंने ताबड़तोड़ कई सारे फ़ोन उसकी यात्रा के सम्बन्ध में किये। वे बहुत प्रभावशाली महिला लगीं, उसे। उन्होंने दूसरे दिन सुबह उसके जर्मनी जाने का पुनः प्रबन्ध करा दिया और उसे यह भी आश्वासन दिया कि वे जर्मनी के शिक्षा-मन्त्रालय को उसके वहाँ देर से पहुँचने की सूचना दे देंगी, ताकि वहाँ पहुँचने पर उसे कोई परेशानी न हो। पर शायद यह सम्भव नहीं हो पाया था। बर्लिन हवाई अड्डे पर उसे कोई लेने नहीं आया।

एक-एक कर सभी यात्री चले गये। वह अकेला, परेशान-सा इधर-उधर देख रहा था। उसके मन में उस अधिकारी को गालियाँ निकल रही थीं, जिसकी हठधर्मी के कारण उसे वहाँ पहुँचने में देर हुई। अब वह अकेला इस अनजाने देश में एयरपोर्ट पर खड़ा था। समझ में नहीं आ रहा था, वह करे भी तो क्या करे! संयोग से, तभी एक महिला उसके पास आयी और पूछा, "क्या आप इण्डिया से आये हैं?" उसने कहा,"हाँ"। "आपका नाम कमलेश्वर है?" उसने हाँ में सिर हिलाया। "ओह, मैं आपको बड़ी देर से ढूँढ़ रही थी। अच्छा हुआ, जो आप मुझे मिल गये।" उसने प्रसन्नता ज़ाहिर करते हुए उससे हाथ मिलाया। फिर उसने उसे शिक्षा-मन्त्रालय का एक लिफाफा पकड़ाया, जिसमें एक पत्र के साथ, लाइप्सिस जाने के लिए ट्रेन-टिकट तथा वहाँ के एक हॉस्टल का पता दिया हुआ था, जहाँ कमलेश्वर को रिपोर्ट करना था। कमलेश्वर की खुशी का ठिकाना नहीं था। उसके मन से भय और असमंजस दोनों ही छूमन्तर हो गये थे।

उस महिला के निर्देशानुसार कमलेश्वर बाहर खड़ी एक बस में बैठकर रेलवे स्टेशन पहुँचा। पता चला कि एक ट्रेन तुरन्त लाइप्सिस को जानेवाली है। वह ट्रेन में चढ़ गया। डिब्बे में काफ़ी सीटें ख़ाली थीं। परन्तु वह भीतर जाकर किसी सीट पर बैठने की हिम्मत नहीं जुटा पाया। डिब्बे में बस गोरे-गोरे लोग ही दिख रहे थे। उसे अचानक दक्षिण अफ्रीका में गाँधी जी की रेल-यात्रा का ध्यान हो आया। उसे लगा, मानो किसी भी क्षण कोई गोरा आदमी उससे आकर पूछेगा, "तुम्हें इस गाड़ी में बैठने की इजाज़त किसने दी!" इस सोच मात्र से ही वह दहल-सा गया।

वह दो रातों से सोया नहीं था। बेहद थकान और अन्दर समाये डर से उसके पाँव थरथरा रहे थे। वह डिब्बे के बाहर दरवाज़े के पास अपनी अटैची रखकर उस पर बैठ गया। उसे झपकी आ गयी।

"हेलो!" उसने हड़बड़ाकर सिर उठाया। सामने एक अधेड़ उम्र का गोरा आदमी खड़ा था। वह उठकर खड़ा हो गया। उसे लगा, उसका डर सही था। अब यह उसे भला-बुरा कहेगा। परन्तु उससे आँखें मिलाते ही कमलेश्वर का भ्रम दूर हो गया। उसकी आँखों में अपनापन-सा दिखा। इसके पहले कि कमलेश्वर कुछ बोले, उस आदमी ने कहा, "आप भारतीय हैं न?" कमलेश्वर ने 'हाँ' में सिर हिलाया। "भीतर डिब्बे में तो कितनी सारी सीटें ख़ाली हैं! फिर आप यहाँ अपनी अटैची पर क्यों बैठे हैं? चलिये, भीतर बैठकर आराम से बातें करतें हैं।"

इसके पहले कि कमलेश्वर कुछ कहे, वह व्यक्ति खुद ही उसकी अटैची उठाकर डिब्बे की ओर बढ़ गया। बातों-बातों में उस व्यक्ति ने बताया कि वह पेशे से होम्योपैथिक डॉक्टर है। और उसी सिलसिले में वह अक़सर भारत आया-जाया करता है। उसकी बातों से पता चला कि वह भारतीय संस्कृति, सभ्यता और मानवीय मूल्यों से बेहद प्रभावित था। उसने अपनी भारत-यात्रा से जुड़े कई किस्से उसे सुनाये। इस तरह लगभग तीन घण्टों का सफर कब बीत गया, पता ही नहीं चला। लाइप्सिस शहर से पूर्व एक स्टेशन पर उसे उतरना था। जाते-जाते वह कमलेश्वर को कुछ पैसे देता गया। उसने बताया था, स्टेशन से हॉस्टल जाने के लिए टैक्सी करनी पड़ेगी। रात में वह डॉलर तो भुना नहीं सकता, अतः उसके दिये पैसे ही उसके काम आयेंगे। कमलेश्वर को लगा, मानो ऊपरवाले ने ही इस आदमी को उसकी मदद के लिए ही भेजा था।

प्रातः सात बजे हॉस्टल के सामने से एक बस हर्डर इन्स्टीट्यूट को जाती थी, जहाँ विदेशी छात्रों के लिए जर्मन क्लासेज़ चलती हैं। बस पकड़ने के लिए जब वह बाहर आया तो उसे दो-तीन अन्य भारतीय वहाँ पहले से खड़े मिले। उनसे मिलकर उसे बहुत तसल्ली हुई।

पहली क्लास एक-दूसरे के परिचय से शुरू हुई। उसके क्लास-टीचर, मिस्टर हंस गुण्टर ने अपना परिचय देने के बाद इस बात पर ज़ोर दिया कि सब उन्हें 'हंस' कहकर पुकारें। इसी तरह विद्यार्थियों के पुकारने के नाम भी

निर्धारित किये गये। उसका खुद का नाम 'कमल' रखा गया। यद्यपि उसके घर-परिवार के लोग उसके पूरे नाम से पुकारते थे, पर उस दिन के बाद से सब उसे 'कमल' के नाम से जानने लगे। अपने टीचर को उसके प्रथम नाम से सम्बोधित करना पहले तो कुछ अटपटा अवश्य लगा, पर बाद में अच्छा लगने लगा। इससे आत्मीयता बढ़ी और झिझक ख़त्म हो गयी। विद्यार्थियों और टीचर के बीच की दूरी समाप्त हो गयी थी।

क्लास अल्फ़ाबेट्स के परिचय के साथ आगे बढ़ी। जर्मन भाषा के अल्फ़ाबेट्स अँगरेज़ी भाषा के अल्फ़ाबेट्स से मिलते-जुलते तो थे, परन्तु उच्चारण भिन्न थे। ए, ई, आई, ओ तथा यू क्रमशः आ, ए, ई, ओ और ऊ हो गये थे। अँगरेज़ी और जर्मन में एक अन्तर और भी दिखा उसे। जर्मन भाषा में जैसे लिखते थे, ठीक वैसे ही उसका उच्चारण भी करते थे। इस तरह, अँगरेज़ी का 'बी यू टी' से बना शब्द 'बट' जर्मन भाषा में 'बूट' बन गया था। यह बड़ी सहूलियत की बात लगी उसे। पर जर्मन भाषा का व्याकरण थोड़ा मुश्किल अवश्य लगा; कुछ-कुछ संस्कृत भाषा से मिलता-जुलता।

यों तो जर्मन भाषा के अल्फ़ाबेट्स आ, बे, से, डे आदि सीखने में तनिक परेशानी नहीं हुई, परन्तु यह प्रश्न कि, क्या इस निम्न-स्तर से भाषा की पढ़ाई प्रारम्भ कर, वह कभी इस लायक़ बन सकेगा कि अपनी थीसिस जर्मन भाषा में लिख सके! यह डर उसे हर वक़्त परेशान करता रहता। शायद दूसरे विद्यार्थियों को भी। अपनी इस हताशा की बात उसने एक पत्र में अपने बड़े भैया को लिखकर भेजी थी। उत्तर में उसके भैया ने एक लम्बा ख़त लिखा था। उनका मानना था, हर काम प्रारम्भ में मुश्किल लगता है। पर समय के साथ आदमी अपने परिश्रम व धैर्य के बल पर मुश्किल काम को भी आसान बना लेता है। भैया ने अपने पत्र में उसकी पूर्व की उपलब्धियों का ज़िक्र करते हुए, उसकी प्रतिभा की ओर इशारा किया था। उन्हें पूर्ण विश्वास था कि उसे यहाँ भी सफलता अवश्य मिलेगी।

धीरे-धीरे उसकी रुचि जर्मन भाषा की ओर बढ़ने लगी। उसे लगता, मानो बहुत जल्दी-जल्दी और आसानी से उसका जर्मन भाषा का ज्ञान बढ़ रहा है। जर्मन भाषा में उच्चारण अहम है। और विदेशियों के लिए मुश्किल भी। कई तरह के ऑडिओ-विजुअल से सजी प्रयोगशालाओं में उन्हें अभ्यास कराया जाता, ताकि वे जर्मन भाषा के शब्दों का सही प्रयोग व उच्चारण सीख सकें। कुछ हफ़्तों के भीतर ही वह अपनी बात कह पाने तथा औरों की बात समझ

पाने में सक्षम हो गया। उसे ऐसा महसूस हो रहा था, जैसे वह पहली बार कोई भाषा, भाषा की तरह सीख रहा हो। यों तो कभी पूर्व में उसने हिन्दी और अँगरेज़ी भी पढ़ी थी। पर इस तरह क़तई नहीं। कुछ ऐसा ही मत उसके साथ जर्मन कोर्स कर रहे अन्य भारतीय छात्रों का भी था।

लगभग पाँच माह के भीतर ही उसे जर्मन भाषा की अच्छी समझ हो गयी थी। उसने अपनी फ़ाइनल परीक्षाएँ प्रथम श्रेणी में पास कर लीं। पूरी क्लास में उसका अव्वल नम्बर था। उसे लगा, भैया ने ठीक ही कहा था, ‘‘मेहनत और धैर्य से मुश्किल-से-मुश्किल काम भी आसान हो जाता है।’’

7

कमलेश्वर ने जर्मन भाषा का कोर्स पूरा कर लिया था। अब उसे इन्तज़ार था तो बस शिक्षा-मन्त्रालय के निर्देश का कि उसे कब और किस विश्वविद्यालय या शोध-संस्थान में शोध करने के लिए जाना है। इस ख़ाली समय को वह अपने दोस्त भूपिन्दर के साथ लाइप्सिस शहर में घूम-घूमकर बिता रहा था। एक दिन पता चला, मेला-ग्राउण्ड पर किसान-मेला शुरू हुआ है, तो वह भूपिन्दर के साथ मेला देखने चला गया।

एक के बाद एक स्टॉल देखते हुए वे ग्रोस-लुज़ेवित्स-स्थित प्लाण्ट-ब्रीडिंग संस्थान के स्टॉल पर पहुँचे। प्लाण्ट-ब्रीडिंग का नाम पढ़कर, कमलेश्वर के मन में उत्सुकता जगी, क्योंकि वह प्लाण्ट-ब्रीडिंग का विद्यार्थी था और प्लाण्ट-ब्रीडिंग में ही पी-एच.डी. करने जर्मनी आया था। वह उस स्टॉल में घुस गया। पीछे-पीछे भूपिन्दर भी आ गया। स्टॉल के एक कोने में एक लम्बा, गोरा, छरहरा जवान आदमी बैठा हुआ था। वह अपनी कुर्सी से उठकर उनके पास आया और अँगरेज़ी में उनका अभिवादन किया। फिर वह उन्हें स्टॉल में लगे फ़ोटोग्राफ़ एवं अन्य आर्टीफ़ैक्ट्स के माध्यम से उसके संस्थान में चल रहे कार्यक्रमों के बारे में बताने लगा। सब-कुछ देख-सुन लेने के बाद कमलेश्वर को एहसास हुआ कि ग्रोस-लुज़ेवित्स ही वह उपयुक्त स्थान है, जहाँ उसे पी-एच.डी. करने जाना चाहिए। कमलेश्वर ने जब उस व्यक्ति से अपनी मन्शा ज़ाहिर की, तो वह तुरन्त तैयार हो गया। फिर क्या था! दूसरे दिन ही कमलेश्वर ने इसकी सूचना अपने भाषा-संस्थान को दे दी। संस्थान के लोगों ने शिक्षा-मन्त्रालय के माध्यम से उसका ऐडमिशन रोस्टॉक विश्वविद्यालय में करा दिया।

रोस्टॉक विश्वविद्यालय बाल्टिक सागर के किनारे पर बसे रोस्टॉक शहर के मध्य में स्थित है। यह लगभग पाँच सौ साल पुराना है। इसकी स्थापना 1419 ई.

में हुई थी। ऐसे ऐतिहासिक विश्वविद्यालय का विद्यार्थी होना कमलेश्वर के लिए बड़े गर्व की बात थी।

रोस्टॉक शहर से लगभग 20 किमी. दूर रोस्टॉक-ज़ानित्स-मार्ग पर स्थित ग्रोस-लुज़ेवित्स के प्लाण्ट-ब्रीडिंग-संस्थान में प्रोफ़ेसर आर. शिक् के 'गाइडेन्स' में उसे अपनी थीसिस के लिए शोध-कार्य करने थे। प्रोफ़ेसर शिक् संस्थान के निदेशक होने के साथ-साथ रोस्टॉक विश्वविद्यालय के कुलपति तथा प्लाण्ट-ब्रीडिंग विभाग के अध्यक्ष भी थे। डॉ. क्लाउस बेलमैन को, जो उसे लाइप्सिस के किसान-मेले में मिले थे, कमलेश्वर का सहायक 'गाइड' नियुक्त किया गया।

रोस्टॉक रेलवे स्टेशन पर गाड़ी रुकी और कमलेश्वर गाड़ी से नीचे उतरा तो देखा कि उसकी बायीं ओर से डॉ. बेलमैन तेज़ी से चले आ रहे हैं। उनके साथ एक महिला भी थी। यह उनकी पत्नी होंगी, ऐसा उसने अनुमान लगाया। उसने आगे बढ़कर डॉ. बेलमैन से हाथ मिलाया और फिर उस महिला की ओर मुख़ातिब हुआ। 'मैं मिसेज़ बेलमैन हूँ', कहते हुए उन्होंने फूलों का एक गुलदस्ता उसकी ओर बढ़ा दिया। कमलेश्वर ने उन्हें धन्यवाद दिया और वे बाहर उनकी कार की ओर चल पड़े।

शहर से बाहर निकलते ही सड़क के दोनों तरफ़ दूर-दूर तक फैले हरे-भरे खेत कमलेश्वर को अपने गाँव की याद दिला रहे थे। डॉ. बेलमैन ने बताया कि संस्थान की सरहद शुरू हो गयी है। शीघ्र ही उनकी कार रोस्टॉक-ज़ानित्स रोड से ग्रोस-लुज़ेवित्स गाँव की ओर जानेवाली लिंक-रोड पर मुड़ गयी। संस्थान में पहुँचकर डॉ. बेलमैन उसे सीधे अपने कार्यालय ले गये। वहाँ कुछ किताबें तथा शोध-पत्रों की प्रतियाँ अलग एक मेज़ पर रखी हुईं थीं। डॉ. बेलमैन को दूसरे दिन ही चार हफ़्तों की छुट्टियों पर कहीं बाहर जाना था। अतः वे चाहते थे कि इस बीच कमलेश्वर उन किताबों और शोध-पत्रों को पढ़कर एक नोट तैयार करे। छुट्टियों से लौटने के बाद वे उस नोट पर उससे चर्चा करनेवाले थे।

कार्यालय से काम निपटाकर, डॉ. बेलमैन उसे एक ऐसे मकान पर ले गये, जिसके भूमि-तल पर ग्रॉसरीज़ व स्टेशनरीज़ आदि की दुकानें थीं तथा प्रथम-तल पर बैचलर्स के लिए आवास बने हुए थे। वहीं उसके ठहरने की 'टेम्पोररी' व्यवस्था की गयी थी। सीढ़ियों पर चढ़ते हुए डॉ. बेलमैन ने मज़ाक के लहज़े

में कहा, ''कमल! इस मकान में ज़्यादातर अविवाहित लड़कियाँ रहती हैं, यद्यपि उनमें से कई पहले से ही माँ भी हैं। इसलिए तुम ज़रा सँभलकर रहना।''

''सर, फिर तो यही स्थान मुझ-जैसे बैचलर के लिए उपयुक्त रहेगा।'' कमलेश्वर ने मज़ाक किया। दोनों हा-हा-हा कर हँस दिये।

कमलेश्वर को जर्मनी आये कई महीने हो गये थे। वह यह जान गया था कि अविवाहित लड़कियों का माँ बनना जर्मन समाज में एक सामान्य-सी बात है। लड़के-लड़कियाँ अपना जीवन-साथी स्वयं चुनते और एक-दूसरे को जाँच-परखकर ही शादी करने का निर्णय लेते। लम्बे समय तक साथ-साथ रह लेने के बाद भी कई बार शादियाँ नहीं होतीं। वे एक-दूसरे से अलग हो जाते हैं। यही नहीं, किसी लड़की के गर्भवती हो जाने का यह क़तई अर्थ नहीं, कि शादी उससे होगी ही। इस सन्दर्भ में उसे एक अत्यन्त रोचक अनुभव प्राप्त हुआ था।

जर्मन टेलीविज़न का एक दल उसके शोध-संस्थान में आया हुआ था। संस्थान के बारे में एक फ़िल्म बन रही थी। उस दल की नेता एक महिला थी। उनका नाम कुमारी मार्गरिट् था। एक दिन सब लोग साथ-साथ लंच कर रहे थे। प्रोफ़ेसर शिक् की वैयक्तिक सचिव, कुमारी मायर भी उनके साथ थीं। बात-बात में कुमारी मार्गरिट् ने कुमारी मायर से पूछा, ''मिस मायर! आपने अभी तक शादी क्यों नहीं की? सुन्दर तो आप हैं ही; आपके पास एक अच्छी नौकरी भी है...फिर ऐसा क्यों?''

''क्योंकि मुझे अभी तक अपने मन का मीत नहीं मिला, इसलिए।'' मिस मायर ने मुस्कराते हुए उत्तर दिया।

''पर आप स्वयं भी तो अभी तक कुँवारी हैं?'' मिस मायर ने तंज कसा। मिस मार्गरिट् कुछ देर चुप रहीं। फिर उन्होंने एक अजीबोग़रीब कहानी सुनायी।

पाँच साल पहले की बात है। वे छुट्टियाँ मनाने बर्लिन गयी हुई थीं। एक रात किसी डान्स-बार में उनकी मुलाक़ात एक अफ्रीकन हब्शी से हुई। वे उस पर मोहित हो गयीं। देर रात तक वे उसके साथ डान्स करती रहीं। वह रात भी उन्होंने उसके साथ ही बितायी। मिस मार्गरिट् ने मन बना लिया था, वे उसके बच्चे की माँ बनेंगी। उस रात के बाद भी वे उससे कई बार मिलीं। अन्त में जब यह सुनिश्चित हो गया कि वे गर्भवती हैं, तो उन्होंने उससे मिलना-जुलना बन्दकर दिया। उनका सपना पूरा हो गया था। नौ महीने बाद उन्होंने एक

बच्ची को जन्म दिया, जो अब लगभग चार साल की हो गयी है। उन्होंने अपनी बिटिया के कई फ़ोटोग्राफ़्स वहाँ बैठे लोगों को दिखाये। साँवला रंग, घुँघराले बाल, तीखे नाक-नक़्श, बहुत सुन्दर लग रही थी वह। मिस मार्गेरेट् बहुत खुश हैं। लगता है मानो उन्हें सब-कुछ मिल गया है। वे कभी शादी नहीं करेंगी, ऐसा निश्चय उन्होंने बच्ची के पैदा होने के बाद ही कर लिया था।

मिस मार्गरेट् की कहानी चकित कर देनेवाली थी। भारतीय संस्कृति एवं सभ्यता में पले-बढ़े किसी भी व्यक्ति के लिए यह एक अविश्वसनीय घटना थी। परन्तु चकित तो वह तब भी कम नहीं हुआ था, जब वह हर्डर इन्स्टीट्यूट द्वारा आयोजित विण्टर-वैकेशन में छुट्टियाँ बिताने के लिए एक बर्फ़ीले पहाड़ी पर गया था। जहाँ चारों तरफ़ बस बर्फ़-ही-बर्फ़ दिख रही थी। उन्हें एक बड़े गेस्ट-हाउस में ठहराया गया था। उसमें दो बड़े-बड़े कामन बाथरूम बने हुए थे—एक पुरुषों के लिए, दूसरा महिलाओं के लिए।

बड़े सबेरे ही उसकी नींद खुल गयी। वह बिस्तर से उठा और बाथरूम की ओर चल दिया। बाथरूम का दरवाज़ा खोलते ही जब उसकी नज़र भीतर गयी, वहाँ का दृश्य देखकर वह भौचक रह गया। एक दर्जन से भी ज़्यादा युवक रूफ़-शॉवर के नीचे नंगे खड़े होकर नहा रहे थे। उसे लगा, वह किसी ग़लत जगह पर आ गया है। जल्दी से दरवाज़ा बन्दकर वह पीछे मुड़ा ही था कि तभी उसके टीचर मिस्टर गुण्टर आ गये। उन्होंने उसकी दुविधा भाँप ली थी। उन्होंने उसके कन्धे पर हाथ रखकर, उसका ढाँढ़स बढ़ाने का प्रयास करते हुए कहा, "यहाँ यह चलन आम है। विद्यार्थी अपने हॉस्टल के 'कामन-बाथरूम' में नग्न-स्नान आदि नित्य-क्रिया करते हैं। तुम्हें यह अटपटा ज़रूर लग रहा होगा। परन्तु यहाँ इस बात का कोई बुरा नहीं मानता। आओ, हम भी भीतर चलें। अपनी नित्य-क्रिया करें, ताकि समय से आज का कार्यक्रम प्रारम्भ कर सकें!"

डॉ. बेलमैन के छुट्टियों पर चले जाने के कुछ दिन बाद ही कमलेश्वर के बैठने के लिए एक अलग कमरे का प्रबन्ध कर दिया गया। ज़्यादातर समय वह डॉ. बेलमैन द्वारा दी गयी पुस्तकों व शोध-पत्रों को पढ़ने में लगाता। जब थक जाता, तब वह विभाग में कार्यरत लोगों से मिलता तथा वहाँ चल रहे शोध-कार्यों की जानकारी लेता। इस बीच उसने एक छोटी-सी रपट तैयार कर ली थी। छुट्टी से लौटने के बाद डॉ. बेलमैन से जब उसकी मुलाक़ात हुई तो उसने उन्हें अपनी

रपट की एक प्रति दी। दो दिन बाद डॉ. बेलमैन उसके कमरे में आये और उसके सामने एक कुर्सी पर बैठकर बातें करने लगे। सबसे पहले तो वे यह जानना चाहते थे कि वह ग्रोस-लुज़ेवित्स में कैसा महसूस कर रहा है! उसे कोई परेशानी या तकलीफ़ तो नहीं है!

कमलेश्वर द्वारा तैयार की गयी रपट उन्हें अच्छी लगी थी। उसके बारे में उन्होंने एक-दो प्रश्न किये और उसने उनका उत्तर दे दिया। अन्त में, डॉ. बेलमैन ने उससे पूछा, "कमल, तुम्हें इन शोध-पत्रों के पढ़ने के बाद कौन-सा विषय सबसे अच्छा लगा?"

"सेलेक्शन-इण्डेक्स", कमलेश्वर का त्वरित उत्तर था।

"फिर तुम इसी विषय पर अपनी थीसिस के लिए काम करो!" उन्होंने अपनी बात पर बल देते हुए कहा।

"ठीक है।...पर 'टॉपिक' क्या होगा?" उसने प्रश्न किया।

"अरे भाई! विषय का पता तुमने कर लिया। अब टॉपिक भी चुन लो। आख़िर पी-एच.डी. की डिग्री तो तुम्हें ही प्राप्त करनी है न!...समझो, तुम्हारी शोध यहीं से शुरू होती है।" इतना कहकर, डॉ. बेलमैन अपनी कुर्सी से उठे और "विश यू आल द लॅक", कहकर कमरे से बाहर चले गये।

डॉ. बेलमैन का इस तरह उठकर चले जाना कमलेश्वर को अच्छा नहीं लगा। आख़िर कौन बतायेगा उसे, वह किस 'टॉपिक' पर शोध करेगा? गाइड ही न! परन्तु गाइड तो यह कहकर चला गया कि वह अपनी थीसिस का टॉपिक स्वयं चुने। तो फिर गाइड का काम क्या है?

दो दिन बाद डॉ. बेलमैन पुनः उसके कमरे में आये। वे अपने साथ 'सेलेक्शन-इण्डेक्स' से सम्बन्धित ढेर-सारा साहित्य उसे दे गये। उसने जब उन्हें पढ़ना शुरू किया, तो पता चला कि सेलेक्शन-इण्डेक्स से सम्बन्धित ज़्यादातर सन्दर्भ (References) विदेशी अँगरेज़ी पत्रिकाओं : जैसे अमेरिका की 'क्राप साइन्स', इंग्लैण्ड की 'जेनेटिक्स' या 'जर्नल ऑफ जेनेटिक्स', 'हेरिडिटी' आदि में दिये गये थे। ग्रोस-लुज़ेवित्स की लाइब्रेरी से लेकर रोस्टॉक यूनिवर्सिटी और डॉ. आरेन्स के सांख्यिकी संस्थान की लाइब्रेरीज़ तक, सब छान मारी उसने। पर वे जर्नल उसे कहीं नहीं मिले। उसने जब यह बात डॉ. बेलमैन को बतायी, तो उन्होंने मुस्कुराते हुए कहा—"अरे भाई! ये पत्रिकाएँ भला यहाँ कहाँ मिलेंगी? ये सब तो यहाँ बैन हैं।"

"बैन!...बैन क्यों है?" कमलेश्वर ने चकित होते हुए पूछा।

डॉ. बेलमैन ने उसे बताया कि हर विदेशी चीज़ यहाँ बैन है—चाहे वह खाद्य पदार्थ हो, फ़ैशन की कोई चीज़ हो अथवा किसी प्रकार की सूचना सम्बन्धी कोई पत्र या मैगज़ीन। यही नहीं, किसी विदेशी व्यक्ति से पत्राचार करने की भी अनुमति नहीं है।

"पर ऐसा किस लिए?" कमलेश्वर ने जानना चाहा।

"दरअसल, यहाँ के प्रशासन ने हर प्रकार के बाहरी प्रभावों से अपने नागरिकों को 'इन्सूलेट' करके रखा हुआ है। उसका सोचना है, और शायद वे सही भी हैं, कि चकाचौंध करनेवाली बाहरी दुनिया यहाँ के लोगों के मन में कुण्ठा और असन्तोष को जन्म देगी, जो क़तई इस देश के हित में नहीं होगा।"

"सर! यह तो मुझे पता था कि बाहर के देशों से फ़ैशन की पत्रिकाएँ यहाँ नहीं लायी जा सकतीं। परन्तु मैं यह नहीं जानता था कि वैज्ञानिक पत्रिकाओं पर भी पाबन्दी है। मेरी समझ से तो बाहरी पत्रिकाओं को पढ़ना यहाँ के वैज्ञानिकों के लिए फ़ायदेमन्द ही होगा। क्योंकि विज्ञान में यदि आप 'अपडेट' नहीं रहेंगे, फिर तो पिछड़ ही जायेंगे!"

"हाँ! पर यहाँ का शासक-वर्ग ऐसा नहीं सोचता। ख़ैर! छोड़ो ये सब बातें। यह बताओ कि तुम्हें यह बात कैसे मालूम हुई कि बाहर से फ़ैशन की मैगज़ीनें यहाँ नहीं लायी जा सकतीं?"

"सर! मेरा एक साथी कभी पश्चिमी बर्लिन से फ़ैशन की एक मैगज़ीन लाने के चक्कर में बुरी तरह फँस गया था।"

"क्यों? क्या हुआ था? पूरी बात बताओ!"

"सर! यह तब की बात है जब मैं लाइप्सिस के हर्डर इन्स्टीट्यूट में जर्मन भाषा का कोर्स कर रहा था। शरद माथुर नाम का एक लड़का हमारे साथ पढ़ता था। यद्यपि वह दूसरे बैच में था और उसकी टीचर एक युवा महिला थीं—मिस गिलक्रिस्ट। कहते हैं न, प्यार अन्धा होता है—वह न तो उम्र देखता है, न जाति, न धर्म और न ही रंग-रूप। दुबला-पतला माथुर, आँखों पर मोटा चश्मा। जब चलता, तो लगता- अब गिरा कि तब गिरा। पर मिस गिलक्रिस्ट उसके प्यार में फँस गयीं। जबकि वह उम्र में भी उनसे 10-12 साल छोटा रहा होगा। ख़ैर,

उनका प्यार परवान चढ़ा और जैसा मुझे बाद में पता चला, आगे चलकर उन दोनों ने शादी भी कर ली थी।

मिस गिलक्रिस्ट एक ख़ूबसूरत और फ़ैशनेबुल महिला थीं। हमेशा टिप-टाप रहतीं। शरद उनके लिए पश्चिमी बर्लिन से अक्सर उनकी फ़रमाइश की चीज़ें लाता रहता। एक बार उनके कहने पर, शरद ने एक फ़ैशन की मैगज़ीन अपने साथ लाने की योजना बनायी। मिस गिलक्रिस्ट ने यों तो उसे सावधान कर दिया था, कि फ़ैशन की मैगज़ीन लाना क़ानूनन अपराध है। पर चूँकि वह एक विदेशी है, हो सकता है सीमा पर लगी पुलिस उसे मैगज़ीन लाने से न रोके!

पर शरद ने बड़ी ग़लती की। मैगज़ीन को खुलेआम लाने के बजाय, उसने चोरी से लाने की योजना बनायी। चेक-पॉइण्ट-चार्ली जो पूरब से पश्चिम बर्लिन आने-जाने का इण्ट्री-पॉइण्ट है, उसकी बिल्डिग में प्रवेश करने से पहले वह किसी रेस्ट-रूम में गया। अपने कपड़े उतारकर, मैगज़ीन को अपनी कमीज़ और पैण्ट के नीचे रखकर बेल्ट लगा लिया। फिर पूरी बाँह का ऊनी स्वेटर और उसके ऊपर कोट और ओवर-कोट पहन लिया। जाड़े का महीना था। सोचा, कोई पुलिसवाला जान नहीं पायेगा, कि उसके पास मैगज़ीन रखी है। किन्तु वह ग़लत था। बिल्डिग में प्रवेश करते ही गेट पर खड़े एक सिपाही को शक हो गया। उसने उसे बगल के एक कमरे में जाने का इशारा किया। शरद ने बड़े निश्चिन्त भाव से कमरे में प्रवेश किया। वहाँ बैठे एक अधिकारी ने मुस्कराकर उसका अभिवादन किया और उसका हाल-चाल पूछा। अन्त में, जब उसने शरद को अपना ओवर-कोट और कोट उतारने को कहा, तो उसके हाथ-पाँव फूल गये। वह पसीने-पसीने हो गया। उसका झूठ पकड़ लिया गया था। शरद ने अपनी ग़लती मानकर उस अफ़सर से माफ़ी माँगी। अफ़सर अच्छा था। उसने मैगज़ीन रखवा ली। कोई बड़ी सज़ा न देकर शरद के पासपोर्ट पर इस आशय की एक मुहर लगाकर जाने दिया कि वह फिर कभी पश्चिमी बर्लिन न जा सकेगा।''

''क्या तुम भी कभी उस पार गये थे?'' डॉ. बेलमैन ने कमल से पूछा।

''जी, मैं एक बार गया था। उसके बाद मैंने कान पकड़ लिया, दुबारा फिर कभी नहीं गया।'' कमलेश्वर ने कहा।

''क्यों? ऐसी क्या बात हो गयी थी?'' डॉ. बेलमैन ने प्रश्न किया।

''सर, मेरे साथ ऐसा-वैसा कुछ नहीं हुआ था। परन्तु इस ओर से दूसरी ओर जाने में जो जद्दोजहद हुई, उससे मेरा मन उचट गया। इतनी पूछ-ताछ! छान-बीन! जैसे हम कोई अपराधी हों! बाहर निकलते-निकलते, एक घण्टा लग गया। उन्होंने एक पर्चा भी पकड़ाया था, जिस पर लिखा था—क्या-क्या चीज़ें वहाँ से लायी जा सकती हैं! मज़ेदार बात यह थी कि दूसरी ओर न तो कोई इमिग्रेशन-ऑफिस था, न ही कोई पुलिस। चारदीवारी के उस पार पश्चिम बर्लिन के हिस्से में जाते ही, ऐसा लगा, जैसे हम किसी जेल से निकलकर बाहर आये हों! लौटते समय तो, और भी गहन छान-बीन हुई। जबकि मैं तो बस नाइलान की एक कमीज़ अपने साथ लाया था। नाइलान की कमीज़ों का यहाँ कितना क्रेज़ है, यह तो आप तो जानते ही हैं! न जाने क्यों, ये कमीज़ें यहाँ नहीं मिलतीं!''

''यहाँ तो कितनी सारी चीज़ें नहीं मिलतीं! अब उनका क्या रोना!''

यह बात यहीं ख़त्म हो गयी। किन्तु सवाल यह था, कि जो सन्दर्भ कमलेश्वर को उसकी थीसिस के लिए चाहिए, वे कहाँ से और कैसे मिलेंगे? डॉ. बेलमैन ने उसे एक उपाय सुझाया। चूँकि उसे बर्लिन या पश्चिमी जर्मनी के किसी शहर में जाने की कोई रोक-टोक नहीं है, वह जाकर वहाँ की लाइब्रेरीज़ से अपने काम के सन्दर्भ ढूँढ़कर और उनका नोट बनाकर अपने साथ ला सकता है। नोटबुक लाने में शायद कोई आब्जेक्शन न हो!

कमलेश्वर ने ऐसा ही किया। और उसका काम हो गया।

इस तरह लगभग छह हफ़्तों की गहन छान-बीन के बाद उसने एक चालीस पृष्ठों का 'रिव्यू' तैयार कर लिया। इस रिव्यू के सारांश में उसने पाँच ऐसे विन्दु इंगित किये थे, जिन पर शोध करने की आवश्यकता लग रही थी। इस रिव्यू की एक प्रति उसने डॉ. बेलमैन को पढ़ने के लिए दे दी। हफ़्ते भर बाद डॉ. बेलमैन से उसकी इस रिव्यू पर चर्चा हुई। वे इस रिव्यू से बेहद ख़ुश थे। सारांश में दिये गये पाँचों पहलुओं पर उन्होंने कुछ सुझाव दिये और कहा कि ये विन्दु ही उसकी शोध के पहलू होंगे। उसे लगा, वह अपनी पी-एच. डी. के काम की एक सीढ़ी चढ़ गया। उसे थीसिस का 'टायटल' मिल गया था।

उसके तीन-चार दिन बाद वह डॉ. बेलमैन के साथ प्रोफेसर शिक् से मिलने उनके ऑफ़िस में गया। यह अपने गाइड से उसकी पहली मुलाक़ात थी।

डॉ. बेलमैन ने उसके द्वारा लिखे गये रिव्यू की चर्चा करते हुए, प्रोफ़ेसर शिक् को उसकी शोध के विषय में बताया। प्रोफ़ेसर शिक् ने सहमति में सिर हिलाया। इस शोध का सम्पादन दो तरह से होना था। एक तो कम्प्यूटर पर एक काल्पनिक परिस्थिति तैयार कर उन्हीं प्रश्नों के उत्तर ढूँढ़ने थे, जिन्हें उसने अपने रिव्यू में इंगित किया था। इस तरह के अध्ययन को 'सिम्यूलेशन' कहा जाता है। सिम्यूलेशन जेनेटिक्स का विषय तब बिलकुल नया था। पूरे विश्व में बस एक-दो जगह ही ऐसे कार्य प्रारम्भ किये गये थे। कम्प्यूटर-सिम्यूलेशन के आधार पर जब उसका पहला शोध-पत्र 'कोरीलेटेड् रिस्पान्स इन प्लाण्ट-ब्रीडिंग' सन् 1965 में जर्मनी की एक पत्रिका में छपा तो उसकी खुशी का ठिकाना नहीं रहा। बाद में तो 'सेलेक्शन इण्डेक्स' के ऊपर उसके अनेक शोध-पत्र विश्व की जानी-मानी पत्रिकाओं में छपे और लोग उसे 'सिम्यूलेशन जेनेटिक्स' के विशेषज्ञ के रूप में जानने-पहचानने लगे थे।

कमलेश्वर की थीसिस के काम का दूसरा पहलू किसी पौधे के ऊपर उन्हीं प्रश्नों के उत्तर वास्तविक परिस्थितियों में ढूँढ़ने थे। फिर इन दोनों परिस्थितियों से प्राप्त समाधानों का पारस्परिक तुलनात्मक अध्ययन कर भविष्य में 'सेलेक्शन-इण्डेक्स' की प्लाण्ट-ब्रीडिंग में उपयोगिता पर टिप्पणी करनी थी। वास्तविक परिस्थिति को तैयार करने हेतु किसी पौधे में उसे ढेर-सारे संकरण करने थे। डॉ. बेलमैन चाहते थे कि वह इस अध्ययन के लिए 'एराबिडॉप्सिस थैलियाना' की पौध पर काम करे। परन्तु एराबिडॉप्सिस स्व-सेचित पौधा होने के कारण कलियों के बन्द आँचल की आड़ में ही स्वसेचन की क्रिया सम्पूर्ण हो जाती है, दूसरे, इसके फूल बहुत छोटे और नाजुक होते हैं, ऐसी दशा में इतने बड़े पैमाने पर कृत्रिम-संकरण एक असम्भव-सा कार्य था। डॉ. बेलमैन द्वारा इस मुश्किल का ज़िक्र करने पर प्रोफ़ेसर शिक् ने बड़ी बेफ़िक्री से कहा,

"तो क्यों न कमल, इस स्वयं-सेचित पौधे को पर-सेचित बनायें?... आख़िर, इसी का नाम तो शोध है।"

प्रोफ़ेसर शिक् की इस उक्ति से कमलेश्वर सकते में आ गया। वह हैरान था कि आख़िर प्रो. शिक् ऐसा कैसे कह सकते हैं! पर, डॉ. बेलमैन चुप रहे। उन्होंने कोई प्रतिक्रिया व्यक्त नहीं की। बस 'धन्यवाद' कहकर, वे प्रो. शिक्

के कमरे से बाहर निकल आये। कमलेश्वर भी उनके पीछे-पीछे बाहर आ गया। उस समय वह बहुत गुस्से में था। किसी तरह अपनी झुँझलाहट छिपाते हुए, उसने डॉ. बेलमैन से पूछा, ‘‘सर! आपने प्रोफ़ेसर शिक् की टिप्पणी पर कोई प्रतिक्रिया व्यक्त क्यों नहीं की? भला मैं स्व-सेचित एराबिडॉप्सिस को पर-सेचित कैसे बना सकता हूँ?’’

‘‘सुनो कमल! एराबिडॉप्सिस को पर-सेचित बनाना, अब तुम्हारा काम है। प्रोफ़ेसर शिक् को जो कहना था, कह दिया।’’ डॉ. बेलमैन ने एक रूखा-सा उत्तर दिया और उसकी प्रतिक्रिया की प्रतीक्षा किये बिना वे अपने दफ़्तर में घुस गये।

डॉ. बेलमैन की यह बात उसे अच्छी नहीं लगी। परन्तु वह कर भी क्या सकता था? अब तो इस मुश्किल समस्या का हल उसे स्वयं ही ढूँढ़ना था। सम्भवतः यह ‘दूसरी सीढ़ी’ थी, जिसे पारकर उसे आगे बढ़ना था। यही सोचकर, वह चुप्पी लगा गया था।

डॉ. माइनल डोबरमैन उसके संस्थान में इन्स्ट्रूमेण्टेशन इंजीनियर थे। अकेले रहते थे। उन्होंने शादी नहीं की थी। संस्थान के मेस में शाम के खाने के वक़्त अक़सर उनसे कमलेश्वर की मुलाक़ात हो जाती थी। उस शाम वे दोनों एक ही मेज़ पर बैठे खाना खा रहे थे।

‘‘कमल, क्या बात है? आज तुम इतने उदास क्यों लग रहे हो?...क्या तुम्हारे घर से कोई बुरी ख़बर आयी है?’’ उन्होंने चुप्पी तोड़ते हुए उससे पूछा।

‘‘नहीं-नहीं सर! ऐसी कोई बात नहीं है। बात मेरी थीसिस के काम को लेकर है।’’ उसने धीरे से कहा।

‘‘क्या बात है?...बताओ! क्या मैं कुछ मदद कर सकता हूँ?’’ उन्होंने बड़ी आत्मीयता से पूछा।

कमलेश्वर ने उन्हें एराबिडॉप्सिस को पर-सेचित बनानेवाली बात बतायी। डॉ. डोबरमैन थोड़ी देर सोचते रहे, फिर बोले, ‘‘चलो, इस समस्या पर कल विचार करते हैं। कल तुम्हारी प्रयोगशाला में आकर, मैं इस पौधे को देखना चाहूँगा। फिर, देखेंगे कि हम क्या कर सकते हैं?...हम दोनों मिलकर कोई-न-कोई उपाय तो ढूँढ़ ही लेंगे।’’ उन्होंने उसका ढाँढ़स बँधाते हुए कहा।

लगभग एक हफ़्ते के विचार-विमर्श और ट्रायल के बाद, एक छोटा-सा 'अटैचमेण्ट' तैयार हो गया था, जिसे माइक्रोस्कोप में लगाकर एराबिडॉप्सिस की कलियों का पर-सेचन सुनिश्चित किया जा सकता था। दो-चार दिन की 'प्रैक्टिस' के बाद कमलेश्वर के लिए यह एक आसान काम हो गया। इन क्रासेज़ से प्राप्त संकरित बीज ही उसके उन प्रयोगों में काम आये, जिनके द्वारा उसे 'सेलेक्शन इण्डेक्स' के लिए चुने गये प्रश्नों के उत्तर ढूँढ़ने थे।

❍

8

कमलेश्वर को ग्रोस-लुज़ेवित्स आये लगभग छह महीने हो गये थे। उसकी थीसिस की सिनॉप्सिस स्वीकृत होकर यूनिवर्सिटी में जमा हो चुकी थी। सिनॉप्सिस में दिये गये शोध के उद्देश्यों को ध्यान में रखकर फील्ड-एक्सपेरिमेण्ट्स की रूप-रेखा भी तैयार हो चुकी थी। एक दिन की बात है। वह अपने को-गाइड डॉ. क्लाउस बेलमैन की सचिव, फ्राऊ मार्था तथा उन दिनों उसके सेक्शन में प्रशिक्षण ले रहीं कुमारी हेलगा के साथ प्रायोगिक-क्षेत्र पर अपने एक्सपेरिमेण्ट्स के लिए 'ले-आऊट प्लान' तैयार कर रहा था। कुछ मिनट ही बीते होंगे, उसने देखा कि लगभग उसी की उम्र का एक युवक ट्रैक्टर पर बैठकर आया और बगल के फ़ील्ड की जुताई करने लगा। कमलेश्वर उसकी ओर ध्यान दिये बग़ैर अपना कार्य करता रहा। कुछ देर बाद फ्राऊ मार्था ने बताया कि ट्रैक्टर से खेत जोत रहा युवक भी पी-एच.डी. स्कॉलर है। अभी हाल ही में उसने भी अपने ही विभाग में ज्वॉइन किया है। डॉ. हर्मन स्वाइगर उसके गाइड हैं।

कमलेश्वर उस युवक को ट्रैक्टर चलाते हुए देखकर बहुत प्रभावित हुआ। ड्राइव करना तो दूर, वह तो कभी ट्रैक्टर पर बैठा भी नहीं। यहाँ आकर उसे पता चला, उसका पुस्तकीय ज्ञान तो अच्छा है, परन्तु व्यावहारिक ज्ञान में वह एकदम फिसड्डी है। वह यही सोच रहा था, कि युवक का ट्रैक्टर उनकी बग़ल से गुज़रा। फ्राऊ मार्था ने उसे हाथ देकर रुकने का इशारा किया। उसने ट्रैक्टर को ब्रेक लगाया और कूदकर नीचे आ गया।

फ्राऊ मार्था ने कमलेश्वर का परिचय देते हुए उसे उसका नाम बताया और यह भी कि वह हिन्दुस्तान से आया है। प्रो. शिक् और डॉ. बेलमैन की देख-रेख में पी-एच.डी. कर रहा है।

"हाय, आल्फ़्रेड हियर! मेरा नाम आल्फ़्रेड शूमाख़र है।" युवक ने अपना हाथ आगे बढ़ाते हुए कहा। 'शूमाख़र' यानी जूता बनानेवाला। कमलेश्वर के चेहरे पर एक हल्की-सी हँसी उभर आयी। उसने उससे हाथ मिलाते हुए कहा, "धन्यवाद!, मैं कमल।"

"मैं भी पी-एच.डी. स्कॉलर हूँ।" उस युवक ने आगे कहा, "तुमसे मिलकर ख़ुशी हुई।...फिर मुलाक़ात होगी।...अभी कुछ काम कर लें!" इतना कहकर वह युवक कमलेश्वर के उत्तर की प्रतीक्षा किये बिना ही पुनः ट्रैक्टर पर सवार हो गया और खेत की जुताई करने लगा। कमलेश्वर भी अपने काम में लग गया।

फ्राऊ मार्था ने कमलेश्वर को बताया था कि उसके बग़ल का कमरा आल्फ़्रेड को मिला है। अगले दिन सुबह जब कमलेश्वर ऑफ़िस पहुँचा, तो सबसे पहले उसने आल्फ़्रेड का दरवाज़ा खटखटाया और बिना इन्तज़ार किये दरवाज़ा खोलकर भीतर झाँका। आल्फ़्रेड अपनी कुर्सी पर बैठा कैलकुलेटर पर कुछ काम कर रहा था। "गुड मार्निंग, आल्फ़्रेड!" कमलेश्वर ने उसका अभिवादन किया।

"गुड मार्निंग, कमल! आओ-आओ, अन्दर आओ!" कहता हुआ वह अपनी कुर्सी से उठने लगा, तो कमलेश्वर ने उसे टोकते हुए कहा, "तुम अपना काम करो! मैं भी अपना काम करता हूँ। लंच करने साथ-साथ चलेंगे।"

"ठीक है।" आल्फ़्रेड ने कहा और अपने काम में लग गया। कमलेश्वर भी अपने कमरे में चला गया।

धीरे-धीरे उनकी दोस्ती परवान चढ़ने लगी। वे रोज़ साथ-साथ लंच करने जाते। डिनर भी साथ ही करते। डिनर के बाद वे अक़सर कुछ देर के लिए खेतों की ओर घूमने निकल जाते। चारों तरफ़ आलू के बड़े-बड़े खेत। एक अजीब-सी गन्ध भरी रहती, पूरे वातावरण में। शुरुआती दिनों में तो यह गन्ध कमलेश्वर को अच्छी नहीं लगती थी, पर धीरे-धीरे उसकी आदत-सी हो गयी।

सड़क के किनारे पर बनी बेंचों पर बैठकर आल्फ्रेड और कमल अक़सर देर रात तक गप्पें मारते। या फिर वे कभी संस्थान के रेस्तराँ में बैठकर बियर पीते और बातें करते रहते। मतलब यह कि वे हर पल साथ-साथ रहते, साथ-साथ घूमने जाते और एक-दूसरे के काम में मदद करते। कमलेश्वर को कभी रोस्टॉक जाना होता, तो भी वह आल्फ़्रेड को साथ लेकर ही जाता। शीघ्र

ही उनकी दोस्ती की चर्चा आम हो गयी थी। कुछ तो उन्हें जुड़वाँ भाई कहकर बुलाते। कमलेश्वर अक्सर उसे अपने गाँव, खेत-खलिहान, घर-परिवार की बातें बताता। आल्फ़्रेड बड़े ध्यान से सुनता। इण्डिया के बारे में उसकी जानकारी बहुत कम थी। इसलिए वह सब-कुछ जानने को इच्छुक रहता। उसकी बातें सुनना उसे अच्छा लगता। आल्फ़्रेड भी कमलेश्वर को अपने बारे में, अपने माँ-बाप के बारे में, अपने गाँव के बारे में बताता।...और रिया! रिया यानी उसकी पत्नी। रिया तो स्पेशल थी ही। उसकी बातें तो कभी ख़त्म होती ही नहीं। वह जब भी रिया के बारे में कुछ कहता, तो वह कहीं खो-सा जाता। कमलेश्वर को उसमें मजनूँ का-सा चरित्र दिखने लगता। कितना लगाव था उसका रिया से! कोई कल्पना भी नहीं कर सकता।

एक बार आल्फ़्रेड उसे अपने गाँव ले गया। उसके मम्मी-पापा कमलेश्वर को देखकर बहुत खुश हुए। उसके बारे में आल्फ़्रेड ने उन्हें पहले ही सब-कुछ बता रखा था। कमलेश्वर को भी यह क़तई महसूस नहीं हुआ कि वह किसी नयी जगह पर या अनजान लोगों के बीच आया है। आल्फ़्रेड कमलेश्वर को अपने गाँव एक विशेष कारण से ले आया था। उसके घर 'पशु-बलि' का आयोजन था। एक सूअर की बलि चढ़नेवाली थी। पर किसी देवी या देवता के नाम पर नहीं, बल्कि अपने घर-परिवार की पेट-पूजा के लिए। कमलेश्वर हँस पड़ा था, उसकी यह बात सुनकर। आल्फ़्रेड ने उसे बताया कि उसके गाँवों में पशु-बलि का प्रचलन बहुत पुराना है। हर परिवार साल में एक-दो जानवर की बलि देता है और उसका मांस प्रिज़र्व करके रखता है, जो गाहे-बगाहे साल भर उनके खाने के काम आता है।

आल्फ़्रेड के घर पर आयोजित पशु-बलि किसी उत्सव से कम नहीं था। दोस्त-मित्र सभी शामिल थे उस उत्सव में। दरअसल, यह काम किसी एक व्यक्ति या परिवार के वश का था भी नहीं। तीन-चार दिन तक चले इस कार्यक्रम में खाना-पीना भी खूब हुआ। मांस की प्रोसेसिंग के लिए उन्होंने छोटे-छोटे देशी हस्तचालित औज़ार बना रखे थे, जिससे उनका काम आसान हो गया था। उत्सव समाप्त हो जाने के बाद आल्फ़्रेड और कमलेश्वर ग्रोज-लुज़ेवित्स लौट आये और पुनः अपने कामों में लग गये।

कमलेश्वर का आल्फ़्रेड के गाँव जाना-आना अक्सर होता रहता। त्योहारों के अवसर पर तो वह उसके गाँव जाता ही। वह बिना किसी झिझक के उनके त्योहारों-उत्सवों में भाग लेता। उससे मिलकर आल्फ़्रेड के मम्मी-पापा भी बहुत

खुश होते। ऐसे ही किसी अवसर पर एक बार वह उसके यहाँ तीन-चार दिन तक रुका रहा। एक दिन आल्फ़्रेड अपनी माँ के साथ कुछ काम करने में व्यस्त था, तो उसके पापा कमलेश्वर को लेकर अपने किचन-गार्डेन में चले गये। किचेन-गार्डेन काफ़ी बड़ा था। उसमें क़िस्म-क़िस्म की सब्ज़ियाँ लगी हुई थीं। फूलों की रंग-बिरंगी क्यारियाँ अलग ही छटा बिखेर रही थीं। कुछ सेब के पेड़ भी थे, जो फलों से लदे पड़े थे। यह सब देखकर कमलेश्वर बहुत खुश हुआ और वह भी उनके साथ काम में लग गया।

बातों-बातों में कमलेश्वर ने उन्हें बताया कि वह भी गाँव का ही रहनेवाला है और उसके घर भी खेती-बारी होती है। उसकी इस बात पर आल्फ्रेड के पापा कुछ भावुक-से हो उठे और बोले, "कमल! खेती-बारी तो हम भी करते थे। मेहनत अवश्य थी, पर खेतिहर होने का गर्व भी था। मैं अपने खेत-खलिहान का खुद मालिक था। पर...।" इतना कहते-कहते वे चुप हो गये। उनका गला भर आया था।

"पर...क्या, अंकल? आप रुक क्यों गये? बताइये!" उसने ज़ोर देते हुए कहा।

कमलेश्वर को जर्मनी में रहते हुए लगभग एक साल से ऊपर हो गया था। वह यह तो जान ही गया था कि पूर्वी जर्मनी में सामुदायिक खेती होती है। यह सब कब और कैसे हुआ, जानने की इच्छा कमलेश्वर के मन में हुई, और उसने उनसे पूछ लिया। उन्होंने एक लम्बी आह भरी और कहना शुरू किया, "कमल! तुम्हें तो यह पता ही होगा कि द्वितीय विश्व-युद्ध में जर्मनी के पराभव के बाद, पूरा देश चार हिस्सों में बँट गया था। तीन हिस्सा पश्चिमी ताक़तों के साथ और चौथे, इस पूर्वी हिस्से पर सोवियत-संघ का क़ब्ज़ा हो गया। आगे चलकर पश्चिमी ताक़तों ने मिलकर 'फ़ेडरल रिपब्लिक ऑफ़ जर्मनी' का निर्माण कर, उसे स्वतन्त्र राष्ट्र घोषित कर दिया। दूसरी तरफ़ पूर्वी जर्मनी, 'जर्मन डेमोक्रेटिक रिपब्लिक' के नाम से एक नये देश के रूप में उभरा तो ज़रूर, परन्तु एक कम्युनिस्ट-प्रशासित देश के रूप में, जिसकी बागडोर हमेशा सोवियत-संघ के हाथ में रही। सभी महत्त्वपूर्ण स्थानों पर सोवियत आर्मी हमारी रक्षा के लिए रख दी गयी। कहा जाता था, पश्चिमी शक्तियाँ हम पर क़ब्ज़ा कर लेंगी। इसी नयी व्यवस्था के तहत हम सबकी ज़मीनें सरकारी क़ब्ज़े में ले ली गयीं और सहकारी खेती के अन्तर्गत हम किसान, मज़दूर और कर्मचारी बन गये। हमारे पास अपना कुछ नहीं बचा, जिसके हम मालिक कहे जा सकें।"

"तो क्या, खेत के मालिकों को सहकारी खेती का हिस्सा बनने या न बनने का विकल्प नहीं दिया गया?"

"बस, कहने भर को। असलियत में हर किसी पर इतना दबाव था कि उसे सहकारी खेती का हिस्सा बनने की स्वीकृति देनी ही पड़ी। मुझे याद है। मेरे गाँव का एक किसान अड़ गया। वह किसी भी हालत में अपनी खेतों का मालिकाना हक़ छोड़ने को तैयार नहीं था। दो-चार दिन तक उसे शासन के लोगों ने समझाया-बुझाया। परन्तु जब वह राजी नहीं हुआ, तो उसके घर में चारों तरफ़ से तेज़ हाई-पावर रोशनी फेंकी जाने लगी। यही नहीं, दर्ज़न-भर ट्रैक्टर चालू करके उसके घर के चारों तरफ़ खड़े कर दिये गये। यह क्रम चौबीसों घण्टे चलता रहा। तुम्हीं सोचो- इतने अधिक शोर-शराबों के बीच भला उन्हें नींद कैसे आती अथवा वे अपना कोई काम कैसे कर पाते! अन्त में, उनके धैर्य का बाँध टूट गया। उन्हें हार माननी पड़ी और उन्होंने भी सहकारी समिति की सदस्यता ग्रहण कर ली थी।"

"पर यह तो सरासर ग़लत था। इस तरह से कोई किसी की निजी सम्पत्ति कैसे हड़प सकता है?"

"बेटा कमल! किसी भी सरकार के पास बड़ी ताक़त होती है। जब उसने ठान लिया कि देश में सहकारी समितियों द्वारा ही खेती-बारी की जायेगी, तो उसमें व्यक्तिगत राय भला क्या मायने रखती है? ख़ैर, छोड़ो ये सब बातें! अब जो हो गया, सो हो गया। उसको बदला तो जा नहीं सकता।. ..सच मानो, यही सोचकर हम सभी इस नये ढर्रे में ढल गये हैं। अब तो इस बात की कोई चर्चा भी नहीं करता। यह तो तुमने पूछ लिया, तो मेरे मन का दर्द बाहर छलक आया। मैंने असलियत बयाँ कर दी। पर तुम इन सब बातों की कभी किसी से चर्चा मत करना! बस, अपने काम से मतलब रखना!"

"पर, बात क्यों नहीं कर सकता, अंकल? क्या अपनी बात कहने पर भी पाबन्दी है?"

"नहीं-नहीं! पर हाँ, सरकार की नीतियों के विरुद्ध बात करना अपने लिए मुसीबत बुलाना है। सरकार की नज़रों में ऐसा करना देश-द्रोह है। एक बात और...इस सरकार में 'क्षमा' का कोई स्थान नहीं है। इसलिए हर कोई भरसक प्रयास करता है कि वह किसी प्रकार के विवाद में न फँसे।"

आल्फ्रेड के पिता की बात सुनकर कमलेश्वर दंग रह गया। सोचने लगा- शुक्र है, ऐसी कोई पाबन्दी उसके अपने देश में नहीं है। अभिव्यक्ति की आज़ादी तो हर किसी का जन्मसिद्ध अधिकार है। यह बात तो वह बचपन में ही जान चुका था। बालगंगाधर तिलक ने 'आज़ादी हमारा जन्मसिद्ध अधिकार है' का नारा दिया था। भला इसे कोई कैसे छीन सकता है!

उसके मन में तो आया, वह अंकल से पूछे कि, "क्या यहाँ विपक्ष या मीडिया की कोई भूमिका नहीं होती?" पर वह चुप रह गया। उसे लगा, ऐसा करके वह उनके मन के घाव को कुरेदने का ही काम करेगा। हासिल कुछ नहीं होगा।

❍

9

ग्रोस-लुज़ेवित्स में अभी कम ही लोगों से कमलेश्वर की जान-पहचान हो पायी थी। वह पहली बार अपना घर-परिवार छोड़कर इतनी दूर आया था। इसलिए अकेलापन का एहसास उस पर अक़सर हावी हो जाता। अतः वह ज़्यादातर समय अपने कमरे में या लाइब्रेरी में बैठकर पढ़ने-लिखने में बिताता। ऐसे में आल्फ़्रेड का साथ उसके लिए एक वरदान साबित हुआ था।

एक दिन की बात है। कमलेश्वर अपने ऑफ़िस में बैठा काम कर रहा था, अचानक आल्फ़्रेड उसके कमरे में घुसा। वह बहुत प्रसन्नचित्त लग रहा था। कमलेश्वर ने उसे देखते ही पूछा, ''क्या बात है भई! आज बहुत ख़ुश नज़र आ रहे हो! कोई लाटरी-वाटरी तो हाथ नहीं लग गयी?''

''लाटरी तो नहीं, पर ख़ुशी की बात ज़रूर है।...रिया आनेवाली है। आज शाम की ट्रेन से वह रोस्टॉक पहुँचेगी।''

''ओह, तो यह बात है! फिर तो तुम्हारा ख़ुश होना बनता है।...पर याद रखना—मैं भी चलूँगा तुम्हारे साथ रिया को रिसीव करने। देखूँ तो सही—आख़िर वह है कौन, जो तुम्हारी रातों की नींद और दिन का चैन हराम किये रहती है?''

''हाँ-हाँ! यही तो मैं तुमसे कहने आया था।...तो तैयार रहना। ढाई बजे की ट्रेन से चलेंगे।''

ग्रोस-लुज़ेवित्स रोस्टॉक से महज़ 20-25 किमी की दूरी पर स्थित है। सड़क या ट्रेन से वहाँ पहुँचने में बस आधा घण्टा लगता है। ट्रेन ज़्यादा सुविधापरक थी, क्योंकि उसका स्टेशन संस्थान के प्रांगण में ही स्थित है।

आल्फ़्रेड और कमलेश्वर दोनों समय से रोस्टॉक पहुँच गये। इनक्वायरी से पता चला कि रिया की ट्रेन आधे घण्टे में रोस्टॉक स्टेशन पर पहुँच जायेगी। स्टेशन के बाहर एक फ़्लोरिस्ट की दूकान से आल्फ़्रेड ने लाल गुलाबों का एक

गुलदस्ता ख़रीदा। उसने बताया कि रिया को लाल गुलाब बहुत पसन्द हैं। इन्हें देखते ही वह खुश हो जायेगी। आल्फ़्रेड के मुँह से यह बात सुनकर कमलेश्वर को बहुत अच्छा लगा। 'अपनी पत्नी की पसन्द-नापसन्द का ज्ञान तो हर अच्छे पति को होना ही चाहिए।' उसने मन-ही-मन सोचा।

वे दोनों प्लेटफार्म पर खड़े रिया का इन्तज़ार कर रहे थे। ट्रेन बस आने ही वाली थी। आल्फ़्रेड कभी अपनी घड़ी की ओर, तो कभी ट्रेन के आनेवाली ट्रैक की ओर देखता। उसकी उत्सुकता बेचैनी में बदल गयी थी और यह उसके चेहरे पर स्पष्ट देखी जा सकती थी। ठीक ही कहा है किसी ने—'इन्तज़ार की घड़ियाँ लम्बी होती हैं।' इन्तज़ार करनेवाला बार-बार घड़ी की ओर देखता है और हैरान होता है, कि घड़ी आज इतनी धीमे-धीमे क्यों चल रही है! उस समय आल्फ्रेड की भी ठीक यही स्थिति थी। कमलेश्वर के लिए यह एक अभूतपूर्व अनुभव था। एक प्रेमी का अपनी प्रेमिका से मिलने की उत्सुकता की पराकाष्ठा का एक अद्‌भुत उदाहरण।

दरअसल, आल्फ़्रेड की एम.एससी. पहले पूरी हो गयी थी और वह मैक्लिनबुर्ग छोड़कर ग्रोस-लुज़ेवित्स आ गया था। रिया अभी मैक्लिनबुर्ग में ही थी। उसकी डिग्री पूरी होने में देरी थी। आल्फ़्रेड को रिया से मिले कई महीने हो गये थे। कुछ दिन की छुट्टी लेकर, रिया आज ग्रोस-लुज़ेवित्स आ रही थी। आल्फ़्रेड की बेचैनी का यही कारण था।

अन्ततः ट्रेन प्लेटफ़ॉर्म पर पहुँच गयी। लगा, आल्फ्रेड की जान-में-जान आयी। रिया ट्रेन से उतरी, तो आल्फ़्रेड भागकर उसके पास पहुँचा। दोनों ने एक-दूसरे को अपनी बाँहों में भर लिया। "माय गॉड! औरत है या कि स्वर्ग से उतरी कोई परी!" रिया को देखकर कमलेश्वर चौंक गया। ब्लॉण्ड-हेयर। चमकती हुईं नीली आँखें। लहराती हुई उसकी चाल, किसी को भी दीवाना बना दे। निःसन्देह आल्फ़्रेड बहुत भाग्यशाली था, जो उसे रिया-जैसी सुन्दर पत्नी मिली। कुछ देर उसी मुद्रा में रहने के बाद जब वे अलग हुए, तो आल्फ़्रेड ने रिया का ध्यान कमलेश्वर की ओर आकृष्ट करते हुए कहा, "यही है कमल, जिसके बारे में मैंने तुम्हें बताया था।"

"अच्छा-अच्छा! गुटेन आबेण्ड, कमल!" कहते हुए रिया ने अपना दाहिना हाथ उसकी ओर बढ़ा दिया। कमलेश्वर ने भी मुस्कराते हुए उससे हाथ मिलाया।

‘‘कैसे हो कमल? ग्रोस-लुज़ेवित्स में मन लग गया तुम्हारा? काम कैसा चल रहा है? आल्फ्रेड तुम्हें परेशान तो नहीं करता?’’ रिया ने एक साथ कई सवाल पूछ लिये।

‘‘सब ठीक है! और फिर...जब यह तुम्हारा पति मेरे साथ है, तो मन क्यों नहीं लगेगा!’’ कमलेश्वर ने हँसकर उत्तर दिया।

आल्फ़्रेड ने रिया का हाथ पकड़कर जैसे खींचते हुए कहा, ‘‘अब चलो भी। बाक़ी बातें रास्ते में कर लेना।’’

रेलवे स्टेशन के स्टोर-रूम में रिया की अटैची रखकर, वे पैदल ही निकल पड़े शहर के बीचोबीच बने मशहूर लेनिन-पार्क की ओर। थोड़ी ही देर में वे पार्क में पहुँच गये। पार्क के गेट के पास बने एक कियोस्क से उन लोगों ने कुछ खाने-पीने की चीज़ें लीं और पार्क में जाकर एक बेंच पर बैठ गये। खाने के साथ-साथ वे अपनी बातों में मशगूल हो गये।

लेनिन-पार्क में बैठकर लोगों को आते-जाते देखना कमलेश्वर को बहुत अच्छा लगता था। वह जब भी रोस्टॉक आता, कुछ घड़ी इस पार्क में अवश्य बिताता। पार्क के हरे-हरे लॉन, फूलों से सजी क्यारियाँ और पार्क के किनारे लगे तरह-तरह के पेड़ों की शृंखला अनायास ही उसके मन को मोह लेतीं।

उस दिन वे बहुत देर तक पार्क में बैठे-घूमते रहे। वे कभी बेंच पर बैठ जाते, तो कभी फूलों की क्यारियों के बग़ल से गुज़रते मार्निंग-वॉकर-ट्रैक पर चलते-फिरते बतियाते रहते। रिया को आल्फ़्रेड को और आल्फ़्रेड को रिया को, ढेर-सारी बातें जो बतानी थीं। कई महीनों बाद मिले थे, तो कहने को भी उनके पास बहुत-कुछ था। बीच-बीच में एक-दूसरे को बाँहों में भर लेना और ‘किस’ करना भी वे नहीं भूलते।

कमलेश्वर को जर्मनी में रहते लगभग साल भर से ऊपर हो गया था, और वह यह जान गया था कि सार्वजनिक स्थलों पर भी प्रेमी-युगल का एक-दूसरे से प्यार जताना बुरा नहीं माना जाता। और न ही इसके लिए कोई शर्मिन्दगी महसूस करता है। रिया और आल्फ्रेड भी तो आख़िर इसी समाज का हिस्सा थे।

नौ बजे शाम की ट्रेन से उन्हें ग्रोस-लुज़ेवित्स लौटना था। इसलिए समय से पहले उन लोगों ने सिटी-सेण्टर के घण्टाघर के भूमितल स्थित रेस्तराँ में जाकर खाना खाया। फिर स्टेशन आ गये। स्टोर-रूम से रिया की अटैची

लेकर वे प्लेटफ़ॉर्म पर जाकर ट्रेन के आने का इन्तज़ार करने लगे। चन्द मिनटों के बाद ही, उनकी ट्रेन स्टेशन पर आ गयी। रात के साढ़े नौ बजते-बजते वे ग्रोस-लुज़ेवित्स पहुँच गये।

एक-दूसरे से विदा लेकर वे अपने-अपने कमरों पर चले गये।

रिया तीन दिन तक ग्रोस-लुज़ेवित्स में रही। आल्फ़्रेड के साथ-साथ कमलेश्वर का भी ज़्यादातर समय उन्हीं के साथ बीता। वे तीन दिन उनके लिए छुट्टियों के दिन-जैसे हो गये थे।

नाश्ता करने के बाद वे घर से निकल जाते। कभी रोस्टॉक, कभी ज़ानित्स या फिर कभी वार्नेमुण्डे। रोस्टॉक के पास बाल्टिक सागर के किनारे बसा वार्नेमुण्डे, पूर्वी जर्मनी का सबसे बड़ा सी-पोर्ट है। पोर्ट के इर्द-गिर्द की जगह को वहाँ की सरकार ने एक बहुत ही खूबसूरत पर्यटन-केन्द्र के रूप में विकसित किया है। अच्छे-अच्छे रेस्तराँ, डान्स-बार, मार्केटिंग-सेण्टर, पार्क आदि जैसी पर्यटकों को लुभाने की अनेक सुविधाएँ वहाँ उपलब्ध करायी गयी हैं। ज़ानित्स ग्रोस-लुज़ेवित्स से थोड़ी ही दूरी पर स्थित एक गाँव है। हाथी दाँत की चीज़ें बनाने का एक पुराना केन्द्र। साथ ही एक-दो बहुत ही मशहूर रेस्तराँ, जहाँ की देशी जर्मन डिशेज़ दुनिया-भर में मशहूर हैं। इन्हीं जगहों पर वे घूमते और समय बिताते। इस तरह तीन-दिन कब बीत गये, पता ही नहीं चला।

रिया के ग्रोस-लुज़ेवित्स से चले जाने के बाद आल्फ़्रेड एक-दो दिन तक बहुत उदास-उदास-सा रहा। एक दिन ऑफ़िस से ख़ाली होकर जब वे अपने कमरे पर जा रहे थे, तो कमलेश्वर उसे अपने साथ लेता गया। सोचा—साथ रहेगा तो उसका मन बहल जायेगा। उसने कहा, ''आल्फ़्रेड! चलो, तुम्हें आज मैं 'इण्डियन गूलाश' बनाकर खिलाता हूँ।''

''इण्डियन गूलाश?''

''हाँ-हाँ! इण्डियन गूलाश''। उसका मतलब मीट-करी से था। देर रात तक वे दोनों साथ-साथ रहे। खूब बियर पी और मसालेदार इण्डियन करी-भात का मज़ा लिया। साथ ही ढेर-सारी बातें भी कीं।

आल्फ़्रेड ने कुछ ज़्यादा ही पी लिया था। एक तरफ़ बियर का असर और दूसरी तरफ़ बीबी के विछोह का दुःख। आल्फ़्रेड बहुत भावुक हो गया था।

बार-बार रिया का नाम लेकर बड़बड़ाता रहता। बातों-बातों में कमलेश्वर ने पूछा, ''आल्फ्रेड!...रिया तुम्हें कहाँ मिली?''

''यार यह लम्बी कहानी है, फिर कभी सुनाऊँगा।''

''लम्बी कहानी है, तो क्या हुआ? सुनाओ, मैं सुनूँगा।''

आल्फ्रेड ने बियर की एक घूँट भरी, और कहना शुरू किया।

यह उन दिनों की बात है, जब वह मैकलिनबुर्ग में पढ़ रहा था। तब उसका दूसरा साल था। वीक-एण्ड्स पर संस्थान में अक़सर विद्यार्थियों के मनोरंजन के लिए डान्स का आयोजन किया जाता था। ख़ाने-पीने के साथ-साथ, आर्केस्ट्रा का प्रबन्ध भी रहता। वहीं पर पहली बार उसने रिया को देखा। रिया अपनी सहेलियों के साथ आयी हुई थी। और वह, अपने दोस्तों के साथ। उस पर नज़र पड़ते ही आल्फ्रेड रिया पर मोहित हो गया। वह थी ही ख़ूबसूरती की बे-मिसाल मूरत। उसका बात-बात पर खिलखिलाकर हँसना, सहेलियों के साथ छेड़खानी करना और मस्ती के साथ डान्स करना, सब-कुछ पागल बना देने-जैसा था।

बीच-बीच में जब आर्केस्ट्रा पर कोई नयी धुन बजती, तो लड़के लड़कियों के पास जाकर फ़्लोर-डान्स के लिए आग्रह करते और फिर शुरू हो जाता डान्स।

'अद्‌भुत!' रिया को डान्स करते देखकर अचानक उसके मुँह से निकला। हर कोई जो उसके साथ डान्स करता, उसके समक्ष नवसिखिया लगता। रिया अँगूठा दिखाकर उसे डान्स-फ़्लोर पर छोड़कर चली जाती। लोग हँस देते।

''बड़ी मनबढ़ू लड़की है!'' आल्फ्रेड ने मन-ही-मन कहा। पर उसका मन तो कबका रिया का हो चुका था। उसे लगा, रिया ही है उसके सपनों की रानी। उसने उसके साथ डान्स करने का मन बना लिया था।

अगली बार जब फिर आर्केस्ट्रा की धुन शुरू हुई, तो वह अपनी सीट से उठा और तेज़ी से डग भरता हुआ रिया की मेज़ के पास पहुँच गया। झुककर, कुछ अलग अन्दाज़ में उसने रिया से अपने साथ डान्स करने के लिए निवेदन किया। आल्फ्रेड की इस अदा ने रिया के मन को छू लिया। वह अपनी जगह से उठी और आल्फ्रेड की बाँह-में-बाँह डालकर डान्स-फ़्लोर पर चली गयी। आर्केस्ट्रावाले इस बार 'वाल्सर' की धुन बजा रहे थे।

देखते-ही-देखते इन दो डान्स-प्रेमियों में प्रतिस्पर्द्धा-सी छिड़ गयी। दोनों, एक से बढ़कर एक। उनके डान्स को देखकर सभी स्तब्ध थे। बाक़ी जोड़े डान्स-फ़्लोर छोड़कर गोलाई में खड़े हो गये और उनका डान्स देखने लगे। आर्केस्ट्रावाले भी खूब मस्ती में थे। अन्ततः जब आर्केस्ट्रा की धुन बन्द हुई, तो उल्टा रिया ने झुककर आल्फ़्रेड का अभिवादन किया। मानो कह रही थी कि तुम सचमुच एक बेहतर डान्सर हो! हाँ, उससे भी बेहतर!

आल्फ़्रेड ने उसे ड्रिंक्स के लिए आमन्त्रित किया। वह इन्कार न कर सकी और उसकी बाँह-में-बाँह डाले बार तक चली गयी। दोनों एक-एक स्टूल लेकर बार के सामने बैठ गये। आल्फ़्रेड ने रिया के लिए स्वीट-वाइन और अपने लिए एक बियर का ऑर्डर दिया। काफ़ी देर तक वे बार पर बैठे ड्रिंक्स का आनन्द लेते रहे और हँसते-बतियाते रहे।

उस शाम, देर रात तक, वे दोनों साथ-साथ नाचते रहे और बीच-बीच में कुछ खाते-पीते भी रहे। इतनी ही देर में वे इतने घुल-मिल गये : जैसे एक-दूसरे को वर्षों से जानते रहे हों। सुबह के चार बजे तक यही क्रम चलता रहा। बार बन्द हो जाने के बाद, आल्फ़्रेड ने रिया से कहा—चलो! मैं तुम्हें तुम्हारे हॉस्टल छोड़ आता हूँ।'' हॉस्टल के गेट तक पहुँचने के बाद आल्फ़्रेड ने हाथ उठाकर रिया को 'चुस्स' कहा, तो रिया ने आगे बढ़कर आल्फ़्रेड के होंठों से अपने होंठ मिला दिये।

उस रात की हुई दोस्ती ऐसी परवान चढ़ी कि एक साल बीतते-बीतते वे दोनों शादी के बन्धन में बँध गये। आल्फ़्रेड अपने माँ-बाप का इकलौता बेटा था, और रिया भी अपने माँ-बाप की अकेली सन्तान थी। इसलिए उन दोनों के मम्मी-पापा भी इनकी शादी से बहुत ख़ुश थे, यद्यपि उनकी पढ़ाई अभी पूरी नहीं हुई थी और वे सेटल भी नहीं हुए थे। ख़ैर, एक साल के बाद आल्फ़्रेड की एम.एस-सी.(एजी.) की डिग्री पूरी हो गयी और वह पी-एच.डी. स्कॉलर बनकर ग्रोस-लुज़ेवित्स आ गया। उसके एक साल बाद रिया भी वहाँ आ गयी और उसने भी पी-एच.डी. में दाख़िला ले लिया।

उन दिनों कमलेश्वर भी ग्रोस-लुज़ेवित्स में ही था। वहीं उसकी उनसे दोस्ती हुई। वह जब तक ग्रोस-लुज़ेवित्स में रहा, उनके परिवार का अनन्य हिस्सा बनकर रहा। उन दोनों ने उसका बहुत ध्यान रखा।

आल्फ्रेड और रिया के सम्बन्धों में बस प्यार-ही-प्यार था। वास्तव में वे दोनों एक-दूजे के लिए ही बने थे। एक़दम लैला-मजनूँ की तरह; एक-दूजे के प्रति पूर्णरूप से समर्पित। ऐसा कुछ नहीं था जो उनके प्यार में बाधक बने या कटुता पैदा करे।

10

आल्फ़्रेड कम्युनिस्ट पार्टी का सदस्य था और उसके मन-मस्तिष्क पर मार्क्सवाद का गहरा प्रभाव था। उसका पार्टी के प्रति अति उत्साह रिया को कभी-कभी खटकता अवश्य था। वह क़तई नहीं चाहती थी, कि आल्फ़्रेड अपना काम-धाम छोड़कर पार्टी के कामों में समय व्यर्थ करे। वह उसे एक नामी-गिरामी वैज्ञानिक के रूप में देखना चाहती थी, न कि कम्युनिस्ट पार्टी के कार्यकर्त्ता या अधिकारी के रूप में।

एक बार कमलेश्वर जब आल्फ़्रेड के गाँव गया हुआ था, तब उसके पापा ने उसे बताया कि आल्फ़्रेड स्कूल के दिनों से ही साम्यवादी विचारधारा से प्रेरित हो गया था। तब हमारे स्कूलों में समाजशास्त्र एक अनिवार्य विषय था, और उसमें रशियन-क्रान्ति से लेकर सोवियत-संघ के महाशक्ति बनने तक की गाथा पढ़ायी जाती थी। जर्मन भाषा के अतिरिक्त दूसरी भाषा के रूप में रशियन भाषा अनिवार्य थी। विद्यार्थियों के साथ-साथ आमजन को प्रशिक्षित करने की दृष्टि से स्कूल-कॉलेजों के अतिरिक्त अन्य संस्थानों में भी रशियन भाषा सीखने के लिए कोचिंग-सेण्टर चलाये जाते थे। ऐसा ही एक केन्द्र ग्रोस-लुज़ेवित्स के प्लाण्ट-ब्रीडिंग-संस्थान में भी चलता था। कमलेश्वर भी एक बार शौकिया इस कोर्स में शामिल हुआ था। उसके बैच में लगभग 80-वर्षीया एक महिला भी थी। कमलेश्वर के पूछने पर कि वह इस उम्र में रशियन भाषा सीखकर क्या करेगी, उसने बताया कि वह अपने ग्रैण्ड-सन की रशियन भाषा सीखने में मदद करेगी। उसकी बात सुनकर कमलेश्वर चकित रह गया था।

आल्फ़्रेड ब्लादिमीर लेनिन को अपना आदर्श मानता था और मार्क्सवाद को जीवन का मूल-मन्त्र। वह स्कूली शिक्षा के दौरान ही यूथ-विंग के कार्यक्रमों में

बढ़-चढ़कर भाग लेने लगा था। पार्टी के प्रति उसकी रूझान दिनों-दिन बढ़ती रही। अन्ततः वह एक सक्रिय सदस्य के रूप में बड़ा हुआ। उसी ने रिया को भी पार्टी की सदस्यता दिलवायी थी। पर रिया को पार्टी के कार्यक्रमों में कभी कोई रुचि नहीं रही। कभी-कभार आल्फ़्रेड ही उसे दबाव डालकर पार्टी के कार्यक्रमों में साथ ले जाता।

ग्रोस-लुज़ेवित्स आने के बाद आल्फ़्रेड और भी ज़्यादा सक्रिय हो गया था। उसकी निष्ठा और समर्पण को देखते हुए उसे पार्टी में कोई बड़ा ओहदा भी मिल गया था। समय के साथ उसकी तरक़्क़ी होती गयी और उसे जिला स्तरीय पोलित-ब्यूरो का सदस्य बना दिया गया। पार्टी के कार्यक्रमों के सिलसिले में उसे अक़सर बाहर जाना पड़ता और यही बात रिया को अच्छी नहीं लगती। रिया चाहती थी, वह अपने शोध-कार्य पर ध्यान दे; शीघ्रता से अपनी पी-एच.डी. पूरी करे, और एक वैज्ञानिक के रूप में नाम कमाये। उसे पार्टी के सब काम फालतू लगते। पर कौन जाने! आल्फ़्रेड के मन में क्या था? वह तो दिन-रात बस पार्टी के नाम की ही माला जपता रहता।

समय कितनी जल्दी-जल्दी बीतता है, अक़सर इसका एहसास नहीं होता। कमलेश्वर को ग्रोस-लूज़ेवित्स में रहते दो साल से ऊपर हो रहे थे। उसका काम तेज़ी से आगे बढ़ रहा था। रिया और आल्फ़्रेड भी अपने-अपने काम आगे बढ़ाने के लिए मेहनत कर रहे थे। उन्हीं दिनों एक ऐसी घटना घटी, जिसका गहरा असर कमलेश्वर के मन पर पड़ा।

पूर्वी जर्मनी में चुनाव होनेवाले थे। चुनाव के सम्बन्ध में आवश्यक सूचनाएँ अक़सर टेलीविज़न पर प्रसारित होती रहती थीं। इस सम्बन्ध में कुछ ख़ास-ख़ास जगहों पर पोस्टर्स भी लगाये गये थे। कमलेश्वर के मन में बड़ी उत्सुकता थी, यह देखने के लिए कि आख़िर यहाँ चुनाव होता कैसे है! धीरे-धीरे चुनाव की तारीख़ नज़दीक आ रही थी। परन्तु पता नहीं चल पा रहा था, आख़िर कौन-कौन-सी पार्टियाँ और कौन-कौन-से लोग चुनाव के मैदान में हैं। न तो किसी पार्टी का कोई बैनर और न ही कोई जुलूस या जनसभा। जनता में भी चुनाव को लेकर कोई उत्साह नहीं दिख रहा था। एक दिन अचानक पता चला, चुनाव हो गया। और शत-प्रतिशत मतदान हुआ है। कमलेश्वर हैरान था।

उसके मन में बार-बार एक ही प्रश्न उठ रहा था, आख़िर चुनाव की यह कैसी प्रक्रिया है?

उसे अपने देश के चुनाव याद आते। जहाँ महीनों पहले से पार्टियाँ अपनी-अपनी तैयारियाँ शुरू कर देती हैं। रैलियाँ निकाली जाती हैं। बड़े-बड़े पोस्टर्स लगाये जाते हैं। जगह-जगह जन-सभाएँ होती हैं। चुनाव के दिन का माहौल तो देखते ही बनता है। रंग-बिरंगे परिधान पहने औरतें और पुरुष गाते-बजाते चुनाव-स्थल की ओर जाते हैं। उसके देश में चुनाव एक राष्ट्रीय पर्व-सा मनाया जाता है। इसलिए सब लोग बढ़-चढ़कर हिस्सा लेते हैं। कभी-कभी पार्टियों में इतनी स्पर्द्धा बढ़ जाती है कि लड़ाई-झगड़े तक हो जाते हैं। गोलियाँ भी चल जाती हैं। जिस दिन चुनाव का परिणाम आनेवाला होता है, लोग रेडियो लगाकर पल-पल की ख़बरें सुनते हैं। चुनाव में विजयी प्रत्याशियों का जुलूस निकलता है। जश्न मनाया जाता है।

पर यहाँ!...यहाँ तो पता ही नहीं चला, चुनाव में कौन-कौन-से लोग प्रत्याशी थे! चुनाव भी हो गया। शत-प्रतिशत मत भी पड़ गये। चुनाव में विजयी हुई थी कम्युनिस्ट पार्टी। कोई प्रतिपक्ष नहीं था। कम्युनिस्ट पार्टी के द्वारा नामित सदस्यों को प्रत्याशी बनाया गया था। हर नागरिक को उसे ही अपना मत देकर चुनना था। जनता के सामने कोई विकल्प नहीं था। और न ही 'नोटा' जैसा कोई प्रावधान। उसे लोगों से पता चला था, वहाँ मतदान करना अनिवार्य है।

उस दिन शाम को कमलेश्वर ने रिया और आल्फ्रेड को अपने घर खाने पर बुलाया था। कमलेश्वर और आल्फ्रेड बैठे बियर पी रहे थे और रिया खाना लगा रही थी। खाना शुरू हुआ तो आल्फ्रेड ने ही चुनाव की बात छेड़ दी। कमलेश्वर चुनाव को लेकर जला-भुना तो था ही, उसने आल्फ्रेड को बीच में ही टोकते हुए कहा, 'भला यह भी कोई चु...' कमलेश्वर बस इतना-भर कह पाया था, रिया ने उसके पैर पर अपने पैर से ठोकर मारकर उसका ध्यान बटाया। कमलेश्वर ने उसकी ओर देखा—वह उसे चुप रहने के लिए इशारा कर रही थी। कमलेश्वर समझ गया। उसने अपनी बात का रुख़ बदलते हुए कहा, "मैं कह यह रहा था, कि ऐसे शान्तिपूर्ण ढंग से मतदान होते मैंने कभी नहीं देखा। वह भी शत-प्रतिशत। मेरे देश में तो चुनाव युद्ध की तरह लड़ा जाता है।...अनावश्यक शोरगुल।...बेहिसाब पैसों का ख़र्च। कितना अच्छा होता—हमारे देश के

प्रशासक भी पूर्वी जर्मनी के चुनाव की इस प्रक्रिया को अपनाते और लाखों का ख़र्च बचा पाते!"

कमलेश्वर की बात सुनकर आल्फ़्रेड बहुत ख़ुश हुआ। रिया ने उसकी तरफ़ देखकर आँख मारी और मुस्कुरा दी।

खाना खाकर आल्फ़्रेड और रिया चले गये। पर कमलेश्वर के मन में यह प्रश्न बार-बार उभर रहा था, आख़िर रिया ने उसे चुप रहने के लिए इशारा क्यों किया था? बार-बार सोचने पर भी वह उसका उत्तर ढूँढ़ नहीं पाया।

दूसरे दिन सुबह कमलेश्वर अपने ऑफ़िस में जाकर अपनी सीट पर बैठा ही था, कि रिया आ गयी। वह उसके कमरे में घुसी और भीतर से कुण्डी लगाकर उसके सामने रखी कुर्सी पर बैठ गयी। रिया का दरवाज़े की कुण्डी बन्द करना कमलेश्वर को कुछ अटपटा-सा लगा। पर उसने कुछ कहा नहीं, और उसकी ओर प्रश्न-भरी नज़रों से देखने लगा। रिया कुछ देर तो चुप रही। फिर कुछ नाराज़गी जताते हुए बोली, "कमल! कल शाम चुनाव को लेकर जो तुम टिप्पणी करने जा रहे थे, उसके दुष्परिणाम की तो शायद तुम कल्पना भी नहीं कर सकते!"

"क्यों? क्या मैं तुम्हारे और आल्फ्रेड के सामने अपने मन की बात नहीं कह सकता? और फिर...ऐसी कौन-सी बात मैं करने जा रहा था, जिसका दुष्परिणाम मुझे भुगतना पड़ता? क्या मुझे अपनी बात कहने पर कोई पाबन्दी है? मैं यही तो कहने जा रहा था न, कि चुनाव एक़दम 'फ़ेक' था। चुनाव का नाम देकर झूठ-मूठ का प्रसार-प्रचार क्यों किया जा रहा था, जबकि नामित सदस्यों के नाम पर सबको बस मुहर भर लगानी थी।" कमलेश्वर कुछ उत्तेजित-सा हो गया था।

"बस कमल, बस! भगवान् के लिए चुप हो जाओ! और धीरे बोलो, ताकि बाहर कोई सुन न ले। इसीलिए तुम्हारे कमरे में घुसते ही मैंने कुण्डी लगा दी थी। ख़ैर, अब ध्यान से मेरी बात सुनो! मैं जानती हूँ कि आल्फ़्रेड तुम्हारा जिगरी दोस्त है। तुम्हें प्यार करता है। अपने भाई-जैसा मानता है। पर एक बात हमेशा के लिए गाँठ बाँध लो- वह कम्युनिस्ट पहले है, बाक़ी सब-कुछ बाद में। तुम जानते नहीं हो! देश की नीतियों के ख़िलाफ़ यहाँ बोलना तो क्या, सोचना भी गुनाह है। देशद्रोह है। तुम एक जनतान्त्रिक देश से आये हो। तुम नहीं समझोगे कि यहाँ हर क़दम फूँक-फूँककर उठाना पड़ता है। तुम तो जानते हो,

आल्फ़्रेड मुझे बहुत प्यार करता है।...अपनी जान से भी ज़्यादा। पर जहाँ पार्टी और देश का सवाल आता है, वह उन्हें सब चीज़ों से ऊपर रखता है। यों तो मैं उससे जो चाहूँ कह लूँ, पर उसकी सरकार के बारे में मैं कभी कोई टिप्पणी नहीं करती। मैं तुम्हें चेतावनी देने आयी हूँ कि भविष्य में जब भी आल्फ़्रेड या किसी और से भी बात करो, राजनीति को कभी भी अपनी बात का हिस्सा मत बनाना।'' इतना कहकर रिया चुप हो गयी।

कमलेश्वर को लगा, जैसे वह रो देगी। कुछ देर दोनों यों ही चुप बैठे रहे। कभी वह रिया को देखता, तो कभी रिया उसको।

''ठीक है, मैं अभी चलती हूँ। लंच पर मिलेंगे।...चुस्स।'' इतना कहकर वह कमरे से बाहर चली गयी।

रिया के चले जाने के बाद कमलेश्वर विचारों के सागर में डूबने-उतराने लगा। क्या किसी देश में ऐसी भी व्यवस्था हो सकती है, जो लोगों को अपने ढंग से सोचने या अपने मन की बात कहने पर पाबन्दी लगा दे! इसका अर्थ तो यह हुआ न, कि यहाँ जो व्यक्ति हँसता-मुस्कराता दिखायी देता है : दरअसल, वह हँसता या मुस्कराता नहीं है। महज़ हँसने का स्वाँग-भर कर रहा होता है। क्या ऐसे में लोगों का दम नहीं घुटता होगा!...अवश्य घुटता होगा। यह निश्चित है कि उनके मन के किसी कोने में असन्तोष की चिनगारी सुलग रही होगी। एक-न-एक दिन वह अवश्य धधकेगी और इस व्यवस्था को जलाकर राखकर देगी। उसे याद आया...उस दिन आल्फ़्रेड के पापा जब अपनी खेती-बारी छिन जाने की बात उसको बता रहे थे, तब उनकी नम आँखों के पीछे इसी धधकती ज्वाला की झलक दिख रही थी।...और वह जुर्गेन! जुर्गेन के भीतर जल रही आग तो आसपास के वातावरण को पहले से ही गरमा रही थी। उसका विश्वविद्यालय से निकाल दिया जाना उसी की तो एक प्रतिक्रिया थी।

पिछले साल की ही तो बात है। कमलेश्वर की थीसिस की सलाहकार-समिति के सदस्य डॉ. आरेन्स स्टेटिस्टिक्स का एक कोर्स पढ़ा रहे थे। उनके कहने पर उसने भी वह कोर्स ज्वॉइन कर लिया था। इसके लिए उसे हफ़्ते में दो बार लाइप्सिस से बर्लिन जाना पड़ता था। स्टेटिस्टिक्स की क्लास से पूर्व जेनेटिक्स की क्लास भी होती थी। कमलेश्वर उसे भी अटेण्ड करता था। उस क्लास में

ज़ुर्गेन नाम का एक लड़का पढ़ता था। ज़ुर्गेन कमलेश्वर की बग़ल की सीट पर बैठता था। थोड़े समय तक जब वे साथ-साथ होते, ज़ुर्गेन इण्डिया के बारे में, वहाँ की जनतान्त्रिक व्यवस्था, चुनाव-प्रक्रिया आदि के बारे में सवाल पूछता। उसके ज़्यादातर सवाल भारत में ब्रिटिश-सरकार के ख़िलाफ़ छेड़ी गयी मुहिम के अगुआ रहे महात्मा गाँधी के बारे में होते। कभी-कभी वह सुभाषचन्द्र बोस, रवीन्द्रनाथ टैगोर आदि के बारे में भी जानने की उत्सुकता दिखाता। उसकी परेशानी यह थी, कि पाबन्दी होने के कारण इनके विषय में पठनीय सामग्री पूर्वी जर्मनी में उपलब्ध नहीं थी। कमलेश्वर के लिए यह हैरान करनेवाली बात थी।

कमलेश्वर ने ज़ुर्गेन को बताया था, सत्य और अहिंसा के मार्ग पर दृढ़ता के साथ चलते हुए कोई भी व्यक्ति अपने लक्ष्य को प्राप्त कर सकता है', ऐसा गाँधी जी का मानना था। इसीलिए उन्होंने 'सत्याग्रह' को अपना हथियार बनाया। हिंसा को कभी भी, किसी भी रूप में मान्यता नहीं दी। उनके सत्याग्रह-आन्दोलन का मतलब था—सभी प्रकार के त्याग और कष्टों को झेलते हुए अन्याय के ख़िलाफ़ लड़ाई लड़ना। वे कहते थे—सत्य और अहिंसा एक ऐसा नैतिक बल है, जिससे कोई भी लड़ाई जीती जा सकती है।'' उन्होंने इसे साबित करके दिखाया भी। अँगरेज़ों को भारत छोड़कर जाना पड़ा।

कमलेश्वर को लगता, ज़ुर्गेन अपने देश की व्यवस्था से खुश नहीं था। उसे इस बात का बहुत दुःख था, कि वहाँ के लोग चुपचाप सारी ज़्यादतियाँ सहते रहते हैं और कोई चूँ तक नहीं करता।

"...पर कभी-न-कभी तो इस व्यवस्था के ख़िलाफ़ खड़ा होना पड़ेगा।'' ज़ुर्गेन ने एक बार उससे कहा था।

एक दिन क्लास ख़त्म होने के बाद जब सभी लड़के क्लास-रूम से बाहर निकल गये, तो ज़ुर्गेन ने उससे विदा लेते हुए कहा, 'शायद वह कल से विश्वविद्यालय न आये!' 'ऐसा क्यों?' कमलेश्वर ने जानना चाहा तो उसने बस इतना भर कहा कि 'कारण तुम्हें कल पता चल जायेगा।...चुस्स! ईश्वर ने चाहा तो हम फिर कभी मिलेंगे।' इतना कहकर वह तेज़ी से कमरे से बाहर चला गया।

जर्मनी में यह प्रथा-सी थी। विद्यार्थी अध्यापक के आने से दस-पन्द्रह मिनट पूर्व ही कक्षा में उपस्थित हो जाते हैं। उस दिन जुर्गेन अभी कक्षा में नहीं आया था कि प्रो. न्यूरेनवर्ग आ गयीं। वे हमें जेनेटिक्स पढ़ाती थीं। उन्होंने बोलना शुरू किया। कुछ देर तक तो कमलेश्वर कुछ समझ नहीं पाया कि वे किस विषय के बारे में बोल रही हैं। ऐसा सम्भवतः इसलिए था, कि वह पूर्व की कहानी से अनभिज्ञ था। प्रो. न्यूरेनवर्ग ने जो कहा वह कुछ इस तरह था,

"प्यारे विद्यार्थियो! आज जुर्गेन क्लास में उपस्थित नहीं है।...अब वह आगे भी नहीं आयेगा। इसमें आप सबको कोई आश्चर्य या परेशानी नहीं होनी चाहिए। आप सब जुर्गेन की कार्यप्रणाली व विचारधारा से पूर्णतः परिचित हैं। उसे हमारी वर्तमान व्यवस्था से नफ़रत है। हमारी कम्युनिस्ट शासकीय प्रणाली का वह कटु आलोचक है। इसके बावजूद कि वह इस व्यवस्था द्वारा प्रदत्त सभी सुख-सुविधाओं का पूरा-पूरा लाभ उठाता रहा है। मुफ़्त शिक्षा व रहने की सुविधा के साथ-साथ प्रतिमाह फ़ेलोशिप भी पाता रहा है। ये सभी सुविधाएँ, आप सबको भी उपलब्ध करायी जा रही हैं। इस व्यवस्था की प्रशंसा करने के बजाय, वह इसकी मुख़ालिफ़त करता रहा है। अतः विश्वविद्यालय ने उससे ये सारी सुविधाएँ छीन लेने का फ़ैसला किया है। वह अब इस व्यवस्था में विद्यार्थी नहीं रह सकेगा।

उसे एक फ़ैक्ट्री में नौकरी दे दी गयी है, ताकि वह वहाँ रहकर यह देख सके कि ज़िन्दगी इतनी भी आसान नहीं है। वह यह भी देख सके कि हमारे देश का सर्वहारा-वर्ग कितनी मेहनत और श्रम करके हम सबके लिए ये सारी सुविधाएँ उपलब्ध करा रहा है। अब वह एक श्रमिक की ज़िन्दगी जीयेगा। हो सकता है, श्रमिकों के साथ रहकर वह अपने आपको बदल सके! उनके जीवन से शिक्षा ले सके और कल फिर इस व्यवस्था का प्रशंसक बन जाये। मुझे उम्मीद है, आप सब मेरी बात समझ रहे होंगे!"

इतना कहकर उन्होंने आनुवंशिकी का अगला पाठ पढ़ाना शुरू कर दिया।

उस दिन बर्लिन से रोस्टॉक लौटते वक़्त कमलेश्वर पूरे रास्ते जुर्गेन के विषय में ही सोचता रहा था—वह जुर्गेन जो सम्भवतः अकेला नहीं था, जिसको उस व्यवस्था से असन्तोष था। वास्तव में, जुर्गेन एक नयी क्रान्ति का नाम था।

जुर्गेन नाम था खुली हवा का, एक खुले आसमान का। एक ऐसी दुनिया का जिसके भीतर सीमांकित रेखाएँ न हों। खून-से-खून को दूर रखनेवाली पत्थर की दीवारें न हों। वह दर्शन न हो, जो आदमी को मशीन बना दे।

वहाँ के लोग सचमुच ही एक मशीन बनकर रह गये थे। जुर्गेन की ज़िद थी, यह व्यवस्था बदले। किन्तु फ़िलवक़्त तो व्यवस्था उसे ही बदलने के लिए प्रयासरत दिख रही थी। जीत किसकी होगी?...यह तो समय ही बतायेगा।

11

जर्मनी पहुँचने पर कमलेश्वर को जिस एक चीज़ को लेकर सबसे अधिक परेशानी हुई, वह था वहाँ का खाना। सुबह, दोपहर, शाम—तीनों जून बस उबले हुए आलू। वह भी सब्ज़ी की तरह नहीं, बल्कि हमारी रोटियों और चावल की तरह। मीट या फिश, उबली हुई बीन्स, ब्रोकली या मटर के साथ। दाल-भात, रोटी-तरकारी तो सपने में भी नहीं दिखते।

संयोग भी कुछ अजब बना। भाषा का कोर्स पूरा कर, जब वह पी-एच. डी. करने ग्रोस-लुज़ेवित्स पहुँचा, तो पता चला, वहाँ भी मुख्य रूप से आलू पर ही शोध होती है। बस एक-दो अपवाद को छोड़कर। मन में उत्सुकता जगी। वह पुराने दस्तावेज़ों को खँगालने लगा। यों तो वह कॉलेज के दिनों से ही जानता था कि आलू की उत्पत्ति का केन्द्र पेरू है। वहीं से वह पूरे विश्व में फैला। जर्मनी जो आगे चलकर यूरोप का सबसे बड़ा आलू उत्पादक देश बना, वहाँ उसका प्रचार-प्रसार 17वीं सदी के मध्य में शुरू हुआ। इसके पीछे की कहानी यह है, कि जर्मनी—तत्कालीन प्रूशिया, के बादशाह 'फ्रेडरिक द् ग्रेट' को यह बात शीघ्र ही समझ में आ गयी, कि आलू ही जर्मनी की खाद्य-समस्या का सबसे सस्ता और आसान समाधान हो सकता है। अतः आलू की खेती को प्राथमिकता देने के उद्देश्य से उन्होंने एक 'डिक्री' घोषित की, जो 'आलू-क़ानून' के नाम से प्रचलित हुई। डिक्री के अनुसार किसानों को आलू की खेती करना अनिवार्य कर दिया गया। बादशाह खुद उसकी निगरानी करते रहे। इस तरह शीघ्र ही, आलू वहाँ का प्रमुख कृषि-उत्पाद बन गया। जनता ने भी आलू को चावल और ब्रेड की तरह मुख्य-खाद्य के रूप में स्वीकार कर लिया।

ग्रोस-लुज़ेवित्स के प्लाण्ट-ब्रीडिंग-संस्थान की स्थापना कुछ विशेष परिस्थितियों में हुई थी। द्वितीय विश्व-युद्ध में जर्मनी परास्त तो हुआ ही, पूरी तरह तहस-नहस भी हो गया। सभी आर्थिक गतिविधियाँ बन्द हो चुकी थीं। और-तो-और, वहाँ के लोगों को दो-जून की रोटी जुटा पाना भी मुश्किल हो रहा था। पश्चिमी ताक़तों के सहयोग से जर्मनी के पश्चिमी हिस्सों में जहाँ स्थिति तेज़ गति से पटरी पर लौट रही थी, वहीं पूर्वी जर्मनी की हालत बहुत खस्ता थी। स्वयं सोवियत-संघ की आर्थिक स्थिति पूर्ण रूप से चरमरा गयी थी। ऊपर से पूर्वी यूरोप के कम्युनिस्ट देशों की मदद का भार भी उस पर कहीं बहुत अधिक था। इन देशों में पुनर्निर्माण की प्रक्रिया वामपन्थी शासन-प्रणाली के अन्तर्गत नियोजित की गयी थी। पूर्वी हिस्से में 'जर्मन डेमोक्रेटिक रिपब्लिक' के रूप में एक नये राष्ट्र की नींव पड़ी, तो प्राथमिकता के आधार पर अनेक योजनाएँ शुरू की गयीं। उन्हीं योजनाओं में मुख्य रूप से आलू पर शोध के लिए एक प्लाण्ट-ब्रीडिंग-संस्थान की स्थापना भी थी।

संस्थान की स्थापना के लिए ग्रोस-लुज़ेवित्स के चुने जाने के पीछे एक कारण तो यह था, कि जर्मनी का यह हिस्सा पहले से ही आलू-उत्पादन का गढ़ रहा है। यहाँ की जलवायु भी उसके लिए उपयुक्त है। परन्तु एक दूसरा कारण और भी था। ग्रोस-लुज़ेवित्स पूर्व में एक बड़ी एस्टेट (Estate) हुआ करती थी। उसके पास हज़ारों एकड़ ज़मीनें थीं और वहाँ पहले से ही खेती-बारी के लिए बुनियादी सुविधाएँ उपलब्ध थीं। एस्टेट के मालिक हेर्र ज़ीगफ्रिड ग्रीस व उनका परिवार वहाँ बने एक किला-नुमा महल में रहते थे, जो ग्रोस-लुज़ेवित्स-फ़ोर्ट के नाम से मशहूर था। संस्थान के लिए इससे बेहतर जगह कहाँ मिल सकती थी! अतः एक राजाज्ञा की तहत हेर्र ग्रीस की यह प्रापर्टी अधिगृहीत कर ली गयी और उन्हें इसे छोड़कर चले जाने की सूचना दे दी गयी। निजी सम्पत्ति के अधिकार के क़ानून को, जो समाजवादी व्यवस्था बनाने में बाधा बनता, पहले ही रद्द कर दिया गया था।

फार्म-इन्चार्ज मिस्टर बोरिस नित्से ने एक दिन यह कहानी कमलेश्वर को बतायी थी। इस कहानी का सबसे दुःखद पहलू यह था कि हेर्र ग्रीस जिस दिन ग्रोस-लुज़ेवित्स छोड़कर जानेवाले थे, उसकी पिछली रात को उन्हें दिल का दौरा पड़ा। इसके पहले कि उन्हें कोई मेडिकल सहायता मिल पाती, उनके प्राण पखेरू उड़ गये। वे स्वर्गवासी हो गये। यह पूछे जाने पर कि क्या, उनके परिवार

को प्रापर्टी का कोई मुआवजा मिला, तो उन्होंने इस विषय में अनभिज्ञता व्यक्त की थी।

आगे चलकर ग्रोस-लुज़ेवित्स-फ़ोर्ट संस्थान का निदेशालय बना। साथ ही अर्थशास्त्र, सांख्यिकी जैसे कुछ अन्य विभागों को भी इस फ़ोर्ट में जगह दी गयी।

कमलेश्वर ने जब से हेर्र ग्रीस का क़िस्सा सुना है, उसे फ़ोर्ट के सामने से गुज़रने में भी भय-सा महसूस होता है। हेर्र ग्रीस कई बार उसके सपने में भी आये। एक रात उसने देखा कि हेर्र ग्रीस मिस्टर नित्से के साथ फ़ोर्ट के सामने खड़े बातें कर रहे हैं। उन्होंने मिस्टर नित्से से तेज़ आवाज़ में कहा—"हरमन, क्या तुम भूल गये? किस तरह से तुम्हारे मम्मी-पापा और दादा जी को गोलियों से भून दिया गया था। तुम्हारी खेती-बारी ज़ब्त कर ली गयी थी। आज तुम उसी सरकार की गुलामी कर रहे हो। तुम तो फ़ार्म-इन्चार्ज हो, क्यों नहीं बुल्डोज़र और ट्रैक्टर लेकर आते और इस फोर्ट को धराशायी कर देते? इसका नामो-निशान मिटा देते? क्योंकि जब तक यह फ़ोर्ट टूटेगा नहीं, मेरी आत्मा भटकती रहेगी।"

अचानक तभी दरवाज़े की घण्टी बजी। कमलेश्वर हड़बड़ाकर उठा। फ्राऊ मार्था उसे बुलाने आयी थीं। डॉ. बेलमैन के साथ उसकी मीटिंग थी।

कमलेश्वर ने डॉ. बेलमैन को अपने सपने की बात बतायी। वे ज़ोर से हँस पड़े। कहने लगे—"भूत-प्रेत इण्डिया में होते हैं, यहाँ नहीं। तुम इन सब बातों को भूलकर अपने काम पर ध्यान दो। सब ठीक हो जायेगा।" उसे लगा, वे ठीक कह रहे हैं। समय के साथ ये सब बातें उसके दिमाग़ से निकल गयीं। और उसके मन का भय भी जाता रहा।

1946-47 में प्लाण्ट-ब्रीडिंग-संस्थान की स्थापना हुई, तो प्रबन्धन और निर्देशन का भार, युवा वैज्ञानिक डॉ. रूदोल्फ़ शिक् के कन्धों को सौंपा गया। डॉ. शिक् ने डॉ. दीत्रिख़ रोथाकर के सहयोग से वहाँ पोटैटो-जर्मप्लाज़्म का एक विश्व-प्रसिद्ध केन्द्र स्थापित किया, जो संस्थान में आलू के प्रजातीय विकास का आधार बना।

डॉ. शिक् एक प्रतिभावान् और योग्य वैज्ञानिक थे। उन्होंने रात-दिन मेहनत कर इस संस्थान को न केवल खड़ा किया, अपितु एक विश्व-प्रसिद्ध

शोध संस्थान बनाया। संस्थान में की जा रही शोधों का असर शीघ्र ही दिखने लगा था। नयी तकनीकों और प्रजातियों का विकास हुआ। परिणामस्वरूप, आलू के उत्पादन में उत्तरोत्तर वृद्धि होती गयी और पूर्वी जर्मनी खाद्य-संकट से निजात पा गया।

प्रो. शिक् की सेवाओं को संज्ञान में लेते हुए, वहाँ की सरकार ने तब उन्हें देश के सर्वोच्च सम्मान 'लेनिन ऑर्डर' से अलंकृत किया था।

कमलेश्वर अपने को बहुत भाग्यशाली मानता था, कि उसे प्रो. शिक्-जैसा गुरु मिला, जिन्होंने उसे प्लाण्ट-ब्रीडिंग का असली मर्म समझाया। यह कम आश्चर्य की बात नहीं थी, कि अपनी तमाम व्यस्तताओं के बावजूद प्रो. शिक् विश्वविद्यालय में प्लाण्ट-ब्रीडिंग का कोर्स खुद पढ़ाते थे और बड़ी संख्या में विद्यार्थी उनकी क्लास में भाग लेते थे।

ग्रोस-लुज़ेवित्स में उसके लम्बे कार्यकाल के दौरान अनेक अविस्मरणीय अनुभव हुए। एक बार की बात है। जर्मन टेलीविज़न की ओर से प्रो. शिक् के ऊपर एक फ़िल्म बनायी जा रही थी–'Ein mann und meherere Gesichte' अर्थात् 'एक व्यक्ति, अनेक रूप।' यह एक प्रमोशनल मूवी थी, जिसके माध्यम से प्रो. शिक् के व्यक्तित्व व कृतित्व को एक आदर्श के रूप में प्रचारित-प्रसारित किया जाना था। एक विदेशी, और प्रो. शिक् का विद्यार्थी होने के नाते, कमलेश्वर के काम को भी उस डाक्युमेण्टरी का हिस्सा बनाया गया था। इस सम्बन्ध में उससे भी बातचीत की गयी थी। बाद में पता चला, जब फ़िल्म तैयार हो गयी, तो उसका बड़े पैमाने पर स्कूलों से लेकर विश्वविद्यालयों, शोध-संस्थानों व फ़ैक्ट्रियों तक में प्रदर्शन किया गया। प्रो. शिक् का जीवन देश के प्रति सम्पूर्ण समर्पण का प्रतीक था। सरकार की मन्शा उनके ऊपर बनी उस फ़िल्म के माध्यम से जन-जन में उनके इसी समर्पण की भावना का प्रचार-प्रसार करना था, जिससे दूसरे भी उनसे प्रेरणा ले सकें।

कम्युनिस्ट देशों में 'अवमानित' (डिस्ग्रेस्ड) कवियों, लेखकों, दार्शनिकों, वैज्ञानिकों और नेताओं की फ़ेहरिस्त लम्बी है। यहाँ तक कि नोबल पुरस्कार विजेता भी इस लिस्ट में सम्मिलित रहे हैं। कमलेश्वर जानता था, चाहे कोई कितना भी बड़ा क्यों न हो, उसकी एक छोटी-सी भूल उसे पल-भर में शिखर से फ़र्श पर पहुँचाने के लिए काफ़ी हो सकती है। प्रारब्ध की बात है। एक दिन अचानक

प्रो. शिक् का नाम भी 'डिस्ग्रेस्ड' व्यक्तियों की उस लिस्ट में जुड़ गया। जिस समय यह घटना घटी थी, तब कमलेश्वर अभी ग्रोस-लुज़ेवित्स में ही था।

हुआ यह था, कि उस वर्ष पूर्वी जर्मनी में आलू का रिकार्ड उत्पादन हुआ। चारों तरफ़ ख़ुशी का माहौल था। सभी कोल्ड-स्टोरेज व गोदाम आलू की बोरियों से ठसाठस भरे हुए थे। किन्तु संयोग की बात है, कुछ समय बाद ही ख़बर आने लगी, कि गोदामों में आलू बड़ी तेज़ी से सड़ रहा है। तमाम सावधानियों व उपायों के बाद भी आलू का सड़ना बन्द नहीं हो पा रहा था। निश्चय ही यह एक बड़ी चिन्ता का विषय बन गया था। जहाँ देखो, बस इसी बात की चर्चा।...और हो भी क्यों न! आख़िर आलू ही वहाँ का मुख्य खाद्यान्न जो था। आलू की कमी से देश को भुखमरी का सामना करना पड़ सकता था।

एक दिन पता चला, इस समस्या के कारण को समझने और उसका समाधान ढूँढ़ने की दृष्टि से सरकार ने एक पाँच-सदस्यीय समिति का गठन किया है, जो संस्थान के वैज्ञानिकों व निदेशक से चर्चा करने के लिए शीघ्र ही ग्रोस-लुज़ेवित्स आनेवाली है। समिति के सभी सदस्य विभिन्न स्तर के पार्टी-कार्यकर्त्ता थे। निर्धारित तिथि और समय पर उक्त समिति के सदस्य ग्रोस-लुज़ेवित्स आ पहुँचे। संस्थान के बोर्ड-रूम में समिति की बैठक का प्रबन्ध किया गया था। ऐसी बैठकों की अध्यक्षता अमूमन प्रो. शिक् ही किया करते थे। पर इस बार बैठक की अध्यक्षता का भार खुद जाँच-दल के नेता ने सँभाल ली थी।

सबसे पहले बैठक का एजेण्डा घोषित करते हुए अध्यक्ष ने कहा :

"बैठक में मुख्य रूप से दो विषयों पर चर्चा की जायेगी। पहला यह कि इतने बड़े पैमाने पर गोदामों में आलू के सड़ने के क्या कारण हो सकते हैं? दूसरा, इसके लिए ज़िम्मेदार कौन हैं?"

दूसरा ऐजेण्डा सुनकर संस्थान के लोग चौंक गये। 'दाल में कुछ काला है', इसका अन्दाजा उन्हें लग गया था।

प्रो. शिक् ने सबसे पहले अपने संक्षिप्त वक्तव्य में इसे एक दुर्घटना बताया और खेद जताया। उन्होंने बताया कि संस्थान के कुछ वैज्ञानिकों ने अलग-अलग गोदामों में जाकर आलू के सड़ने के कारणों का पता लगाने की दृष्टि से खोजबीन की, तो पता चला कि सड़े हुए आलू या तो चोटिल थे या कटे हुए। सम्भवतः यह इसलिए हुआ था, क्योंकि उस वर्ष आलू की खेती,

बुवाई से लेकर हार्वेस्टिंग व स्टोरेज तक, मैकेनाइज़्ड हो गयी थी। इस प्रक्रिया में आलू का चोटिल होना सम्भावित है। एक दूसरा कारण यह भी है, कि वर्तमान में उपलब्ध आलू की प्रजातियाँ मैकेनाइज़्ड खेती के लिए उपयुक्त नहीं हैं। हमने इस बात को ध्यान में रखकर कुछ वर्ष पूर्व मैकेनाइज़्ड खेती के लिए उपयुक्त प्रजातियों के चयन का कार्य शुरू कर दिया था। शीघ्र ही कुछ अच्छा निकलकर आने की उम्मीद है।

इतना कहकर प्रो. शिक् ने आलू के ब्रीडर डॉ. कार्लोस मायर को इस दिशा में हो रहे कार्यों से निरीक्षण-समिति के सदस्यों को अवगत कराने के लिए कहा। डॉ. मायर ने बड़े विस्तार से रपट प्रस्तुत की, जिसमें इस समस्या के हल के लिए एक ब्रीडिंग-स्ट्रेटजी का उल्लेख किया गया था। उन्होंने बताया कि अगले एक-दो साल में हम कुछ ऐसी प्रजातियों का विकास कर पायेंगे, जो मैकेनाइज़ेशन की इन समस्याओं से लड़ने में पूरी तरह सक्षम होंगी और फिर, ऐसी समस्या उत्पन्न नहीं होगी।

डॉ. मायर के वक्तव्य के बाद चर्चा शुरू हुई।

"नयी प्रजातियाँ तो जब आयेंगी, तब आयेंगी। सवाल तो यह है कि इतने बड़े पैमाने पर जो क्षति हुई है, उसकी भरपाई कैसे होगी? और...कौन करेगा?" आल्फ़्रेड ने एक तीखा सवाल पूछा; जो आज की इस बैठक में जाँच-दल के एक सदस्य के रूप में भाग ले रहा था। आल्फ़्रेड के मुँह से इस अप्रत्याशित सवाल को सुनकर संस्थान के लोग भौंचक रह गये।

आल्फ़्रेड के प्रश्न के उत्तर में प्रो. शिक् बता रहे थे, कि प्रजातियों के चयन की प्रक्रिया बहुत लम्बी होती है। रातों-रात प्रजातियाँ पैदा नहीं की जा सकतीं। इसीलिए यह नया कार्यक्रम..."

"हाल्ट हेर्र प्रोफ़ेसर! हाल्ट!" अध्यक्ष ने प्रो. शिक् को बीच में ही टोकते हुए कहा। अध्यक्ष ने बहुत ही भद्दे और असभ्य भाषा का प्रयोग किया था। वहाँ उपस्थित सभी लोग चौंक गये थे।

बात को आगे बढ़ाते हुए अध्यक्ष ने कहा :

"आप ठीक कह रहे हैं, रातों-रात नयी प्रजातियाँ विकसित नहीं की जा सकतीं! पर सवाल तो यह है, कि आपने यह कार्य समय रहते पूरा क्यों नहीं किया? क्या आपको किसी ने रोका था, या आप इस बात के लिए इन्तज़ार

कर रहे थे, कि जब गोदामों में आलू सड़ने लगें, तब आप उसके लिए प्रजाति विकसित करने का काम शुरू करें? यह तो वही बात हुई—'जब प्यास लगी तो, कुआँ खोदने चले।' अध्यक्ष के इस मुहावरे पर समिति के सदस्य हँस पड़े थे।

वह वहीं नहीं रुका। उसने आगे कहा—

"क्या आप यह जानते नहीं थे, कि एक-न-एक दिन हमारे देश में आलू की खेती का मैकेनाइज़ेशन होना है? फिर समय रहते आपने आवश्यक क़दम क्यों नहीं उठाये?" इतना कहकर, बैठक की समाप्ति की घोषणा करते हुए, वह अपनी कुर्सी से उठकर खड़ा हो गया।

"रपट कल तक आ जायेगी!" जाते-जाते वह यह सूचना देना भी नहीं भूला। पीछे-पीछे जाँच-दल के अन्य सदस्य भी समिति-कक्ष से बाहर चले गये।

अब और चर्चा करने के लिए कुछ रह नहीं गया था। प्रोफ़ेसर शिक् ने सबको धन्यवाद दिया, और अपनी कुर्सी से उठकर खड़े हो गये। संस्थान के अन्य लोग भी अपनी सीटों से उठकर उनके पीछे-पीछे बाहर चले गये।

ग्रोस-लुज़ेवित्स में किसी को शंका नहीं रह गयी थी, कि यह उच्च-स्तरीय बैठक आलू में हो रहे नुक़सान को बचाने के उपायों पर चर्चा करने के लिए नहीं आयी थी, अपितु वे 'बलि का बकरा' ढूँढ़ने के लिए आये थे और...बकरा उन्हें मिल गया था।

उस दिन ऑफ़िस समाप्त हो जाने के बाद तक आल्फ्रेड रोस्टॉक से घर नहीं लौटा था। रिया और कमलेश्वर ने साथ-साथ खाना खाया और रोज़ की भाँति खेतों की ओर घूमने निकल गये। दोनों चुप थे। कोई कुछ बोल नहीं रहा था। किन्तु उनके मन में निरीक्षण-समिति की बातचीत का बोझ अवश्य था। कुछ दूर चलने के बाद वे एक बेंच के पास आये और वहीं बैठ गये। थोड़ी देर बाद, रिया ने चुप्पी तोड़ते हुए कहा, "आज आल्फ़्रेड की भूमिका देखकर मैं दंग रह गयी। ज़िन्दगी में पहली बार मुझे ऐसा लग रहा है, जैसे मैं आल्फ़्रेड को जानती ही नहीं। कमल! मैं भीतर से बहुत डर गयी हूँ। पता नहीं...आल्फ्रेड़ क्या चाहता है!...उसे मेरी भी परवाह है कि नहीं!" इतना कहकर रिया चुप हो गयी। उसका गला भर आया।

आल्फ़्रेड के व्यवहार से कमलेश्वर भी कम हैरान नहीं था। आज जिस तरह से वह प्रो. शिक् को ज़लील करने में जाँच-दल की भाषा बोल रहा था, वह

अविश्वसनीय था। उससे ऐसे व्यवहार की कदापि उम्मीद नहीं थी। एक और बात जो उसे हैरान किये हुए थी, कि परीक्षण-समिति क्या सचमुच गोदामों में सड़ रहे आलू की समस्या का समाधान ढूँढ़ने आयी थी या कि उसका उद्देश्य सिर्फ़ प्रो. शिक् को नीचा दिखाना और अपमानित करना था!

'प्रो. शिक् जैसे व्यक्ति का ऐसा अपमान!' उसके मुँह से निकला और वह चुप हो गया। उसका गला भर आया।

''इसीलिए तो मैं कह रही हूँ, आल्फ़्रेड अब वह आल्फ़्रेड नहीं रहा।...वह बदल चुका है।...उसे किसी की भी परवाह नहीं है।...मेरी भी नहीं।'' कहते-कहते रिया सिसक पड़ी।

''रिया, तुम ऐसी बात क्यों कह रही हो! तुमसे ज़्यादा उसे जीवन में कुछ भी प्रिय नहीं है।'' कमल ने उसका ढाँढ़स बँधाते हुए कहा।

''है, एक चीज़ है।'' रिया ने कमलेश्वर को टोकते हुए कहा।

''वह क्या है?''

''पार्टी!...पार्टी को वह सबसे ऊपर रखता है। हाँ...मेरे से भी ऊपर।''

''मैं ऐसा नहीं मानता। आज की इस एक घटना से तुम आल्फ्रेड को जज मत करो। यों तो मुझे भी आज उसका व्यवहार अच्छा नहीं लगा। दरअसल, उससे तो यह उम्मीद की जाती थी, कि वह संस्थान के पक्ष में बोलेगा। प्रो. शिक् के साथ खड़ा होगा और संस्थान में हो रहे कार्यों की प्रशंसा करेगा। परन्तु वह तो...'' कहते-कहते कमलेश्वर रुक गया। वह आगे बोल न सका।

''तुम सही कह रहे हो।'' बात को आगे बढ़ाते हुए रिया ने कहा, ''कम-से-कम प्रो. शिक् की इज़्ज़त का तो उसे ध्यान रखना चाहिए था। किन्तु वह तो उल्टा आग में घी डालने का काम कर रहा था। 'लोग क्या कहेंगे?' इस बात की उसे तनिक परवाह नहीं थी। बल्कि मुझे तो लगता है, वह आज इस अवसर का लाभ उठाकर पार्टी की नज़रों में अपने को प्रतिष्ठापित करना चाहता था। कमल! मेरा मन बहुत सशंकित है...कहीं वह अपना कॅरियर बनाने के फेर में मुझे छोड़ न दे!'' इतना कहकर रिया कुछ देर रुकी और फिर कुछ सोचकर उसने आगे कहा, ''क्या पता—कल को ऐसे हालात पैदा हो जायें कि मुझे खुद ही उसे छोड़कर चला जाना पड़े!''

''प्लीज़ रिया, ऐसी बातें मत करो! आल्फ़्रेड ऐसा नहीं है। वह तुम्हें अपनी जान से भी ज़्यादा मानता है। हाँ,...थोड़ा भटक गया है। पर सँभल जायेगा।

तुम चिन्ता मत करो!...वैसे डर तो मैं भी रहा हूँ। पर मेरे डर का कारण कुछ और ही है। मुझे अपनी थीसिस पूरी करने में कम-से-कम एक साल और लगेगा। यदि इस बीच यहाँ कुछ उलट-फेर हुआ, तो मेरी डिग्री अधर में लटक जायेगी।''

दोनों ही दोस्त परेशान थे। दोनों की अपनी-अपनी समस्याएँ थीं। पर वे एक-दूसरे का सहारा भी थे। वे अक़सर इसी तरह कुछ देर साथ बैठकर, बोल-बतियाकर, अपना जी बहला लेते।

रात बहुत हो गयी थी। चारों तरफ़ अँधेरा फैल गया था। घर जाने का समय हो गया था। 'गुटे नाख़्ट।'...'वीदरज़ेहेन!' दोनों ने एक-दूसरे को शुभ-रात्रि कहा और अगले दिन मिलने का वादा कर, अपने-अपने ठिकाने की ओर चले गये।

12

दूसरे दिन सुबह जब कमल ऑफ़िस पहुँचा, तो फ्राऊ मार्था ने उसे एक चौंका देनेवाली ख़बर सुनायी। उन्होंने बताया कि प्रोफ़ेसर शिक् निदेशक के पद से हटा दिये गये हैं। ''क्या?'' फ्राऊ मार्था की बात सुनकर कमल हक्का-बक्का रह गया। ''इतना ही नहीं, डॉ. मायर से ब्रीडिंग-विभाग छीन लिया गया है। आज से अब वे 'प्रोडक्शन-यूनिट' में काम करेंगे। डॉ. मायर की जगह एक युवा ब्रीडर ने ले ली थी। यहाँ आने से पूर्व वह किसी अन्य संस्थान में मक्का-ब्रीडर के रूप में कार्य कर रहा था।'' फ्राऊ मार्था ने अपनी बात को आगे बढ़ाते हुए कहा।

''भगवान् जाने, अब इस संस्थान का क्या होगा?'' कमलेश्वर ने मन-ही-मन कहा और अपने काम में लग गया।

दो दिन के बाद ही एक पहलवान छाप व्यक्ति ने आकर निदेशक का पद सँभाल लिया। पता चला कि उसने भी मैक्लेनबुर्ग के कृषि-महाविद्यालय से एम.एस-सी. किया था। आल्फ़्रेड भी वहीं का विद्यार्थी रहा था। नये निदेशक महोदय कोई नामी-गिरामी 'रिसर्चर' नहीं थे, बल्कि उनका पूरा समय पार्टी के संगठनात्मक कार्यों के निर्वहन में बीता था। पार्टी की दृष्टि में उनका यह अनुभव ग्रोस-लुज़ेवित्स जैसे शोध-संस्थान चलाने-हेतु उपयोगी सिद्ध होगा और वे प्रो. शिक् से बेहतर नेतृत्व दे पायेंगे।

हफ़्ते भर के भीतर एक और बड़ा झटका इन्स्टीट्यूट को लगा। डॉ. हर्मन स्वाइगर का ट्रान्सफ़र किसी अन्य संस्थान में कर दिया गया। प्रो. शिक् के बाद डॉ. स्वाइगर दूसरे सबसे सीनियर वैज्ञानिक थे। संस्थान में उनका भी बड़ा सम्मान था। वे आल्फ़्रेड के पी-एच.डी. थीसिस के गाइड भी थे। पता चला कि

डॉ. स्वाइगर जब मेक्लेनबुर्ग के कॉलेज में पढ़ा रहे थे, तब वह पहलवान-छाप निदेशक भी वहाँ विद्यार्थी रहा था। फिर उनका ट्रान्सफ़र होना तो लाज़मी था ही।

इस तरह ग्रोस-लुज़ेवित्स का यह विश्व-प्रसिद्ध प्लाण्ट-ब्रीडिंग-संस्थान अब एक नया अवतार ले चुका था। यह तो भविष्य ही बतायेगा कि आख़िर ये निर्णय कितने सही थे! और इससे किसका भला होना था! कमलेश्वर के मन में ये प्रश्न अनायास उभर आये थे।

परन्तु एक बात तो स्पष्ट थी। ग्रोस-लुज़ेवित्स से खुशी मानो हमेशा के लिए ग़ायब हो गयी थी। सब तरफ़ बस उदासी-ही-उदासी थी। सभी के चेहरों पर निराशा के भाव थे। सब के दुःख के अपने-अपने कारण थे। रिया और कमल, उन दोनों की उदासी और चिन्ता के कारण भी अलग-अलग थे। रिया की चिन्ता आल्फ़्रेड को लेकर थी। आल्फ़्रेड उस समय एक अलग दुनिया में विचर रहा था। रिया के लिए उसके पास मानो समय ही न हो। हर समय पार्टी के काम के सिलसिले में इधर-उधर भागा करता। रिया के मन में आल्फ़्रेड को लेकर एक अजीब क़िस्म का डर समा गया था...कहीं वह उसे खो न दे! कमल सब समझ रहा था। परन्तु वह भी असहाय महसूस कर रहा था। फिर उसका अपना कॅरियर भी तो दाँव पर लगा था! वह सोचता—कभी इस उथल-पुथल में उसकी डिग्री ही न अटक जाये; पूरी न हो पाये। और बिना डिग्री लिये ही उसे भारत लौटना पड़ जाये! यह डर उसे अन्दर-ही-अन्दर खाये जा रहा था।

किन्तु वह अपना दुःख बाँटे भी तो किससे बाँटे! रिया और आल्फ़्रेड के सिवा वह अपने दिल की बात किसी और से कर भी तो नहीं सकता था! पर रिया क्या खुद कम परेशान थी? और...आल्फ़्रेड मिले तब न! आल्फ़्रेड तो कई-कई दिनों बाद घर आता। पार्टी के कामों में वह इतना उलझ गया था कि अपने खुद के काम पर तो क्या, रिया पर भी ध्यान नहीं दे पा रहा था। इस बात को लेकर अक़सर उसकी और रिया की झड़प हो जाती। पर पार्टी के काम को वह सर्वोपरि मानता। रिया को सब्र रखने की हिदायत देता रहता। वह उसे बड़े-बड़े सपने दिखाता। कहता—'कल का इन्तज़ार करो! सब ठीक हो जायेगा।'

रिया समझ गयी थी, कि आल्फ़्रेड ने राजनीति में अपना कॅरियर बनाने का मन बना लिया है। इसलिए बाक़ी सब-कुछ गौण हो गया है, उसके लिए। किन्तु यह बात रिया को बिलकुल पसन्द नहीं थी। वह स्वयं एक मेहनती और

प्रखर युवती थी। विज्ञान में उसकी विशेष रुचि थी। वह आल्फ़्रेड से भी अपेक्षा करती थी कि वह अपने काम में मन लगाये और एक वैज्ञानिक के रूप में नाम कमाये।

एक अजीब तरह की अनिश्चितता के माहौल में जी रहे थे तब ग्रोस-लुज़ेवित्स के लोग। उनके सामने अपना भविष्य एक बड़ा प्रश्न बनकर खड़ा हो गया था। यों तो सभी यन्त्रवत् अपना-अपना काम कर रहे थे। पर पहले जैसा कुछ नया और अच्छा करने का उत्साह नहीं रह गया था। वैसे भी अब संस्थान किसी शोध-संस्थान की तरह न चलाकर, एक पार्टी-ऑफ़िस की तरह चलाया जा रहा था। यों तो लगभग सभी ग्रोस-लुज़ेवित्सवासी पहले से ही पार्टी के सदस्य थे। परन्तु पार्टी के कार्यों में सक्रिय भागीदारी किसी-किसी की ही रही थी। किन्तु इस नयी व्यवस्था के अन्तर्गत, बहुत-कुछ बदला-बदला नज़र आ रहा था। जैसा अक्सर होता है—अवसरवादी हर हाल में मैनेजमेण्ट के क़रीब आने की कोशिश में लग जाते हैं। यहाँ भी ऐसे बहुत-से लोग थे, जो पार्टी के कार्यों में अब पहले से अधिक सक्रियता दिखाने लगे थे।

...आल्फ़्रेड उन सबका अगुआ बन गया था।

आल्फ़्रेड के व्यवहार से रिया बहुत दुःखी थी। ऐसी हालत में कमल का साथ उसके लिए एक बड़ा सहारा बना। आल्फ़्रेड के अलावा, कमल ही एक ऐसा व्यक्ति था, जिससे वह सब-कुछ शेयर कर सकती थी। उसके कन्धे पर अपना सिर रखकर रो लेती थी। ख़ैर! धीरे-धीरे जब ग्रोस-लुज़ेवित्स में परिस्थितियाँ नार्मल हो गयीं, और आल्फ़्रेड का इधर-उधर जाना-आना कम हो गया, तब वह फिर रिया को पूरा समय देने लगा। पर रिया अन्दर-ही-अन्दर इतनी जली-भुनी थी, कि वह पहले की तरह उससे खुल नहीं पा रही थी। रिया का व्यवहार देखकर आल्फ़्रेड भी कम दुःखी नहीं था।

एक दिन जब आल्फ़्रेड अकेला कमल के साथ बैठा हुआ था, तो उसने उसे अपने मन की व्यथा बतायी। कमल चुपचाप उसकी बातें सुनता रहा। वह जानता था, कि रिया ऐसा क्यों कर रही है! अन्त में आल्फ़्रेड ने उससे कहा कि वह रिया को समझाये कि मैं आज भी उससे पहले जैसा ही प्यार करता हूँ।...अब मैं और उसकी चुप्पी सहन नहीं कर सकता। इतना कहकर वह चुप हो गया। उसका गला भर आया था। कमल ने उसके कन्धे पर हाथ रखा और धैर्य रखने की बात कही, तो आल्फ़्रेड फफककर रो पड़ा। कमल ने उसे चुप

कराया और रिया को समझाने का आश्वासन दिया। तब जाकर कहीं आल्फ़्रेड का मन शान्त हुआ था।

समय बड़े-से-बड़े घाव को भर देता है। आल्फ़्रेड ने अपना रवैया बदला। यद्यपि पार्टी का काम वह अब भी करता, पर अपने शोध-कार्य को प्राथमिकता में रखता। रिया को भी भरपूर समय देता। धीरे-धीरे उनके बीच की दूरियाँ समाप्त हुईं। वे पूर्ववत् एक प्रेमी युगल की भाँति चहकने लगे। निश्चय ही इसमें कमल की भूमिका अहम थी।

उस दिन रक्षाबन्धन का त्योहार था। एक दिन पहले ही कमल के घर से आयी राखी उसे मिल गयी थी। सुबह नहा-धोकर जब उसने अपने दाहिने हाथ की कलाई में राखी बाँधी, तो उसका मन ख़ुशी से झूम उठा। वह ख़ुशी-ख़ुशी अपने कार्यालय पहुँचा और अपने काम में लग गया। ग्यारह बजे चाय के लिए घण्टी बजी। वह किचेन में जाकर चाय लेने की सोच ही रहा था, कि दरवाज़े पर एक हल्की दस्तक सुनायी दी। उसने उठकर दरवाज़ा खोला, तो देखा कि चाय के दो मग हाथ में लिये रिया बाहर खड़ी है। ''आओ-आओ!'' उसने कहा और वह भीतर आ गयी। वे चाय पीने लगे। तभी रिया की नज़र उसकी कलाई पर बँधे धागे की ओर गयी।

''यह कलाई में क्या बाँधे हो?'' उसने उत्सुकता दिखाते हुए कमल से पूछा।

''राखी।...राखी कहते हैं इसे।'' उसने ज़ोर देते हुए कहा।

''राखी?'' एक प्रश्नवाचक शब्द की तरह रिया के मुँह से निकला। ''इसका क्या महत्त्व है? इसे कलाई पर क्यों बाँधे हो? इसके पहले तो मैंने किसी को अपनी कलाई पर राखी बाँधते हुए नहीं देखा।'' रिया ने कहा।

''हाँ! आज एक ख़ास दिन है। आज का दिन हमारे देश में एक त्योहार के रूप में मनाया जाता है, जब हर बहन अपने भाई को राखी बाँधती है। और इसके बदले में उसका भाई जीवन-भर उसकी सुरक्षा का आश्वासन देता है। यह एक पुरानी परम्परा है, जो मुगल-काल से हमारे देश में चली आ रही है।''

फिर कमल ने उसे हुमायूँ और रानी कर्णावती की कहानी सुनायी।

''हमारे देश में राजपूत राजाओं ने अनेक लड़ाइयाँ लड़ीं। राष्ट्रहित में की गयी उनकी क़ुर्बानियों की दिल दहला देनेवाली गाथाएँ घर-घर में प्रचलित हैं।

ऐसे बहादुर राजपूतों की एक लम्बी फ़ेहरिस्त है। उन्हीं में एक नाम मेवाड़-नरेश महाराणा साँगा का भी है। उन्होंने अनेक लड़ाइयाँ लड़ीं। कभी दिल्ली की मोहम्मद इब्राहीम की सल्तनत से, तो कभी बाबर से। कभी मालवा के निज़ाम सुल्तानों से, तो कभी गुजरात के। कहा जाता है, कि हर लड़ाई में सेना का संचालन वे स्वयं करते थे। चर्चा यह भी है, कि उनके शरीर पर 'चौरासी घाव' के निशान थे और उनका कोई ऐसा अंग बचा नहीं था, जो चोटिल न हुआ हो। ऐसी ही किसी एक लड़ाई में उनकी एक आँख भी चली गयी थी। उनकी आख़िरी लड़ाई खानवा में बाबर के साथ हुई थी। बाबर की सेना बहुत मज़बूत और युद्ध के आधुनिक हथियारों से लैस थी। युद्ध में राणा पराजित हुए। सुना जाता है, कि घायल अवस्था में जब वह किसी अज्ञात स्थान पर आराम फ़रमा रहे थे, तभी एक षड्यन्त्र के तहत उन्हें ज़हर देकर मार दिया गया।

उनके बाद उनका बेटा विक्रमादित्य गद्दी पर बैठा। उसके गद्दी पर बैठने के थोड़े दिनों बाद ही उसे गुजरात के सुल्तान बहादुरशाह के आक्रमण का सामना करना पड़ा। उस लड़ाई में मेवाड़ की बहुत क्षति हुई। स्वयं विक्रमादित्य भी मारे गये। इस पराजय का अन्दाज़ा महारानी को काफ़ी पहले ही लग गया था। उन्होंने अपनी और अपने राज्य की सभी नारियों की दुश्मनों से रक्षा के लिए दिल्ली के तत्कालीन शासक बाबर के बेटे 'हुमायूँ' को एक पत्र लिखा। पत्र के साथ ही उन्होंने हुमायूँ को एक 'राखी' यह कहकर भिजवायी थी, कि वह उन्हें अपना भाई मानकर राखी भेज रही हैं और वह उस धागे को अपने दाहिने हाथ की कलाई पर बाँध ले। उन्होंने लिखा था, कि यह मात्र एक धागा नहीं है, वरन् यह भाई का अपनी बहन को आजीवन रक्षा करने का दिया हुआ वचन है, जिसे हर भाई अपनी जान गँवाकर भी पूरा करने को तैयार रहता है।

पत्र पढ़कर हुमायूँ बहुत भावुक हुआ, और खुश भी। क्योंकि यह धागा किसी हिन्दू महिला ने एक मुसलमान को भेजा था। इस धागे को उसने अपनी बहन के विश्वास का प्रतीक समझा। उसने वह धागा अपनी कलाई पर बाँधा और अपने सेनापति को बुलाकर तुरन्त कूच करने का आदेश दे दिया। दुर्भाग्यवश, उसे दिल्ली से चित्तौड़ पहुँचने में काफ़ी देर लगी। इधर अपने भाई हुमायूँ को न आता देख और यह जानकर कि विक्रमादित्य को हराने के बाद बहादुर शाह की फ़ौजें चित्तौड़ पहुँचनेवाली हैं, महारानी चित्तौड़ की हज़ारों औरतों के साथ पहले से तैयार की गयी चिताओं पर जलकर राख हो गयीं। अपनी बहन के इस जौहर की कहानी ने हुमायूँ को हिलाकर रख दिया। उसे समय

से पहले चित्तौड़ न पहुँच पाने और अपनी बहन की रक्षा न कर पाने का क्षोभ ज़िन्दगी भर बना रहा।

हमारे देश में हर बहन रक्षा-बन्धन के दिन अपने भाई की कलाई पर रक्षा बाँधती है। और इस तरह रक्षा-बन्धन एक पावन त्योहार के रूप में मनाया जाता है।

''ओह! कितनी मार्मिक कहानी है यह!'' रिया ने धीरे से कहा और लगा, वह रो देगी। तभी कमलेश्वर ने अपनी जेब से एक धागा निकालकर रिया की ओर बढ़ाते हुए कहा, ''रिया, क्या तुम यह धागा मेरी कलाई में बाँधोगी?''

रिया के चेहरे पर हल्की-सी मुस्कान उभरी। उसने कमल के हाथ से धागा ले लिया और उसकी दाहिनी कलाई पर धागा बाँधने लगी।...उसी क्षण उसकी आँखों से आँसू की कुछ बूँदें कमलेश्वर की कलाई पर आकर गिरीं। कमलेश्वर ने रिया के माथे को चूमा और कहा, ''धन्यवाद रिया! आज से इस धागे ने तुम्हें और मुझे बहन-भाई के पवित्र रिश्ते में बाँध दिया है।''

रिया की आँखें अभी भी गीली थीं।...पर वह मुस्करा रही थी।

❍

13

उस रात कमलेश्वर को नींद नहीं आ रही थी। इधर कुछ महीनों से जो कुछ ग्रोस-लुज़ेवित्स में घटित हो रहा था, उससे कमलेश्वर बहुत परेशान था। यद्यपि इन घटनाओं से उसका खुद का कोई सीधा सम्बन्ध नहीं था। किन्तु मन में यह डर तो था ही, कि कहीं उसकी डिग्री बीच में ही न फँस जाये! अचानक उसे पन्तनगर की एक घटना याद आ गयी। अभी कुल 6-7 महीने बीते होंगे उसे यूनिवर्सिटी में आये हुए। वह वहाँ के प्लाण्ट-ब्रीडिंग विभाग में असिस्टेण्ट प्रोफ़ेसर लगा था और उस सेमेस्टर में एक कोर्स पढ़ा रहा था। सेमेस्टर बीतने ही वाला था, कि भारत सरकार के शिक्षा-मन्त्रालय से उसे इस आशय का पत्र मिला, कि जर्मनी में उच्च-शिक्षा हेतु उसका चयन हो गया है। वह बहुत ख़ुश हुआ। सबसे पहले वह जाकर अपने डीन से मिला और उन्हें शिक्षा-मन्त्रालय का पत्र दिखाया। पत्र पढ़ने के बाद उन्होंने उससे पूछा, "क्या तुम सचमुच जाना चाहते हो?"

"जी, सर। मैं जाना चाहता हूँ। क्योंकि ऐसा मौक़ा मुझे फिर दुबारा कभी मिले या न मिले।"

"ठीक है। तुम जल्दी से सेमेस्टर की परीक्षा के ग्रेड जमा कर दो। हम तुम्हें रिलीव कर देंगे।"

दो हफ़्ते के भीतर उसने रिजल्ट जमा कर दिये। उसके दो-तीन दिन के बाद ही उसे रिलीविंग-ऑर्डर मिल गया। पन्तनगर छोड़ने से एक दिन पहले, शाम को उसके मित्र डॉ. सन्तराम ने अपने घर पर उसकी विदाई का एक छोटा-सा कार्यक्रम रखा था। कुल 8-10 उनके नज़दीकी मित्र ही आमन्त्रित थे। वैसे सन्तराम भी तो यूनिवर्सिटी में अभी नया-नया ही आया था, तो बहुत ज़्यादा

जान-पहचान उसकी भी नहीं हुई थी। सब चाय-नाश्ता कर रहे थे और बातों में मशगूल थे। पार्टी में भाग लेनेवालों में डॉ. भगवतीप्रसाद उम्र और अनुभव दोनों में सबसे बड़े थे। वे अर्थशास्त्र-विभाग में एसोशिएट प्रोफ़ेसर के पद पर लगे थे। शिक्षा-मन्त्रालय से आये उसके पत्र को पढ़कर, वे कुछ चौंकते हुए-से बोले, "तो, आप पूर्वी जर्मनी जा रहे हैं!"

"हाँ।" कमलेश्वर ने संक्षिप्त उत्तर दिया।

"पर इसमें चौंकनेवाली क्या बात है?" सन्तराम ने प्रसाद जी से जानना चाहा।

"नहीं, कोई ख़ास बात नहीं है। बस यही कि पूर्वी जर्मनी एक कम्युनिस्ट देश है। सुनते हैं, वहाँ तमाम तरह के प्रतिबन्ध लगाये गये हैं।"

"जैसे?" विजयबहादुर पाण्डेय ने जानना चाहा।

"जैसे कि...अभिव्यक्ति की आज़ादी। शासन की किसी भी प्रकार की ख़िलाफ़त को वहाँ देश-द्रोह माना जाता है। इसलिए बेहतर होगा कि कमल वहाँ बस अपने काम-से-काम रखें! स्थानीय पॉलिटिक्स में क़तई दख़ल न दें।"

कमलेश्वर को तब तक इन सब बातों का कोई ज्ञान नहीं था। कम्युनिस्ट-पार्टी के बारे में तो उसे बस इतना पता था, कि उसके क्षेत्र से कम्युनिस्ट-पार्टी का कोई एक व्यक्ति विधायक चुना गया है। किन्तु उसके होने या न होने का उसके अथवा उसके गाँव-घर के लोगों पर किसी प्रकार का कोई प्रभाव नहीं था। इसलिए तब वह भगवतीप्रसाद की इस बात को कोई महत्त्व न देकर, टाल गया था।

परन्तु इधर हाल के दिनों में ग्रोस-लुज़ेवित्स में जो कुछ घटित हुआ है और जैसी अफ़रा-तफ़री रही है, उससे भगवतीप्रसाद की कही बात उसे याद आ रही है। कई दिनों से उसका मन बहुत अशान्त था। बार-बार उसके मन में यह ख़्याल आता—"यार कहाँ इस दलदल में आकर फँस गया!...अब तो बस किसी तरह से उसकी थीसिस पूरी हो और वह सकुशल अपने घर लौट जाये।"

इन्हीं उलझनों के बीच एक दिन वह डॉ. बेलमैन से मिलने उनके ऑफ़िस में गया। थीसिस का काम समाप्त हो गया था। बस उसे डेटा की ऐनालिसिस करनी बाक़ी थी। डॉ. बेलमैन ने राय दिया, कि बेहतर होगा वह इस विषय में

डॉ. आरेन्स से भी सलाह ले ले। डॉ. आरेन्स उसकी थीसिस की सलाहकार-समिति के सदस्य थे और बर्लिन में स्टेटिस्टिक्स के प्रोफ़ेसर थे। कमलेश्वर को डॉ. बेलमैन का सुझाव सही लगा और अगले हफ़्ते बर्लिन जाकर उनसे मिलने का कार्यक्रम बना लिया।

अपनी बात पूरी कर वह डॉ. बेलमैन के कमरे से निकलने ही वाला था, कि फ्राऊ मार्था उसकी और डॉ. बेलमैन, दोनों की चाय उनके ऑफ़िस में दे गयीं। वे चाय पीने लगे। डरते-डरते कमलेश्वर ने डॉ. बेलमैन से कहा, एक सवाल उसके मन में बार-बार उठ रहा है, यदि वे बुरा न मानें तो पूछे। "हाँ, हाँ। पूछो! इसमें बुरा मानने की क्या बात है?"

कमलेश्वर ने पूरी सावधानी के साथ सवाल किया। "सर! अभी हाल ही में यहाँ सामान्य चुनाव हुए हैं। कम्युनिस्ट पार्टी भारी बहुमत से विजयी हुई है। इस विषय में आपकी क्या राय है?"

डॉ. बेलमैन उसका प्रश्न सुनकर कुछ सहम-से गये। फिर उन्होंने कहा, "कमल! राजनीति में मेरी कभी कोई दिलचस्पी नहीं रही है। और मैं कभी राजनीति से ताल्लुक़ रखनेवाली बात भी नहीं करता। न ही अपनी प्रतिक्रिया देता हूँ। पर अब जब तुमने पूछ ही लिया है, तो बताता हूँ। मैं समझ सकता हूँ, कि यहाँ की चुनाव-प्रक्रिया से तुम चकित हुए होगे। क्योंकि तुम्हारे देश में मल्टी-पार्टी राजनीतिक व्यवस्था है। वहाँ जो चाहे, चुनाव लड़ सकता है। जनता बस जिसके पक्ष में होगी, वही सरकार बनायेगा। सभी दक्षिणपन्थी देशों में चुनाव की लगभग यही प्रक्रिया अपनायी जाती है।

परन्तु...यहाँ ऐसा नहीं है। यहाँ की वामपन्थी व्यवस्था में चुनाव महज़ एक दिखावा-भर होता है, ताकि बाहर के लोगों को बताया जा सके, कि हम एक डेमोक्रेटिक देश हैं; हमारे यहाँ भी चुनाव होता है; बड़ी संख्या में लोग अपना मत देते हैं और सरकार बनाने में अहम भूमिका निभाते हैं। परन्तु सच तो यह है, यहाँ एक ही पार्टी चुनाव लड़ती है और पार्टी के बॉस जिसे चाहते हैं, वही चुनाव लड़ सकता है। अर्थात् चुनाव के लिए पार्टी ख़ुद सदस्यों को नामित करती है। यहाँ के नागरिकों को तो बस उन्हीं के नाम पर ठप्पा लगाना होता है। कोई प्रतिपक्ष नहीं होता। मतदान भी शत-प्रतिशत होता है। क्योंकि मतदान न करना अपराध है।"

इतना कहकर डॉ. बेलमैन चुप हो गये। कमल ने देखा, उनका चेहरा लाल हो गया है। मानो वे भीतर-ही-भीतर उबल रहे हों।

कुछ देर दोनों चुप रहे। फिर कमलेश्वर ने चुप्पी तोड़ते हुए कहा,

''सर! क्या वाम और दक्षिणपन्थ राजनीतिक शब्द हैं? मैंने तो इनका नाम पहले कभी नहीं सुना। ये कब...कैसे...?''

''हाँ! ये दोनों राजनीतिक शब्द हैं।'' डॉ. बेलमैन ने कहा।

फिर उन्होंने इन दोनों शब्दों, वामपन्थ और दक्षिणपन्थ की उत्पत्ति का एक पुराना और मज़ेदार क़िस्सा सुनाया। फ्रान्सीसी-क्रान्ति से पूर्व फ्रान्स में सम्राट् को हटाकर गणतन्त्र की स्थापना और धर्मनिरपेक्षता को लेकर फ्रान्स के लोग दो गुटों में बँटे हुए थे। एक गुट जहाँ इसकी मुख़ालिफ़त कर रहा था, तो दूसरा इसका समर्थन। सामान्यतया जनता के ऐसे प्रतिनिधि जो सम्राट् को अपदस्थ कर गणतन्त्र की स्थापना के पक्ष में थे, वे 'स्टेट-जनरल' नामक संसद् में एकजुट होकर 'लेफ़्ट' यानी बायीं तरफ़ बैठा करते थे, जबकि इसके विपरीत विचार रखनेवाले गुट के लोग 'राइट' अर्थात् दायीं तरफ़ बैठते थे। धीरे-धीरे यह परिपाटी-सी हो गयी। और इस तरह आगे चलकर 'लेफ़्ट' और 'राइट' दोनों राजनीतिक शब्द बन गये, जो वास्तव में, संसद में बैठने की व्यवस्था से ताल्लुक़ रखते थे।

''अद्‌भुत!'' कमलेश्वर ने आश्चर्य व्यक्त किया।

''हाँ! पर यह सही है!...बायीं ओर बैठनेवाले गणतन्त्र और धर्मनिरपेक्षता का निर्माण चाहते थे, यानी राजशाही का विरोध और क्रान्ति का समर्थन करते थे। वहीं दायीं ओर बैठनेवाले लोग पुराने शासन के पारम्परिक संस्थाओं के समर्थक थे।''

''सर! थोड़ा और स्पष्ट कीजिये! मैं ठीक से समझ नहीं पाया हूँ।'' कमलेश्वर ने उत्सुकता दिखायी।

''देखो कमल! संक्षेप में कहें तो, दक्षिणपन्थी राजनीति एक ऐसी विचारधारा है, जो सामाजिक स्तरीकरण या असमानता को अपरिहार्य, प्राकृतिक, सामान्य और आवश्यक मानती है। आमतौर पर इस पक्ष के समर्थक समाज की ऐतिहासिक भाषा, जातीयता, अर्थ-व्यवस्था और धार्मिक पहचान को बनाये रखने की चेष्टा करते हैं। पारम्परिक समाजों में अक़सर लोगों में वर्गीकरण और

श्रेणीकरण होता है। दायीं राजनीति के समर्थक प्राकृतिक नियमों की दलील देकर ऐसे वर्गीकरणों को सही ठहराते हुए जारी रखने का समर्थन करते हैं।

किन्तु दक्षिणपन्थ के विपरीत, वामपन्थी राजनीति सामाजिक समानता और साम्यवाद का समर्थन करती है। अतः इसका आशय एक वर्गविहीन, राज्यविहीन मौद्रिक साम्यवादी समाज का निर्माण करना है।''

''तो, क्या यहाँ सामुदायिक खेती इसी उद्देश्य की पूर्ति के लिए लागू की गयी है?'' कमल ने बीच में टोकते हुए कहा।

''हाँ-हाँ। तुम ठीक कह रहे हो। सामुदायिक खेती उसी सोच व व्यवस्था का एक अंग है, जिसका उद्देश्य समाज में समानता स्थापित करना है।'' डॉ. बेलमैन ने कहा।

''क्या यहाँ कोई व्यक्ति अपना खुद का बिज़नेस खड़ा नहीं कर सकता? जैसा कि हमारे देश में होता है।'' कमल ने उत्सुकतावश पूछा।

''नहीं, नहीं! यहाँ व्यक्तिगत कुछ नहीं होता। सब सरकार के अधीन है। यहाँ लोग विकेन्द्रित अर्थव्यवथा में विश्वास रखते हैं और अर्थव्यवस्था के राज्य व निजी नियन्त्रण दोनों का विरोध करते हैं; सामाजिक स्वामित्व और स्थानीय नियन्त्रण को प्राथमिकता देते हैं।''

''सर। क्या मैं आपसे एक व्यक्तिगत सवाल पूछ सकता हूँ?'' कमलेश्वर ने डरते-डरते कहा।

''हाँ, पूछो!''

''सर! क्या आप कम्युनिस्ट पार्टी के सदस्य हैं?'' कमलेश्वर ने पूछा।

''नहीं! मैं कम्युनिस्ट पार्टी का सदस्य नहीं हूँ।...कभी नहीं रहा।''

''तो क्या, इस कारण आपके साथ कभी कोई बदसलूकी हुई? और क्या इससे आपके कॅरियर पर या परिवार के हितों पर कोई प्रभाव पड़ा?''

''बस कमल!...अब बन्द करो ये सब उल्टे-सीधे सवाल!'' डॉ. बेलमैन ने कुछ नाराज़गी जताते हुए कहा और चुप हो गये। कुछ देर बाद, उन्होंने आगे कहा—

''कमल! तुम जिस काम के लिए यहाँ आये हो, बस उसी पर ध्यान दो। यहाँ का सुख-दुःख यहाँ के लोगों का है। वे जैसे होगा, निपट लेंगे। उसकी चिन्ता तुम मत करो! और हाँ, कभी भूलकर भी ये सब बातें किसी और से मत

कहना। पता चला, शिकायत ऊपर तक पहुँच गयी और तुम्हें बोरिया-बिस्तर बाँधकर मार्च करने का ऑर्डर दे दिया जाये।''

''नहीं सर, नहीं। मैं ये सब बातें किसी और से नहीं करता।'' कमलेश्वर ने धीरे से कहा, और उनका ध्यान बँटाने की दृष्टि से अपनी थीसिस के कुछ प्रारम्भिक चैप्टर्स डॉ. बेलमैन की ओर बढ़ा दिये।

❍

14

डॉ. बेलमैन के साथ कमलेश्वर का एक दोस्ताना-सा रिश्ता बन गया था। छुट्टियों और वीक एण्ड्स पर वह अक़सर बेलमैन और उनके परिवार के साथ होता। त्योहारों और जन्मदिन जैसे ख़ुशियों के मौक़ों पर तो वह उनके घर आमन्त्रित होता ही। डॉ. बेलमैन की एक बेटी और तीन बेटे थे। सब एक साथ बैठकर खाना खाते। जब खाना समाप्त हो जाता, और भोजन का कुछ अवशेष बच्चों की थालियों में रह जाता, बेलमैन उन्हें एकत्र कर खा जाते। थालियाँ साफ़ हो जातीं। हर बार जब वह उन्हें ऐसा करते देखता, उसे बड़ा अटपटा लगता। सोचता—आख़िर ये बच्चों का जूठन क्यों खाते हैं?

एक बार तो गज़ब ही हो गया। कोई ख़ास अवसर था। कमलेश्वर उनके घर खाने पर गया हुआ था। खाना डॉ. बेलमैन परोस रहे थे। एक बड़ी प्लेट में रोस्टेड-मीट के कुछ टुकड़े रखे हुए थे। उसमें से सबसे बड़ा टुकड़ा उठाकर उन्होंने कमलेश्वर की प्लेट में रखते हुए कहा—यह मेहमान के लिए है। प्लेट में मीट के अतिरिक्त उबले हुए आलू के कुछ टुकड़े और बीन्स रखी गयी थीं। श्रीमती बेलमैन ने मीट के ऊपर कोई सॉस डाला और खाना प्रारम्भ हुआ। मीट का एक टुकड़ा मुँह में डालते ही उसकी गन्ध कमलेश्वर के सिर में चढ़ गयी। उसे लगा, उल्टी हो जायेगी। किसी तरह वह मांस का टुकड़ा गुटक गया और जल्दी-जल्दी पानी की कुछ घूँट पीकर अपने जी को शान्त किया। इसके बाद उसने आलू और बीन्स खा लिये। परन्तु मीट खाने की हिम्मत नहीं हुई।

कमलेश्वर बड़ी उलझन में था, कि वह क्या करे! डॉ. बेलमैन उसकी उलझन समझ गये। उन्होंने कहा, "कोई बात नहीं! नहीं खा सकते, तो छोड़ दो!"

डॉ. बेलमैन ने मीट के टुकड़े को उसकी प्लेट से उठाकर अपनी प्लेट में रख लिया। फिर उसके दो टुकड़े कर, एक टुकड़ा अपनी प्लेट में और दूसरा अपनी पत्नी की प्लेट में रख लिया और वे उसका जूठा किया हुआ मीट खा गये। कमलेश्वर हैरान हो उनकी ओर देखता रहा। उन्हें उसका जूठा किया गया मीट खाना अच्छा नहीं लगा।

बच्चे खाना खाकर अपने-अपने कमरों में चले गये। कमलेश्वर उनके साथ बैठकर कॉफ़ी पीने लगा। वह चुप था और भीतर-ही-भीतर बड़ी ग्लानि महसूस कर रहा था। श्रीमती बेलमैन उसकी परेशानी भाँप गयी थीं। उन्होंने कहा—कमल! हमें बचपन से ही सिखाया गया है कि भोजन का एक दाना भी व्यर्थ न किया जाये। हमने यह बात अपने जीवन में आयी मुश्किलों से सीखा है। फिर उन्होंने एक क़िस्सा सुनाया—

''विश्व-युद्ध से पहले की बात है। तब हमारा परिवार जर्मनी की सीमा से लगे चेकोस्लोवाकिया के एक छोटे-से शहर में रहता था। मेरी माँ जर्मन थीं और पिता यहूदी। हम चार बहनें थीं; हमारा कोई भाई नहीं था। युद्ध के दौरान मची अफ़रा-तफ़री में जर्मन परिवारों को उस शहर को छोड़कर जर्मनी में प्रवेश करने का आदेश हुआ। सीमा पर पुलिस की चेकिंग चल रही थी। मम्मी और हम चार बहनों को सीमा के भीतर प्रवेश करा दिया गया। परन्तु हमारे पिता जी को रोक लिया गया। हम बार-बार कहते रहे कि उनके बिना हम कहीं नहीं जायेंगे! पर हमें ज़बरदस्ती बस में बैठाकर एक कैम्प में भेज दिया गया। हम अपने पापा का इन्तज़ार करते रहे। परन्तु हमारे पापा फिर हमें...कभी नहीं मिले।

संयोग से मेरी माँ को रशियन-आर्मी के एक अफ़सर के यहाँ कुक की नौकरी मिल गयी। दिन में हम ख़ुद ही कुछ बनाकर खा-पी लेते। माँ शाम को देर से घर लौटतीं। वे अपने साथ एक लिफ़ाफ़े में कच्चे या उबले आलू के बचे-खुचे छिलके साथ ले आतीं। वे उन्हें उबालकर सूप बनातीं और हमें ब्रेड के साथ खाने के लिए दे देतीं। हम भूखे तो होते ही, वही ब्रेड और सूप खाकर खुश हो जाते। वर्षों तक हमने इसी तरह अपना जीवन बिताया, और भोजन की अहमियत जान गये।''

श्रीमती बेलमैन की कहानी सुनकर कमलेश्वर दंग रह गया। कितना दुःख सहा है इन लोगों ने! आज भी तो सह ही रहे हैं। न जाने किस ग़लती की सजा उन्हें मिल रही है!

डॉ. बेलमैन प्रकृति प्रेमी थे। नदी, तालाब, समन्दर और जंगल उन्हें बहुत प्रिय थे। वे अक़सर छुट्टियों में अपने परिवार के साथ जंगलों की ओर निकल जाया करते। कमलेश्वर भी उनके साथ होता। डॉ. बेलमैन को मशरूम एकत्र करने का बड़ा शौक था। इसमें कमलेश्वर भी उनका साथ देता। बेलमैन उसे मशरूमों की पहचान कराते और उनकी विशेषताएँ बताते। कभी-कभी वे बैठकर देर-देर तक बातें करते। जंगल में यह डर तो था नहीं कि कोई और उनकी बातें सुन लेगा। बेलमैन एक धार्मिक व्यक्ति थे। रेग्यूलर चर्च आते-जाते थे। कभी-कभी वे कमलेश्वर को भी साथ ले लेते। बेलमैन उसे बाइबिल की महत्ता समझाते। राजनीति की बातें कम ही होतीं। बेलमैन के नाते कमलेश्वर जर्मनी के विषय में बहुत-कुछ जान चुका था।

एक बार इसी तरह वे लोग कहीं पिकनिक पर गये हुए थे। कमलेश्वर भी उनके साथ था। खाने-पीने के बाद उनकी पत्नी लेट गयीं। बच्चे इधर-उधर खेलने-कूदने में लग गये। कमलेश्वर बेलमैन के साथ बातों में मशगूल था। उसने उन्हें बताया, कि इधर कुछ समय निकालकर उसने थॉमस मान को पढ़ा है। ख़ास तौर से विश्वयुद्ध के समय अमेरिका प्रवास के दौरान 'सुनो जर्मनी' शीर्षक से लिखे गये उनके आलेखों में जितनी तल्ख़ी नाज़ीवाद के ख़िलाफ़ दिखती है, उससे कहीं ज़्यादा वे 1949 में दिये गये अपने साक्षात्कार में सोवियत-यूनियन-मार्का साम्यवाद से दुःखी लगते हैं।

''सर! क्या आपने इन्हें पढ़ा है? यदि हाँ तो, आपकी राय क्या है?''

''देखो कमल, मान हमारे देश के चन्द गिने-चुने महान् लेखकों में से रहे हैं। साहित्य का सर्वोच्च सम्मान नोबल पुरस्कार भी उन्हें मिल चुका है। वे फ़ॉसीवाद के प्रबल विरोधी थे और वामपन्थी विचारधारा से जुड़े हुए थे। हिटलर की नीतियों की ख़िलाफ़त के कारण उन्हें देश छोड़कर अमेरिका में शरण लेनी पड़ी थी। वहीं पर उन्होंने विश्वयुद्ध के समय 'सुनो जर्मनी' रेडियो-भाषण की शृंखला तैयार की थी, जिसका प्रसारण बीबीसी : लन्दन से होता रहा। हिटलर की पराजय के बाद वे जर्मनी लौटे थे। समाजवादी डेमोक्रेटिक पार्टी को उनका समर्थन प्राप्त था। किन्तु जिस निरंकुशता के साथ रूस में साम्यवाद की स्थापना हुई, उससे वे बहुत क्षुब्ध थे। 1949 के अपने एक साक्षात्कार में उन्होंने अपने दृष्टिकोण को स्पष्ट करते हुए कहा था—'यद्यपि वे कम्युनिस्ट नहीं है, फिर भी यह मानते हैं, कि कम्युनिज़्म का कम-से-कम मानवता के आदर्शों और बेहतर भविष्य में कुछ सम्बन्ध अवश्य

है। नाज़ी-फ़ॉसीवाद और रूसी साम्यवाद की बराबरी मात्र इसलिए करना कि दोनों अधिनायकवादी व्यवस्थाएँ हैं, सर्वथा अनुचित है। उनकी दृष्टि में कम्युनिस्ट क्रान्ति को निरंकुश शासन में बदल देना एक त्रासदी थी, जबकि नाज़ी फ़ॉसीवाद केवल एक शैतानी शून्यवाद।''

डॉ.बेलमैन की बात सुनकर कमलेश्वर असमंजस में पड़ गया। उसने कहा, ''सर, क्या आप मान साहब के इस कथन का मतलब कुछ और स्पष्ट करेंगे?''

''देखो कमल! मै यहाँ दो पुस्तकों का ज़िक्र करूँगा, जिनमें तुम्हारे इस सवाल का जवाब निहित है। ये दुनिया की दो ऐसी पुस्तकें हैं, जिनके कारण लोगों का जीवन सबसे ज़्यादा प्रभावित हुआ। पहली पुस्तक है, एडोल्फ हिटलर की 'माइन काम्फ़' और दूसरी, कार्ल मार्क्स द्वारा रचित 'दास कापीटाल'।

'माइन काम्फ़' (मेरा संघर्ष) में हिटलर ने अपनी आत्मकथा के साथ-साथ जर्मनी की पीड़ा का बखान करते हुए उसके गौरवशाली इतिहास का बढ़-चढ़कर बखान किया है। पोलैण्ड, आस्ट्रिया, चेकोस्लोवाकिया आदि पड़ोसी देशों में गुज़र-बसर कर रहे जर्मनवासियों पर वहाँ की सरकारों और जनता द्वारा किये जा रहे अत्याचारों का ज़िक्र बढ़ा-चढ़ाकर और बहुत ही मार्मिक ढंग से प्रस्तुत किया गया है। उसका उद्‌देश्य जर्मनवासियों के दिमाग़ में ऐसी भावना भरने का था, कि जर्मन दुनिया की सबसे विशुद्ध और शक्तिशाली क़ौम है। वह जर्मनी को दुनिया का सर्वशक्तिमान् देश बनाना चाहता था।''

''क्या जर्मनी के लोगों की भावनाओं को भड़काने का काम उसकी पुस्तक 'माइन काम्फ़' ने ही किया?''

''हाँ, पुस्तक में हिटलर ने अपने उद्‌देश्यों को विस्तार दिया था। नात्सीवाद एडोल्फ़ हिटलर की विचारधारा थी। यह विचारधारा हिटलर और आमजन के बीच एक नये रिश्ते के पक्ष में थी। इसके अनुसार हर योजना में सरकार की पहल हो, परन्तु यह योजना जनता-समाज की भागीदारी से चले। कट्‌टर जर्मन राष्ट्रवाद, देश-प्रेम, विदेशी-विरोध और जर्मन-हित इस विचारधारा के मूल अंग थे। नात्सी यहूदियों से सख़्त नफ़रत करते थे। जर्मनी में हर बुराई के लिए वे उन्हें ही ज़िम्मेदार मानते थे।''

"तो क्या यही कारण था कि जर्मनी में उस समय रह रहे तमाम यहूदियों को मौत के घाट उतार दिया गया?" कमलेश्वर ने जानना चाहा।

"हाँ, तुम सही कह रहे हो। हिटलर द्वारा स्थापित यातना-शिविरों में मरनेवालों में सबसे बड़ी संख्या यहूदियों की ही थी।"

उन दिनों जर्मनी विश्वव्यापी आर्थिक मन्दी की मार झेल रहा था। जनता में अपार असन्तोष व्याप्त था। जर्मन-वासियों की नफ़रत और गुस्से का एक प्रमुख कारण प्रथम विश्व-युद्ध में हार के बाद की गयी 'वर्षाय सन्धि' थी। इस सन्धि का मुख्य उद्देश्य जर्मनी को इतना कमज़ोर बना देना था कि वह भविष्य में किसी अन्य देश की ओर आँख उठाकर भी न देख सके। क्षतिपूर्ति के नाम पर एक लाख टन सोने की क़ीमत के बराबर आर्थिक दण्ड लगाया गया था। सन्धि के इन कठोर प्रावधानों से लोगों में अपार गुस्सा था। भारी-भरकम आर्थिक दण्ड से औद्योगिक उत्पादन घट गया था। देश मन्दी के दौर से गुज़र रहा था। जर्मन नागरिक इस पूरी स्थिति के लिए वर्षाय सन्धि को दोषी मानते थे। पहले विश्व-युद्ध में सैनिक रहे हिटलर ने जनता के इस असन्तोष का फ़ायदा उठाकर व्यापक लोकप्रियता हासिल कर ली और अन्ततः जर्मनी का चान्सलर बन गया। चान्सलर बनते ही उसने अपनी तानाशाही प्रवृत्ति दिखानी शुरू कर दी।"

"क्यों? ऐसा क्या किया हिटलर ने?" कमलेश्वर ने बीच में टोकते हुए पूछा।

डॉ. बेलमैन ने बात को आगे बढ़ाते हुए बताया कि सत्ता हाथ में आने के साथ ही हिटलर जर्मनवासियों को मानसिक रूप से युद्ध के लिए तैयार करने लगा। वह आस-पास के देशों को पराजित कर एक वृहत्तर जर्मनी की स्थापना करना चाहता था। इसको ध्यान में रखकर उसने जर्मनी की सैन्य-शक्ति को बढ़ाना प्रारम्भ कर दिया। उसने सभी जर्मनवासियों को सैनिक प्रशिक्षण देने का आदेश दे दिया। अपने सपने को साकार करने और जनता को अपने पक्ष में खड़ा करने के लिए, हिटलर ने एक शक्तिशाली मीडिया-तन्त्र का गठन भी किया। इस तन्त्र के माध्यम से उसने धीरे-धीरे जनमानस को अपने पक्ष में कर लिया। जर्मनी की जनता हिटलर की दीवानी हो गयी।

जनमानस के दीवानेपन का अन्दाज़ा तुम इस बात से लगा सकते हो, कि हर बार जब वह अपने भाषण के अन्त में यह सवाल पूछता, कि "Wollen sie Butter oder Kannonen" अर्थात् ''आपको ब्रेड-बटर चाहिए, अथवा हाथ में बन्दूक़?'' उत्तर में भाषण सुन रही भीड़ जोश में चिल्लाकर कहती- ''कनोनेन!'' अर्थात् बन्दूक़।

इस तरह तुम देख सकते हो कि जर्मनी के जन-मन में युद्ध का उन्माद ज़हर की तरह भर गया। और...उसी का परिणाम था द्वितीय विश्वयुद्ध। इस युद्ध में आरम्भिक सफलता के बाद, हिटलर की पराजय शुरू हुई। अन्ततः जर्मनी टुकड़ों-टुकड़ों में बँट गया। जब तक जर्मनी के लोगों को हिटलर के उन्माद के परिणाम की समझ हो पाती, तब तक बहुत देर हो चुकी थी। जर्मनी बरबाद हो चुका था। इतना ख़ून-ख़राबा, त्याग-बलिदान सब-कुछ निरर्थक साबित हुआ। शायद इसी निरर्थकता ने हिटलर को आत्महत्या करने के लिए बाध्य किया होगा।''

''थॉमस मान ने शायद इसीलिए नाज़ी-फ़ॉसीवाद को शैतानी शून्यवाद कहा होगा।'' कमलेश्वर ने धीरे से कहा।

''हाँ, तुम ठीक कह रहे हो।'' इतना कहकर डॉ. बेलमैन चुप हो गये। उनके चेहरे पर वितृष्णा के भाव थे। मन उद्वेलित लग रहा था।

''सर, मैं कॉफ़ी बनाकर लाता हूँ।'' कहकर कमलेश्वर किचन में चला गया और दो कप कॉफ़ी बनाकर लाया। वे कॉफ़ी पीने लगे। कुछ देर बाद कमलेश्वर ने 'दास कापीटाल' की बात उठायी, तो डॉ. बेलमैन ने कहा-

''कमल! 'माइन काम्फ़' के विषय में मैंने तुम्हें विस्तार में इसलिए बताया, क्योंकि तुमने वह समय नहीं देखा था, न ही तुमने 'माइन काम्फ़' पढ़ा है। परन्तु 'दास कापीटाल' और उसके सिद्धान्तों पर आधारित जिस समाजवाद की कल्पना कार्ल मार्क्स ने की थी, उसके तो तुम प्रत्यक्षदर्शी हो। अपनी पुस्तक में मार्क्स ने पूँजी और पूँजीवाद का विस्तार से विश्लेषण किया है। साथ-ही, मज़दूर-वर्ग को शोषण से मुक्ति दिलाने के उद्देश्य से सामाजिक क्रान्ति का मार्ग सुझाया है। क्रान्ति का उद्देश्य विकेन्द्रीकृत अर्थव्यवस्था स्थापित करना था, जिसमें राज्य और निजी नियन्त्रण दोनों का निषेध था। उनका मानना था, कि क्रान्ति मज़दूर-वर्ग को सत्ता में ला खड़ी करेगी और उत्पादन के साधनों का स्वामित्व स्थापित करेगी, जो मार्क्स के अनुसार साम्यवाद की ओर समाज-परिवर्तन में प्राथमिक तत्त्व है।''

"सर! कितना अच्छा होता, हम एक ऐसा ही समाज बना पाते, जिसकी कल्पना मार्क्स ने की थी। एक ऐसा समाज जहाँ किसी प्रकार का भेद-भाव न हो। न कोई अधिक अमीर हो और न ही ग़रीब। सब समान हों। किसी प्रकार का भय न हो। किन्तु सर! क्या हिंसा और ज़ोर-ज़बरदस्ती के बिना ऐसे समतामूलक समाज की स्थापना सम्भव है? मनुष्य तो जन्मजात स्वतन्त्र प्रकृति का होता है। क्या उसका यही स्वभाव ज़बरदस्ती समता स्थापित करने की राह में अवरोध बनकर खड़ा नहीं हो जायेगा?"

"तुम ठीक कह रहे हो। दरअसल, यही हुआ भी। सोवियत यूनियन में जब सर्वप्रथम लेनिन के नेतृत्व में रूस में सर्वहारा-क्रान्ति हुई, तो उसमें लाखों लोग मारे गये। इसीलिए तो इसे 'खूनी क्रान्ति' कहा गया। यद्यपि लेनिन अपने अभियान में सफल हुए, रूस में साम्यवादी सरकार बनी। परन्तु इसके बाद भी मौतों का सिलसिला जारी रहा।...कभी बन्द नहीं हुआ। लेनिन और उसके बाद के साम्यवादी नेताओं की तानाशाही नीतियों के विरुद्ध आवाज़ उठानेवालों को मौत के घाट उतार दिया गया।

"किसी ने सच कहा है—'हिंसा के बल पर स्थापित सत्ता, हिंसा के बल पर ही क़ायम रखी जा सकती है। यही नहीं, ऐसी सत्ता का अन्त भी हत्या के बल पर ही होता है।' सोवियत यूनियन ही क्यों, क्या पूर्वी जर्मनी में ही कुछ कम जुल्म हुआ? क्या यहाँ जान गँवानेवालों की संख्या कम थी? आज भी देख लो! किस तरह एक-एक आदमी के सिर पर पुलिस और मिलीशिया रात-दिन चढ़ी रहती है। क्या मज़ाल, कोई चूँ भी कर सके। दरअसल, मेरा तो मानना है कि समतावादी समाज का निर्माण सम्भव है ही नहीं, और अगर सम्भव है भी, तो स्वतन्त्रता की क़ीमत पर, जिसे छोड़कर मनुष्य, मनुष्य नहीं रह जायेगा।"

"सर, जिस समाजवाद की स्थापना के लिए इतना खून-ख़राबा हुआ, क्या वह लोगों के मापदण्डों पर खरा उतर पाया?" कमलेश्वर ने उन्हें टोकते हुए प्रश्न किया।

" खरा कैसे उतर पाता? मार्क्स तो साधनहीनों का एकाधिपत्य स्थापित करना चाहते थे। वे सर्वहारा-वर्ग की तानाशाही के पक्षधर थे। परन्तु असलियत में, उसकी जगह पार्टी की तानाशाही ने ले ली, जो अन्ततः

व्यक्तिगत एकाधिपत्य में बदल गयी। लेनिन, स्टालिन अथवा माओ के समय में तथाकथित सर्वहारा-वर्ग की तानाशाही में वहाँ की जनता ने कितना कुछ सहा, उससे दुनिया क्या अनजान है! अपने पार्टी-अध्यक्ष एरिश होनेकर को ही देख लो! आख़िर वह किस मायने में हिटलर से कम तानाशाह हैं।'' इतना कहकर डॉ. बेलमैन चुप हो गये। उनका चेहरा तमतमा उठा था।

''शायद यह सब देखकर ही, थॉमस मान ने सोवियत-संघ में सर्वहारा-क्रान्ति को निरंकुश शासन में बदल दिये जाने को 'त्रासदी' माना था।'' कमलेश्वर ने धीरे से कहा।

डॉ.बेलमैन ने उसकी ओर देखा और सिर हिलाकर सहमति जतायी।

डॉ. बेलमैन ने ठीक ही कहा था—पूर्वी जर्मनी में जो कुछ हो रहा था, उससे वह अनभिज्ञ नहीं था। वह जानता था, उस व्यवस्था में आमजन के हित के लिए स्वास्थ्य, शिक्षा आदि की समुचित व्यवस्था थी। परन्तु व्यक्तिगत स्वतन्त्रता का पूर्णतः अभाव था। लोग दबे-सहमे रहते। न तो कभी खुलकर हँसते, न ही किसी आर्थिक-सामाजिक-राजनीतिक विषय पर चर्चा करते। समय के साथ लोगों ने इस व्यवस्था के साथ समझौता कर लिया था। परन्तु उनके मन में कहीं-न-कहीं असन्तोष का भाव अवश्य पल रहा था। यही असन्तोष एक दिन जब ज्वाला बनकर भड़का, तो देश में पुनः वही स्थिति बन गयी, जो द्वितीय विश्व-युद्ध के बाद हुई थी। सब तरफ़ अफ़रा-तफ़री मच गयी। पूरा देश बिखर गया। और अन्ततः, पूर्वी जर्मनी का पश्चिमी जर्मनी में विलय हो गया। उसका अस्तित्व ही समाप्त हो गया। वह समय जर्मनवासियों के लिए लगभग वैसा ही था, जैसा विश्व-युद्ध में पराजय के बाद हुआ था। दोनों ही बार, देश उजड़ गया और लोगों को बेशुमार यातनाएँ झेलनी पड़ीं।

सेमिनार का तीसरा दिन था। अगले दिन शाम को उसे वापस इण्डिया लौटना था। कमल को अपने बच्चों के लिए कुछ चीज़ें ख़रीदनी थीं, तो वह दोपहर बाद सेमिनार में जाने के बजाय, आल्फ्रेड के साथ शॉपिंग करने निकल गया। उन्होंने रात का खाना बाहर ही खाया। रात ज़्यादा हो गयी थी। आल्फ्रेड उसे होटल पर छोड़कर अपने घर चला गया।

कमलेश्वर कपड़े बदलकर बिस्तर पर लेट गया। थका तो बहुत था। पर नींद थी, जो न जाने कहाँ फुर्र हो गयी थी। दिमाग़ बेलगाम घोड़े की तरह इधर-उधर सरपट भाग रहा था। बार-बार उसके दिमाग़ में रिया का ख़्याल आता। रिया का आल्फ्रेड को छोड़कर चले जाने की ख़बर उसे बहुत उद्विग्न कर रही थी। आख़िर कहाँ गयी होगी रिया? जितना वह जानता था, पश्चिमी हिस्से में रिया या आल्फ़्रेड का कोई रिश्तेदार नहीं था। फिर पूर्वी जर्मनी से सहसा दूसरी ओर पहुँची अपार भीड़ का इन्तज़ाम क्या इतनी जल्दी सम्भव था! पश्चिमी जर्मनी के हुक्मरानों ने तो पूर्वी जर्मनी से इतने बड़े पैमाने पर हो रहे पलायन की कल्पना भी नहीं की होगी। एक़दम वही स्थिति उत्पन्न हो गयी थी, जैसी कि द्वितीय विश्व-युद्ध में जर्मनी की पराजय के बाद हुई थी।

...फिर रिया तो पेट से थी! ऐसी स्थिति में जब कि उसे विशेष सेवा की ज़रूरत थी, वह न जाने कहाँ भटक रही होगी? कमलेश्वर सोचता—कहीं रिया की हालत भी तो वैसी ही नहीं हुई, जैसी कि हेलगा की माँ की हुई थी। हेलगा की माँ उस समय जिस स्थिति में फँसी थी, कुछ-कुछ वैसी ही स्थिति में तब रिया भी थी।

उसे याद आता है।

...जब वह पहली बार हेलगा से ग्रोस-लुज़ेवित्स में मिला था और उसके आग्रह पर क्रिसमस के अवसर पर उसके साथ ल्योबाऊ उसके घर गया हुआ था, तब उसके पिता मिस्टर बोत्सेक ने उसे बताया था कि विश्व-युद्ध से पहले वे पोलैण्ड में रहते थे। जब विश्व-युद्ध छिड़ा, उन्हें पोलैण्ड छोड़कर भागना पड़ा। 'वे भी क्या दिन थे!' सोचकर वे आज भी विचलित हो उठते हैं। चारों तरफ़ हाहाकार मचा हुआ था। हर क्षण, हर जगह मृत्यु का ताण्डव। जान बचाने की ख़ातिर लोग इधर-उधर भाग रहे थे। उस भाग-दौड़ में माँ-बाप अपने बच्चों से, पति पत्नी से और पड़ोसी अपने पड़ोसियों से बिछड़ गये थे। इन्हीं भगोड़ों में एक श्रीमती पोलनो भी थीं। रात के लगभग दो बजे होंगे। वह एक पेड़ के नीचे बैठीं प्रसव-पीड़ा से कराह रही थीं। उनमें आगे बढ़ने की अब और हिम्मत न थी। आते-जाते लोगों ने उन्हें देखा अवश्य, पर कौन रुके! रुकने का अर्थ जान से हाथ गँवाना जो था। इन्हीं आने-जानेवालों की भीड़ में मिस्टर बोत्सेक भी थे। श्रीमती पोलनो को देखकर, मिस्टर बोत्सेक के क़दम अनायास ही रुक गये।

वे आगे न बढ़ सके। कदाचित् उन्हें अपनी पत्नी की याद आ गयी। उनकी मृत्यु ऐसी ही हालत में कुछ वर्ष पूर्व हो गयी थी।

उन्हें श्रीमती पोलनो से सहानुभूति हुई और वे उनके पास रुक गये।

श्रीमती पोलनो ने एक पुत्री को जन्म दिया। मिस्टर बोत्सेक ने नवजात शिशु को अपने कोट में लपेटा और श्रीमती पोलनो को सहारा देकर अपनी यात्रा पर चल पड़े। उनके पास कोई अन्य विकल्प भी तो नहीं था! सूर्योदय से पूर्व उन्हें जर्मनी की सीमा के भीतर पहुँचना था। उस समय वे अभी पोलैण्ड की सीमा के भीतर चल रहे थे। किसी तरह श्रीमती पोलनो को लेकर, मिस्टर बोत्सेक ल्योबाऊ पहुँचे। ल्योबाऊ जर्मनी का एक छोटा-सा शहर है। उन्हें वहाँ अन्य लोगों के साथ एक कैम्प में ठहराया गया। ईश्वर की कृपा ही कही जाये कि विश्व-युद्ध एक हफ़्ते के बाद ही रुक गया। जर्मनी दो टुकड़ों में बँट गया। वे लोग पूर्वी जर्मनी के बाशिन्दे होकर जीवन व्यतीत करने लगे। थोड़े दिनों बाद मिस्टर बोत्सेक और श्रीमती पोलनो ने शादी कर ली। पुत्री का नाम हेलगा रखा।

कमलेश्वर सोच रहा था। दुःखभरी घड़ी में तब श्रीमती पोलनो को बोत्सेक-जैसा देवता मिल गया था। यह उनका सौभाग्य था। पर क्या, रिया को भी कोई बोत्सेक-जैसा देवता मिल पाया, या नहीं? कौन जाने!

❍

15

अन्तरराष्ट्रीय सेमिनार समाप्त हो चुका था। शाम को समापन-भोज का कार्यक्रम था। कमलेश्वर के लिए जर्मनी-प्रवास की वह आख़िरी रात थी। अगले दिन शाम को उसकी इण्डिया लौटने की फ़्लाइट थी। अतः समापन-भोज में भाग लेने के बजाय, आल्फ़्रेड के साथ समय बिताने के उद्‌देश्य से उसे अपने होटल में ही बुला लिया। रूम-सर्विस को अपने कमरे में ही खाने-पीने के इन्तज़ाम-सम्बन्धी निर्देश देकर वह फ़्रेश होने चला गया। निर्धारित समय पर आल्फ़्रेड आ गया। वे दोनों आराम से बैठकर बातें करने लगे और साथ-साथ खाने-पीने का आनन्द भी लेते रहे।

ग्रोस-लुज़ेवित्स की बात चल पड़ी तो सबसे पहले मिस्टर थॉमस गोरेया ध्यान में आये। संस्थान में कमलेश्वर के अलावा, मिस्टर गोरेया ही तब दूसरे विदेशी-स्कॉलर थे। रोमानिया के रहनेवाले, मिस्टर गोरेया इन-सर्विस कैण्डिडेट के रूप में पी-एच.डी. करने आये थे। वे बुखारेस्ट-स्थित आलू-शोध-संस्थान में सीनियर ब्रीडर थे। उम्र लगभग 40-45 वर्ष रही होगी। कमल और वे, दोनों साथ-साथ बैचलर-क्वार्टर्स में रहते थे। आमने-सामने का कमरा, एक एण्ट्री-गेट और बीच में कामन-बाथरूम।

लम्बा छरहरा बदन और आकर्षक चेहरेवाले मिस्टर गोरेया संस्थान की युवा-महिलाओं में बहुत प्रिय और चर्चित थे। आल्फ़्रेड ने उसे बताया कि किस तरह से मिस्टर गोरेया की इश्कमिज़ाजी के चक्कर में संस्थान के वरिष्ठ वैज्ञानिक और उनके गाइड रहे, डॉ. दीत्रिख़ रोथाकर का कॅरियर चौपट हो गया। उनकी नौकरी तो गयी ही, उन्हें जेल की हवा भी खानी पड़ी।

"पर यह सब हुआ कैसे?" कमलेश्वर ने जानना चाहा।

''यह तो तुम्हें पता था न कि उनके विभाग में कार्यरत फ्राऊ नीमेन का उनके साथ 'अफ़ेयर' था।''

''हाँ, हाँ! यह तो मैं जानता ही था।...सच कहूँ, एक बार तो उनके चक्कर में मैं भी बहुत बुरी तरह फँस गया था।''

''वह कैसे?''

''बात यह थी कि मिस्टर गोरेया लंच के बाद जब अपने कमरे में होते, तो फ्राऊ नीमेन भी अक्सर ताक-झाँक करती हुई उनके कमरे में पहुँच जातीं। चूँकि मैं उनके सामनेवाले कमरे में ही रहता था और एण्ट्री-गेट कॉमन था, तो कभी-कभार मुझसे भी उनका आमना-सामना हो जाया करता था। वैसे भी मिस्टर गोरेया मुझसे कभी कुछ छुपाते नहीं थे। वे मज़ाक में कहते-रहते : ''लंच के बाद स्वीट-डिश लेने आयी थीं।''

''हा हा हा।'' स्वीट-डिश की बात सुनकर आल्फ्रेड हँस पड़ा।

''पर तुम कैसे फँसे थे? यह तो बताओ?'' आल्फ्रेड ने कमलेश्वर से पूछा।

''दरअसल, मुझे पता चल गया था, कि फ्राऊ नीमेन की भाभी, फ्राऊ गेरा भी गोरेया से फँसी हुई हैं। फ्राऊ गेरा घरेलू महिला थीं, इसलिए वे कभी भी समय निकालकर गोरेया के पास आ जातीं। गोरेया भी कोई-न-कोई बहाना बनाकर आध-पौन घण्टे के लिए ऑफ़िस से निकलकर अपने कमरे पर आ जाते। संयोग की बात है, एक दिन दोनों महिलाएँ लगभग साथ-साथ उनके कमरे पर पहुँच गयीं। उस समय मैं भी अपने कमरे में ही था। फ्राऊ नीमेन अभी गोरेया के कमरे में घुसी ही थीं, कि उनकी भाभी ने दरवाज़े पर दस्तक दी। गोरेया उनका इशारा समझ गये। अब क्या करें! उन्हें कुछ सूझ नहीं रहा था। मेरे कमरे के सामने आकर उन्होंने धीरे से आवाज़ लगायी। मैंने दरवाज़ा खोलकर बाहर झाँका। इसके पहले कि मैं कुछ समझूँ, उन्होंने आनन-फानन में फ्राऊ नीमेन को मेरे कमरे में घुसा दिया और मुझे दरवाज़ा बन्द कर लेने के लिए कहा। इसके बाद जाकर उन्होंने बाहर का दरवाज़ा खोल दिया। फ्राऊ गेरा भीतर आ गयीं, तो गोरेया ने झटपट अपना कमरा बन्द कर लिया।

''मैं कभी फ्राऊ नीमेन को, तो कभी बन्द दरवाज़े को देखता। समझ में नहीं आ रहा था, कि मैं क्या करूँ! फ्राऊ नीमेन ने शर्म के मारे अपना सर नीचे झुका लिया था। मैं धीरे से अपने कमरे से बाहर निकला और फ्राऊ नीमेन को कमरे में बन्द कर ऑफ़िस चला गया। लगभग एक घण्टे बाद मैं वापस लौटा।

तब तक फ्राऊ गेरा जा चुकी थीं। मिस्टर गोरेया अपने कमरे में चहलक़दमी कर रहे थे। मैंने अपना कमरा खोलकर फ्राऊ नीमेन को बाहर जाने के लिए कहा, वे चली गयीं।''

''वाह! क्या सस्पेन्स-भरी कहानी है, यार!'' कहकर आल्फ़्रेड हँस पड़ा।

''ख़ैर! अब यह तो बताओ कि डॉ. रोथाकर की नौकरी कैसे चली गयी और उससे गोरेया के 'लव-अफ़ेयर्स' का क्या सम्बन्ध?'' कमलेश्वर ने आल्फ़्रेड से प्रश्न किया।

''हुआ यह था कि गोरेया की थीसिस का काम लगभग समाप्ति पर था। वह अपने देश रोमानिया लौटने की तैयारी में लगे थे। उन्होंने एक योजना के तहत, आलू के अलग-अलग जर्मप्लाज़्म के सैम्पुल बड़े-बड़े लिफ़ाफ़ों में भरकर अपने कमरे में लाकर स्टोर करना शुरू कर दिया था। इस तरह उन्होंने आलू के जर्मप्लाज़्म के कई कुन्तल सैम्पुल एकत्र कर लिये। एक दिन उनकी एम्बेसी के कुछ लोग दो बड़ी-बड़ी गाड़ियों में आये और आलू के सैम्पुल बोरियों में भरकर दोनों गाड़ियों में रखकर अपने साथ लेकर चले गये। तब लोगों को लगा था, मिस्टर गोरेया का अपना व्यक्तिगत सामान भेजा जा रहा है।''

''यार, यह तो एक क़िस्म से प्रायोजित लूट थी। जर्मप्लाज़्म देश की धरोहर होते हैं। उनका इस तरह चोरी-चोरी बाहर ले जाना अपराध है। पर ऐसा हुआ, और किसी को कानो-कान भनक तक नहीं लगी। पर कहते हैं न, कि चोरी छिपती नहीं है। एक-न-एक दिन उसका राज खुल ही जाता है।''

''तो क्या इसका भी पता चल गया?''

''हाँ, पता चल गया। तुमने यह कहावत तो सुनी होगी- 'हर सफल व्यक्ति के पीछे किसी स्त्री का हाथ होता है।' पर यह भी उतना ही सच है, कि किसी सफल व्यक्ति के पराभव के पीछे भी किसी-न-किसी स्त्री का हाथ होता है।...दरअसल, बात यह हुई थी, कि गोरेया के वापस रोमानिया जाने के कुछ समय पूर्व एक खूबसूरत लड़की उनके विभाग में टेक्नीशियन बनकर आयी। और वह भी शीघ्र ही गोरेया के प्रेम-जाल में फँस गयी। परिणाम यह हुआ, कि फ्राऊ नीमेन का भाव कम हो गया। यह बात उन्हें बहुत खली। उन्होंने बदला लेने का मन बना लिया।''

''क्यों, क्या किया उन्होंने?'' कमलेश्वर ने उत्सुकतावश पूछा।

"फ्राऊ नीमेन ने एक गुमनाम पत्र के द्वारा जर्मप्लाज़्म की चोरी की सूचना पुलिस विभाग को दे दी। फिर क्या था? खोजबीन शुरू हो गयी और पुलिस को लगभग विश्वास हो गया, कि जर्मप्लाज़्म के चोरी-छिपे रोमानिया भेजे जाने की ख़बर सही है। पर इस कार्यवाही के शुरू होने से पहले ही मिस्टर गोरेया जर्मनी छोड़कर वापस रोमानिया जा चुके थे। सो, वह तो बच गये। परन्तु जर्मप्लाज़्म-केन्द्र का 'हेड' होने के नाते सारा दोष डॉ. रोथाकर पर मढ़ दिया गया। पुलिस उन्हें पकड़कर अपने साथ पूछताछ के लिए ले गयी। वे इस केस में दोषी पाये गये और उन्हें सजा हो गयी। दुर्भाग्य से, तब प्रो. शिक् संस्थान से जा चुके थे। डॉ. रोथाकर को बचानेवाला कोई नहीं था।"

"तो, क्या इसके पहले भी उनके साथ कुछ हुआ था?" कमलेश्वर ने पूछा।

"हाँ, किसी पेरूवियन वैज्ञानिक ने आलू के जर्मप्लाज़्म के सम्बन्ध में किसी जानकारी हेतु उन्हें एक पत्र भेजा था। वह पत्र खुफ़िया-पुलिस के हाथ लग गया। संयोग अच्छा था, तब प्रो. शिक् अभी संस्थान में ही थे और उनका रुतबा भी बरकरार था। उन्होंने किसी तरह अपने प्रभाव का प्रयोग कर उन्हें बचा लिया। किन्तु मिस्टर गोरेया द्वारा जर्मप्लाज़्म के चोरी के केस में उन्हें जेल हो गयी।"

"पर मुझे यह बात समझ में नहीं आ रही है, कि जर्मप्लाज़्म की चोरी में डॉ. रोथाकर का दोष क्या था? बस यही न, कि वे उस समय विभाग के अध्यक्ष थे। यह तो वही बात हुई, जैसे किसी के घर चोरी हुई, चोर पकड़ा नहीं गया, तो मकान-मालिक को ही चोरी की सज़ा सुना दी गयी। क्यों? मैं सही कह रहा हूँ न!"

कमलेश्वर की बात सुनकर आल्फ़्रेड के चेहरे पर एक रूखी-सी हँसी उभर आयी। कुछ रुककर उसने कहा—"देखो कमल! यहाँ किसी व्यक्ति को जेल में बन्द कर देने के लिए सरकार को किसी कारण या बहाने की ज़रूरत नहीं होती। वह तो कभी-कभी अनायास ही ऐसे क़दम उठा लेती है। डॉ. रोथाकर-जैसे नामी-गिरामी वैज्ञानिक को सज़ा देने का उद्‌देश्य समाज में भय पैदा करने के साथ-साथ यह सन्देश भी देना था कि छोटी-से-छोटी ग़लती भी किसी को सलाखों के पीछे पहुँचा सकती है। वैसे, इस केस में तो कुछ कारण थे भी। आख़िर जर्मप्लाज़्म की चोरी उनके विभाग में हुई थी और वे तब विभागाध्यक्ष थे।" आल्फ़्रेड ने सरकार की मन्शा को स्पष्ट करते हुए कहा।

“किन्तु इसका एक पहलू और भी तो है न!”

“वह क्या?”

“डरे-सहमे लोगों पर राज़ करना आसान तो अवश्य है। पर क्या इससे किसी राष्ट्र का निर्माण सम्भव है? ज़रूरत तो होती है, ऐसे आदर्श प्रस्तुत करने की, जिससे जनता को प्रेरणा मिले। डॉ. रोथाकर-जैसे व्यक्ति को एक छोटी-सी बात के लिए जेल भेजना, आख़िर कैसा आदर्श था! उनके जैसे सम्भावनाओं से भरे वैज्ञानिक को जेल में डालकर क्या सरकार ने उन सम्भावनाओं को समाप्त नहीं कर दिया था? उनकी शोधों से होनेवाले सम्भावित लाभों से देश को क्या वंचित नहीं कर दिया गया? क्या भय फैलाने से होनेवाले लाभ, इनकी तुलना में श्रेयस्कर थे?” कमलेश्वर ने प्रश्न किया।

“शायद! पार्टी ने इसे ही सही मानकर यह क़दम उठाया था।” आल्फ़्रेड ने धीरे से कहा और चुप हो गया।

“चलो, छोड़ो इस बात को। यह बताओ कि संस्थान से जाने के बाद प्रो. शिक् का क्या हुआ?” कमलेश्वर ने बात को आगे बढ़ाते हुए कहा।

“संस्थान छोड़कर जाने के बाद वे कुछ साल ही जीवित रहे। सुनने में आया, यूरीनरी-ट्रैक्ट में कैन्सर हो जाने से उनकी मृत्यु हो गयी।” आल्फ़्रेड ने बताया। यह जानकर कमलेश्वर को बहुत दुःख हुआ।

उनकी बातों का सिलसिला इसी तरह काफ़ी देर तक चलता रहा। अचानक आल्फ़्रेड को जैसे कुछ याद आया—

“कमल, क्या तुम्हें याद है? तुम्हारे साथ हुम्बोल्ट यूनिवर्सिटी में एक लड़का पढ़ता था, जिसका नाम जुर्गेन था!”

“जुर्गेन...! हाँ, हाँ याद आया।...क्या हुआ उसका? उसे तो विश्वविद्यालय से निकाल दिया गया था और वह शायद किसी फ़ैक्ट्री में काम करने लगा था।. ..क्या उसका कुछ पता चला?”

“हाँ, हाँ। पता चला।”

“कहाँ है वह? मैं उससे मिलना चाहूँगा।” कमलेश्वर ने उत्सुकता दिखायी।

“अब वह इस दुनिया में नहीं है।”

"क्या?...वह इस दुनिया में नहीं है?"

"हाँ, तुम्हें जानकर आश्चर्य होगा, कि उसने आत्महत्या कर ली थी।"

"क्या?...आत्महत्या?...जुर्गेन- जैसा व्यक्ति आत्महत्या कैसे कर सकता है?" कमलेश्वर ने आश्चर्य व्यक्त किया। उसका मन इसे सच मानने को क़तई तैयार नहीं था।

"परन्तु यह हुआ कैसे? और तुम्हें यह सब कब और कैसे पता चला?" कमलेश्वर ने कुछ रुककर आल्फ़्रेड से पूछा।

"1989 की बात है। सितम्बर की चार तारीख़ को सोमवार के दिन लाइप्सिस शहर के सन्त निकोलस चर्च में प्रार्थना-सभा के बाद, कम्युनिस्ट शासन के ख़िलाफ़ एक शान्तिपूर्ण प्रदर्शन हुआ था। इस प्रदर्शन में समाज के अलग-अलग तबक़ों से कुल बारह-सौ लोगों ने स्वेच्छा से भाग लिया था।

अक़सर देखा गया है कि जैसे-जैसे कोई जुलूस आगे बढ़ता जाता है, आसपास के लोग एक-एक कर उसमें शामिल होते जाते हैं। जुलूस बड़ा होता जाता है। किन्तु उस जुलूस के दौरान ऐसा कुछ नहीं हुआ। एक भी बाहरी आदमी जुलूस का हिस्सा नहीं बना। सम्भवतः लोग डरे-सहमे थे।...फिर वे नये उभर रहे नेतृत्व के बारे में जानते भी क्या थे? परन्तु एक बात अवश्य हुई। लोग अपने-अपने घरों की खिड़कियों और बालकनियों में खड़े होकर बड़ी उत्सुकता के साथ जुलूस को गुज़रते देख रहे थे। निश्चय ही उनके घरों में इस जुलूस के औचित्य एवं भविष्य को लेकर चर्चा हुई होगी। दूसरे सोमवार के प्रदर्शन में बढ़ी हुई भीड़ इस बात का द्योतक थी। 'लोग जुड़ते गये, कारवाँ बनता गया।' धीरे-धीरे यह कहावत चरितार्थ हुई। एक दिन सारा देश जुर्गेन के अभियान के साथ जुड़ गया।

जुर्गेन का नाम मैंने तभी पहली बार सुना था। क्योंकि जुर्गेन ने ही उस प्रदर्शन की अगुआई की थी। परन्तु तब मैं यह जान नहीं पाया था, कि यह वही जुर्गेन है, जिसके बारे में तुमने कभी मुझे बताया था।"

"तो फिर,...कब और कैसे पता चला तुम्हें?"

"चार सितम्बर के प्रदर्शन के बाद, दूसरा प्रदर्शन ठीक एक हफ़्ते बाद अगले सोमवार, यानी ग्यारह सितम्बर को लाइप्सिस में ही हुआ। इस दफ़ा पहली बार से ज़्यादा भीड़ उमड़ी।

जुर्गेन और उसके साथियों ने लम्बी अवधि तक जन-आन्दोलन चलाने की योजना बनायी हुई थी। 'सोमवारीय प्रदर्शन' के नाम से मशहूर, हर हफ़्ते सोमवार को होनेवाले इन प्रदर्शनों में भाग लेनेवालों की संख्या हर बार बढ़ती गयी। लाइप्सिस शहर में शुरू किये गये इन प्रदर्शनों का असर पूर्वी जर्मनी के अन्य शहरों पर भी पड़ा। धीरे-धीरे पूरे देश में प्रदर्शन शुरू हो गये।

प्रदर्शनकारियों की दो प्रमुख माँगें थीं—देश के लोगों को विदेश जाने-आने की खुली छूट हो और देश में प्रजातान्त्रिक व्यवस्था स्थापित हो। उसके लिए स्वतन्त्र चुनाव का प्रावधान किया जाय। समय के साथ इन प्रदर्शनों का असर दिखने लगा था। पार्टी और शासन के लोगों में इसे लेकर मतभेद शुरू हो गये। रेनी ने इस ख़बर से जुर्गेन को अवगत करा दिया था।

सोमवारीय प्रदर्शन चलते रहे। इस बीच जुर्गेन को ख़बर मिली कि सरकार आनेवाले 6 और 7 अक्टूबर को पूर्वी जर्मनी का 40वाँ स्थापना-दिवस मनाने जा रही है। इस अवसर पर अपनी शक्ति का प्रदर्शन करना भी सरकार का एक मुख्य मक़सद था। सोवियत-संघ के तत्कालीन राष्ट्राध्यक्ष मिख़ाईल गोर्बाचेव मुख्य-अतिथि के रूप में आमन्त्रित किये गये थे। सरकार यह दिखाना चाहती थी कि सोवियत-संघ उसके साथ खड़ा है। किसी भी प्रकार का विद्रोह पलक झपकते ही कुचल दिया जायेगा। पर गोर्बाचेव ने उनकी आशाओं पर पानी फेर दिया। उल्टा उन्हें उदारीकरण की नीतियों पर चलने और दमनकारी नीतियों को तिलांजलि देने की सलाह दे डाली। इस अवसर पर बोला गया उनका एक जुमला तब बहुत मशहूर हुआ था—Wer zu spate kommt, den bestraft das Leben, जिसका अर्थ है—जो समय से नहीं चेतता, उसका जीवन परेशानियों का शिकार हो जाता है।"

बाद के दिनों में पूर्वी जर्मनी में जो कुछ हुआ, उसने इस कहावत को चरितार्थ कर दिया।

राष्ट्रपति गोर्बाचेव की नेक सलाह के विपरीत पूर्वी जर्मनी के तत्कालीन पार्टी अध्यक्ष एरिश होनेकर ने जन-आन्दोलनकर्त्ताओं के ख़िलाफ़ सख़्ती के साथ पेश आने की राह अपनायी। खुफ़िया जानकारी के अनुसार आनेवाले समय में और बड़े प्रदर्शनों के होने की योजना का पता चला, तो होनेकर ने 'शूट एण्ड किल' का आदेश पारित कर दिया।

उधर जुर्गेन ने 9 अक्टूबर को पाँचवें सोमवारीय प्रदर्शन की एक वृहद् योजना तैयार कर ली थी। इसमें देश के अनेक जाने-माने बुद्धिजीवी, शिक्षक और थियेटर-जगत् के लोग भागीदारी करनेवाले थे। सारी तैयारियाँ हो चुकी थीं। तभी रेनी ने आकर जुर्गेन को होनेकर के 'शूट एण्ड किल' आदेश की ख़बर दी।

यह ख़बर चिन्तित करनेवाली थी। जुर्गेन ने अपनी टीम के 'कोर-ग्रूप' की तत्काल बैठक बुलायी और इस परिस्थिति से निपटने के उपायों पर चर्चा की। जुर्गेन किसी भी हालत में प्रदर्शन बन्द या स्थगित करना नहीं चाहता था। क्योंकि इसका जनमानस पर प्रतिकूल प्रभाव पड़ता। परन्तु वह यह भी नहीं चाहता था, कि प्रदर्शनकारियों पर गोलियाँ चलें और लोग मारे जायें। लम्बे विचार-विमर्श के बाद तय किया गया, कि प्रदर्शन पूर्व-निर्धारित समय पर ही होगा। परन्तु उसकी व्यूह-रचना अलग तरह की होगी। भीड़ के आगे भी और पीछे भी, बच्चों और औरतों की टोलियाँ चलेंगी। उनके आगे-आगे टीम के समर्पित सदस्यों का जत्था रहेगा। बीच-बीच में जुर्गेन के साथी बिखरे हुए होंगे, जो भीड़ को उत्तेजित होने से रोकेंगे, ताकि भगदड़ न मचे। इस व्यूह-रचना के पीछे उसकी सोच यह थी, कि बच्चों और औरतों को आगे देखकर पुलिस जल्दी गोली नहीं चलायेगी।

"एक बात और।" जुर्गेन ने बैठक समाप्त होने से पहले कहा, "हर हाल में हमें शान्ति बनाये रखनी होगी। उस रोज़ कोई नारा नहीं लगाया जायेगा, बल्कि हर व्यक्ति के हाथ में नारे-लिखी पट्टियाँ होंगी।" जुर्गेन जानता था, नारों और शब्दों को तो दबाया जा सकता है, किन्तु चुप्पी को नहीं।

उस रात जुर्गेन को नींद नहीं आ रही थी। वह घर से बाहर निकल आया। खुली हवा में घूमना उसे अच्छा लग रहा था। उसने ऊपर आसमान की ओर देखा—तारे जगमगा रहे थे और चाँद मुस्करा रहा था।

मन में अनेक शंकाएँ लिये जुर्गेन प्रदर्शन के आगे-आगे चल रहा था। उस रोज़ अपार भीड़ एकत्र हुई थी, जिन्हें देखकर जहाँ उसका मन ख़ुशी से झूम रहा था, तो वहीं किसी अनहोनी का डर भी उसे सता रहा था। चिन्ता थी कि कहीं कोई अनहोनी न हो जाय। लोग जोश में लग रहे थे। हों भी क्यों न! उनके सब्र की सीमा ख़त्म हो गयी थी। सड़क पर उतरनेवाले ऐसे लोग थे, जो यह मन बनाकर आये थे कि अब हम या तो वे। सरकार से उनका भरोसा उठ गया था।

भारी संख्या में पुलिस-बल उपस्थित था। जुर्गेन चकित था। गोलियाँ चलाना तो दूर, आन्दोलनकारियों को रोकने तक का प्रयास भी पुलिस ने नहीं किया। प्रदर्शन सफलतापूर्वक समाप्त हुआ। पार्टी और प्रशासन के लिए यह स्पष्ट सन्देश था कि बिना रवैया बदले, सरकार का चलना मुश्किल है। प्रदर्शन से एक दिन पहले की शाम को बर्लिन में हुई एक बैठक में पार्टी के अधिकतर नेताओं ने होनेकर के बल-प्रयोग के प्रस्ताव को अस्वीकार कर दिया था। अर्थात् 'शूट ऐण्ड किल' का आदेश ख़ारिज हो चुका था। पुलिस के बदले हुए रवैये का यही कारण था। यह एक शुभ संकेत था। जुर्गेन को लगा, सरकार में बैठे लोग भी बदलाव के पक्ष में हैं।

"आल्फ़्रेड!" कमलेश्वर ने उसे बीच में टोकते हुए कहा, "एक बात मेरी समझ में नहीं आ रही है कि सोवियत आर्मी जो मूलतः इन्हीं कामों के लिए पूर्वी यूरोप के कम्युनिस्ट देशों में रखी गयी थी, क्या वह सरकार की मदद नहीं कर रही थी? मुझे याद है—उसने तो पूर्व में पोलैण्ड में हुए प्रॉग-स्पृंग-जैसे बड़े विद्रोह को देखते-ही-देखते कुचल दिया था। उसके लिए ये छोटे-मोटे छिटपुट प्रदर्शनों को कण्ट्रोल करने में कहाँ दिक्क़त थी!"

"बात तो तुम ठीक कह रहे हो। होनेकर को भी विश्वास था, कि सोवियत-संघ की फौज हस्तक्षेप करेगी और आन्दोलन कुचल दिया जायेगा। परन्तु ऐसा नहीं हुआ। दरअसल, सोवियत-संघ में उदारीकरण की प्रक्रिया जैसे-जैसे तेज़ होती गयी थी, वैसे-वैसे सोवियत-संघ ने पूर्वी यूरोप के कम्युनिस्ट देशों के आन्तरिक मामलों में दख़लअन्दाज़ी करना बन्द कर दिया था।"

पार्टी-अध्यक्ष होनेकर का मानना था, कि विद्रोहियों को कुचलकर ही शासन अपना वर्चस्व स्थापित कर सकता है। परन्तु पार्टी और सरकार में बैठे अन्य बहुत-से लोग उनके इस मत से सहमत नहीं थे। वे शान्तिपूर्ण ढंग से इस समस्या का हल चाहते थे। पार्टी और शासन के इस रवैये से क्षुब्ध होकर, होनेकर ने पार्टी के शीर्ष पद से इस्तीफ़ा दे दिया। दूसरे नम्बर पर रहे, ईगोन क्रेन्त्स ने तब पार्टी की बागडोर सँभाली।

"फिर सरकार में बैठे लोगों ने क्या क़दम उठाये?" कमलेश्वर ने उसे टोकते हुए पूछा।

आल्फ़्रेड ने उसे सरकार के बदले हुए रुख़ के बारे में विस्तार से बताया।

जनमानस में फैले असन्तोष को देखते हुए, पार्टी ने सोच-विचारकर विद्रोहियों को दबाने या परेशान करने के बजाय, उनसे बात करने की योजना बनायी। पार्टी का उद्‌देश्य हर हाल में जनता का विश्वास जीतना था। वह बिना संवाद स्थापित किये सम्भव नहीं था। पार्टी और जनता के बीच की खाईं का प्रमुख कारण पार्टी का तानाशाही रवैया रहा था। पार्टी अब अपनी नीतियों में बदलाव के लिए तैयार थी। अतः जन-सहयोग बढ़ाने के उद्‌देश्य से पार्टी ने सक्रिय कार्यकर्त्ताओं-पदाधिकारियों की टीमें बनायीं, जिन्होंने देश के अलग-अलग हिस्सों में जाकर जन-प्रतिनिधियों एवं प्रदर्शनकारियों से बात करनी शुरू की।

इसी सिलसिले में एक बार मैं लाइप्सिस गया हुआ था। और तभी मेरी भेंट जुर्गेन से हुई थी। मैंने उसे अपना परिचय दिया, और बताया कि मैं ग्रोस-लुज़ेवित्स के प्लाण्ट-ब्रीडिंग-संस्थान में सीनियर ब्रीडर हूँ।...ग्रोस-लुज़ेवित्स का नाम सुनकर उसे जैसे कुछ याद आया।

मैंने उससे पूछा–"क्या बात है? ग्रोस-लुज़ेवित्स का नाम सुनकर तुम चौंक क्यों गये?" सहमते-सहमते उसने कहा, "दरअसल, कई साल पहले की बात है। ग्रोस-लुज़ेवित्स प्लाण्ट-ब्रीडिंग-संस्थान का एक पी-एच.डी. स्कॉलर मेरे साथ हुम्बोल्ट यूनिवर्सिटी में जेनेटिक्स का कोर्स कर रहा था। मैं उसी को याद करने की कोशिश कर रहा था।"

"अच्छा!...क्या नाम था उसका?...कुछ याद आया?" मैंने जानना चाहा।

"उसका नाम तो याद नहीं आ रहा है, परन्तु इतना अवश्य याद आ रहा है, कि वह इण्डिया का रहनेवाला था।" कुछ सोचते हुए जुर्गेन ने कहा।

"उसका नाम कमलेश्वर तो नहीं था?"

"हाँ-हाँ। यही नाम था उसका।" जुर्गेन ने कहा।

"फिर क्या था! इसके बाद तो बस तुम्हारी ही बातें होती रहीं।"

आल्फ़्रेड ने अपनी बात को आगे बढ़ाते हुए कहा, "मैंने अपनी और तुम्हारी दोस्ती की बात जुर्गेन को बतायी और यह भी कि तुम मेरी पत्नी रिया को कितना मानते थे! रिया ने तुम्हें राखी बाँधकर अपना भाई बनाया था... वग़ैरह-वग़ैरह।"

"फिर आगे क्या हुआ।" कमलेश्वर ने जानना चाहा ।

"फिर क्या? फिर तो वह मेरा दोस्त ही बन गया। हम अक़सर मिलने लगे। देश-हित की बातों के साथ-साथ पारिवारिक बातें भी होती रहीं। रेनी

से मेरी जान-पहचान भी तभी हुई थी। वे एक-दूसरे को बहुत प्यार करते थे।''

''तुमने पूछा नहीं कि विश्वविद्यालय छोड़ने के बाद उसके कैसे अनुभव रहे?...उसकी भावी योजना क्या है?

''पूछा न!''

''तो, क्या बताया उसने?''

''जुर्गेन से मिलने और उससे बात करने के बाद मैं यह जान पाया, कि आख़िर उसके पीछे चलने के लिए लोग इतने दीवाने क्यों थे! उसका एक सपना था—पूर्वी जर्मनी एक स्वतन्त्र गणतान्त्रिक राष्ट्र बने, जहाँ लोगों को अपनी मर्ज़ी से जीने की छूट हो। उनके पाँवों में बेड़ियाँ न हों। जहाँ खुली हवा में साँस लेने का एहसास हो।'

उसका सपना अब एक संकल्प का रूप ले चुका था। उसके लिए वह सब-कुछ दाँव पर लगाने को तैयार था। इसे पूरा करने के लिए उसने एक रोड-मैप भी तैयार कर लिया था। वह अपने अभियान को योजनाबद्ध तरीके से आगे बढ़ा रहा था। उसे विश्वास था, उसका अभियान सफल होगा—पूर्वी जर्मनी कम्युनिस्ट-शासन के चंगुल से आज़ाद हो जायेगा।

❍

16

यूनिवर्सिटी से निष्कासित किये जाने का ग़म तो जुर्गेन को बहुत था। किन्तु उसने अपने इस ग़म को कभी ज़ाहिर होने नहीं दिया। बल्कि इसे नियति का खेल समझकर चुपचाप स्वीकार कर लिया था। पर इस सजा ने जुर्गेन के मन में पल रहे आज़ादी के संकल्प को इस्पात की तरह और भी दृढ़ बना दिया था।

वह लाइप्सिस शहर के पास एक स्टील फ़ैक्ट्री में काम करने लगा था। धीरे-धीरे वह वहाँ कार्यरत मज़दूरों और उनके परिवारों से खूब घुल-मिल गया। वे सब उसे अपना हितैषी समझने लगे थे और अपना सुख-दुःख, अपनी परेशानियाँ उससे शेयर करने में तनिक भी हिचकिचाते नहीं थे। इस तरह वह यह अच्छी तरह समझ गया था, कि मज़दूर बस मज़दूर होता है, इससे ज़्यादा कुछ नहीं। मज़दूरों की तानाशाही का दावा करना सरासर झूठ है। कार्ल मार्क्स और फ्रेडरिक एंजेल्स का मानना कि सर्वाहारा-क्रान्ति अन्ततः बूर्जुआ पूँजीवाद को उखाड़ फेंकेगी और एक वर्ग-विहीन, राज्य-विहीन, मौद्रिक-साम्यवादी समाज का निर्माण करेगी, महज़ एक 'यूटोपिया' है, वास्तविकता नहीं। वास्तविकता तो यह थी, कि सर्वहारा-वर्ग पर पार्टी की तानाशाही हावी हो गयी थी। जबकि मज़दूर-वर्ग आज भी वैसे ही मजबूरी में जीने के लिए बाध्य है।

जुर्गेन जान गया था : कारखानों में उत्पादन सिर्फ़ कागज़ी तौर पर बढ़ रहा है। पर वास्तव में उत्पादन यदि घट नहीं रहा है, तो स्थिर अवश्य हो गया है। गुणवत्ता के नाम पर झूठ के प्रचार के सिवा कुछ नहीं है। विश्वयुद्ध से पहले की मशीनें फ़ैक्ट्री की शोभा बढ़ा रही हैं। उसने कइयों को दबी जुबान में तंज़ कसते सुना है—"उत्पादन किसके लिए बढ़ायें? रूसियों के लिए!" दरअसल, उनके कारखानों में तैयार किये गये माल का सत्तर प्रतिशत बन्धु-समाजवादी

देशों को निर्यात करना अनिवार्य था। वह भी सस्ते मूल्यों पर। और इस प्रावधान का सबसे अधिक लाभ सोवियत-संघ उठा रहा था। मज़दूरों के असन्तोष का यह एक बड़ा कारण था। क्योंकि इससे उनका वेतनमान भी प्रभावित होता था।

जुर्गेन धीरे-धीरे और सावधानीपूर्वक अपने मज़दूर साथियों को इन सबके बारे में अवगत कराता रहा और उन्हें अपनी ओर खींचता रहा। उसने देश के लगभग सभी मज़दूर-संगठनों और उसकी-जैसी सोच रखनेवाले कला-प्रेमियों और बुद्धिजीवियों से सम्पर्क जोड़ लिया था। अब इन्तज़ार था तो बस उचित समय का।

एक बार जुर्गेन अपने किसी काम के सिलसिले में रोस्टॉक आया हुआ था। काम समाप्त कर उसने आल्फ्रेड से बात की और ग्रोस-लुज़ेवित्स आ गया। वह रात उसने आल्फ्रेड के साथ ही बितायी। जब व्यक्तिगत बातों का सिलसिला शुरू हुआ, तो आल्फ्रेड ने उसके मम्मी-पापा के बारे में पूछा। मम्मी-पापा का नाम सुनते ही जुर्गेन भावुक हो गया। उसने बताया कि जब वह लगभग 12 वर्ष का रहा होगा, तभी उसके पापा गुज़र गये। मम्मी ने उसे बड़ी मुश्किलों से पाल-पोसकर बड़ा किया। वह बड़ा होकर वैज्ञानिक बनना चाहता था। आनुवंशिकी में उसकी विशेष रुचि थी। हुम्बोल्ट यूनिवर्सिटी में उसका दाख़िला भी हो गया। पहला साल अच्छी तरह निकल गया। वह क्लास में अव्वल आया था। पर दूसरे साल के मध्य में ही उसे यूनिवर्सिटी छोड़कर जाना पड़ा। शेष सब तो तुम जानते ही हो।...मम्मी दो साल पहले गुज़र गयीं। उन्हें लंग-कैन्सर हो गया था। इतना कहकर जुर्गेन चुप हो गया। उसका गला भर आया था।

"और तुम्हारे पापा!" कुछ अन्तराल के बाद आल्फ्रेड ने उससे पूछा।

"पापा की मृत्यु सन्दिग्धावस्था में हुई थी।"

"वह कैसे?"

"मेरे पापा एक कोऑपरेटिव फ़ार्म पर फ़ार्म-मशीनरी सेक्शन के इन्चार्ज थे। उनकी मेहनत और ईमानदारी का लोहा सभी मानते थे। सम्भवतः उनकी ये विशेषताएँ ही उनकी मृत्यु का कारण बनीं।"

"क्यों? क्या हुआ?...खुलकर बताओ।"

"दरअसल, कोऑपरेटिव फ़ार्म की प्रबन्ध-समिति के सदस्य होने के नाते मेरे पापा जब कभी कुछ ग़लत होते देखते, तो वे खुलेआम उसका विरोध करते।

शीर्ष पर बैठे लोगों को उनकी यह आदत पसन्द नहीं आती। क्योंकि वे अपनी मनमानी नहीं कर पाते थे । एक दिन की बात है। फार्म पर कहीं बुवाई चल रही थी। पापा को ख़बर मिली कि ट्रैक्टर-ड्राइवर अचानक बेहोश हो गया है और बुवाई रुक गयी है। वे अपनी गाड़ी लेकर तुरन्त क्षेत्र पर पहुँचे। उन्होंने ड्राइवर को अस्पताल भिजवाया और खुद ट्रैक्टर चलाने लगे। कुछ देर बाद ख़बर आयी कि पापा अपने ही ट्रैक्टर के नीचे आ गये और उनकी मृत्यु हो गयी। पर यह बात कभी स्पष्ट नहीं हो पायी, कि यह दुर्घटना घटी कैसे? और मेरे पापा ट्रैक्टर के पहिये के नीचे कैसे आ गये?" इतना कहकर जुर्गेन चुप हो गया। उसकी आँखें नम हो आयी थीं।

आल्फ्रेड की समझ में नहीं आ रहा था, वह बात को आगे कैसे बढ़ाये! तो, उसने रेनी की बात छेड़ दी।

जुर्गेन ने बताया कि यह महज़ एक संयोग था, जो उसकी दोस्ती रेनी से हो गयी, जो दिनोंदिन परवान चढ़ती गयी। छुट्टियों के दौरान रेनी उसी फ़ैक्ट्री में पार्ट-टाइम काम करने आयी थी, जहाँ जुर्गेन पहले से काम कर रहा था। धीरे-धीरे उनका मेल-जोल बढ़ा। वे एक-दूसरे को पसन्द करने लगे। जब कभी जुर्गेन को समय मिलता, वह रेनी को लेकर कहीं घूमने निकल जाया करता। वीकएण्ड्स पर तो वे साथ होते ही। रेनी के आग्रह पर वह उसे कभी-कभी डान्स बार में भी ले जाता। रेनी के साथ ने उसे बड़ा सहारा दिया था।

एक बार जुर्गेन रेनी को लेकर कहीं पिकनिक पर गया हुआ था। उस दिन वह बहुत खुश था। वह मन बनाकर गया था कि रेनी को अपने मन की बात अवश्य बतायेगा। बहुत देर तक वे इधर-उधर झील के किनारे घूमते-बतियाते रहे। फिर एक अच्छी-सी जगह देखकर खाने के लिए बैठ गये। रेनी अपने साथ घर से खाने की बहुत-सारी चीज़ें बनवाकर लायी थी। खाना खाते समय ही जुर्गेन को एहसास हो गया, यह आम मज़दूर-परिवारों के घर का खाना नहीं है।

खाना समाप्त हुआ, तो रेनी ने चॉकलेट का एक टुकड़ा जुर्गेन को खाने के लिए दिया और स्वयं भी खाने लगी। चॉकलेट खाने के बाद जुर्गेन ने रेनी से कहा—"ये चाकॅलेट हमारे देश के तो हैं नहीं। सच-सच बताओ! कहाँ से मिले तुम्हें ये चॉकलेट?" रेनी ने बड़े गर्व से बताया, ये चॉकलेट 'इम्पोर्टेड' हैं,

और ऐसी तमाम इम्पोर्टेड चीज़ें उसके घर में मौजूद हैं। रेनी की बात सुनकर जुर्गेन चौंक गया। उसने पूछा,

'ये चीज़ें तुम्हारे घर आती कहाँ से हैं?'

''विदेशी-मुद्रा-भण्डार से'', रेनी ने त्वरित उत्तर दिया।

'विदेशी-मुद्रा-भण्डार' अर्थात् 'फॉरेन-करेन्सी-शॉप्स'। जुर्गेन ने मन-ही-मन दुहराया।

जुर्गेन जानता था कि उसकी सरकार द्वारा देश के लगभग सभी प्रमुख शहरों में 'फॉरेन-करेन्सी-शॉप्स' खोली गयी हैं, जहाँ से विदेशी सैलानी अपनी ज़रूरत की इम्पोर्टेड चीज़ें खरीद सकते हैं। इसके पीछे एक मकसद विदेशी मुद्राएँ कमाना भी रहा है। किन्तु इन सुविधाओं का लाभ पार्टी-पदाधिकारी भी उठा रहे हैं, इस बात से वह सर्वथा अनभिज्ञ था। हाँ, एक बार मज़दूरों के साथ फ़ैक्ट्री में बातचीत के दौरान किसी ने एक जोक सुनाया था, जो कुछ इस तरह था—कोई रिटायर्ड पूर्वी जर्मन पश्चिमी जर्मनी में अपने रिश्तेदारों के पास कुछ दिन बिताकर वापस घर लौटा। उसके बच्चों ने पूछा, 'यहाँ की तुलना में वहाँ कैसा है?' तो उसने बताया, 'मूलरूप से दोनों ही समान हैं। यदि आपके पास वेस्ट मार्क (पश्चिमी जर्मनी की करेन्सी) है, तो आप मनवांछित चीज़ें यहाँ भी प्राप्त कर सकते हैं।' तब जुर्गेन ने इसे महज़ एक जोक समझकर कोई ध्यान नहीं दिया था। किन्तु रेनी की बात से उसे इसकी सत्यता का पता चला। यह जानकर उसे बहुत दुःख हुआ। जिन लोगों के कन्धों पर समाजवाद की स्थापना का भार है, वे खुद ही समाज में असमानता फैला रहे हैं। उन्होंने खुद का एक वर्ग बना रखा है, मज़दूरों और आमजन से अलग। क्या मार्क्स और एंजेल्स ने ऐसे ही समाज की कल्पना की थी? मज़दूर और देश की आम जनता रात-दिन मेहनत करती है। परन्तु उन्हें रोज़मर्रा की आवश्यक चीज़ों के लिए भी मशक्कत करनी पड़ती है। किन्तु वहीं, पार्टी के शीर्ष पर बैठे लोग मौज़ कर रहे हैं। यह सोचकर जुर्गेन कराह उठा।

उस दिन पहली बार जुर्गेन को पता चला, रेनी पार्टी के शीर्ष पर बैठे एक प्रभावशाली नेता की बेटी है। जुर्गेन ने उसे साफ़-साफ़ बता दिया कि भविष्य में जब कभी वह जुर्गेन के साथ बाहर जाये, तो अपने घर से खाने-पीने की चीज़ें अपने साथ न लाये। क्योंकि वह एक मज़दूर है और वह आम-मज़दूरों की तरह ही जीना-रहना पसन्द करता है। उसे ऐसी सभी इम्पोर्टेड चीज़ों से नफ़रत है,

जो आमजन की पहुँच से बाहर हैं। जुर्गेन ने कभी भी अपने इस सम्बन्ध का फ़ायदा नहीं उठाया।

जुर्गेन की कहानी सुनकर कमलेश्वर को एक पुरानी घटना याद आ गयी। उसे ग्रोस-लुज़ेवित्स आये अभी कुछ महीने ही हुए थे। एक दिन जब वह अपने हॉस्टल से ऑफ़िस के लिए निकला, तो उसे रास्ते में ग्रॉसरी-स्टोर के सामने अच्छी-ख़ासी भीड़ दिखायी दी। उत्सुकतावश वह भी वहाँ चला गया। पता चला कि विदेश से आये केलों की बिक्री हो रही है। उसी के लिए लोग लाइन में लगे हुए हैं। उसे भी केले खाये काफ़ी दिन हो गये थे। उसने सोचा—क्यों न, कुछ केले वह भी खरीद ले। तो, वह भी लाइन में लग गया। लाइन धीरे-धीरे आगे खिसक रही थी, और पीछे की ओर से लम्बी होती जा रही थी। जब उसका नम्बर आया, तो उसने एक दर्जन केले की माँग की। दुकान पर मिस्टर माइनल बैठे थे, वे मुस्कराते हुए बोले—कमल! हर ग्राहक को दो-दो केले ही दिये जा रहे हैं। वैसे भी अब तुम्हीं आख़िरी ग्राहक हो। तुम्हें देने के बाद एक भी केला शेष नहीं बचेगा।

केलों के बिक जाने की ख़बर सुनकर भीड़ निराश हो गयी और तितर-बितर होने लगी। कमलेश्वर के पीछे एक अधेड़ उम्र की महिला खड़ी थी। कमलेश्वर ने देखा—उसका चेहरा गुस्से से तमतमा गया था और उसकी आँखों से आँसू टपक रहे थे। बोली—सालों बाद तो दुकान पर केला आया था। सोचा, आज पोते को केले खिलाऊँगी। केला स्वास्थ्य के लिए अच्छा बताया जाता है। पर बच्चे का दुर्भाग्य तो देखो, जब तक मेरी बारी आयी, दुकान में केला ही ख़त्म हो गया!''

महिला की बात सुनकर कमलेश्वर को बहुत दुःख लगा। उसने अपने केले वाला लिफ़ाफ़ा उसकी ओर बढ़ाते हुए कहा—''आण्टी! मेरा केला ले लीजिये! मैं तो अब बड़ा हो गया हूँ, मुझे केले खाने की ज़रूरत नहीं है।''

''नहीं, नहीं! भला तुम्हारा केला मैं कैसे ले सकती हूँ!''

कमलेश्वर के बार-बार आग्रह करने पर उन्होंने उसके हाथ से लिफ़ाफ़ा ले लिया। और अपने पर्स से पैसे निकालकर उसे देने लगीं। कमलेश्वर ने पैसा लेने से मना कर दिया। कहा—ये केले मेरी तरफ़ से आपके पोते के लिए गिफ़्ट हैं। मैं पैसे नहीं लूँगा।''

दो केले पाकर उस महिला का चेहरा ख़ुशी से खिल उठा। उसने उसे धन्यवाद दिया और आशीर्वाद देती हुई वहाँ से चली गयी।

वहाँ रहते-रहते कमलेश्वर को यह पता चल गया था कि किस तरह से छोटी-छोटी चीज़ों के लिए भी वहाँ के लोगों को तरसते रहना पड़ता है, जबकि वहीं शीर्ष पर बैठे लोगों के लिए सभी सुविधाएँ इफ़रात में मौजूद होतीं। रेनी का परिवार उसका एक ज्वलन्त उदाहरण था।

❍

17

उस दिन के बाद से जुर्गेन ने पूर्वी जर्मनी की मिट्टी से कम्युनिस्ट पार्टी के शासन को उखाड़ फेंकने का काम और भी तेज़ कर दिया। वह छोटे-छोटे ग्रूप में लोगों से मिलता। उनसे बातें करता। तमाम ऐसे सवाल थे, जिन्हें वह उनके समक्ष रखता। उन पर चर्चा करता। वह उन्हें बताता, यहाँ सब-कुछ 'फ़ेक' है, नकली है। यहाँ तक कि उनका देश भी। वह उनसे पूछता, क्या आपको नहीं लगता—देश का नाम तो 'जर्मन डेमोक्रेटिक रिपब्लिक' है, परन्तु क्या इसमें कुछ भी डेमोक्रेटिक है? क्या यहाँ की चुनाव प्रक्रिया, यहाँ का संविधान, सब फ़ेक नहीं है? मैं तो कहता हूँ, हम-सब भी फ़ेक हो गये हैं। एक कृत्रिम जीवन जी रहे हैं? दिखते कुछ और हैं, पर असल में, हैं कुछ और। बोलते कुछ हैं, यद्यपि बोलना कुछ और चाहते हैं। हम हँसते ज़रूर हैं, पर हम हँसते खुद पर हैं। जी हाँ, हम एक दोहरी ज़िन्दगी जीने के आदी हो गये हैं।...कभी-कभार यदि हममें से कोई कुछ अलग दिखने या करने की कोशिश करता है, तो वह अचानक ग़ायब हो जाता है या ग़ायब कर दिया जाता है। क्या यह सच नहीं है?

फिर यह व्यवस्था ऐसी है, जिसमें किसी बदलाव की गुंजाइश है ही नहीं। प्रजातान्त्रिक व्यवस्था में यदि सरकार जनता के मापदण्डों पर खरी नहीं उतरती, तो आनेवाले चुनावों में जनता उसे अपदस्थ कर देती है। वहाँ इसका विकल्प है। पर यहाँ...! पार्टी के नेता को हटाने की कोई प्रणाली बनी ही नहीं। आमतौर पर सत्ता-परिवर्तन, पार्टी-नेता की मौत के बाद होता है, या उसे बर्बर तरीके से हटाकर किया जाता है। अफ़सोस, अभी दोनों ही विकल्प यहाँ सम्भव नहीं हैं।

प्रश्न यह है, क्या ऐसे ही सब-कुछ चलते रहने दिया जाय? हम घुट-घुट कर मरते रहें! नहीं न! फिर कुछ पहल तो करनी पड़ेगी! हममें से कुछ को आगे आना होगा। हाँ...इसमें ख़तरा है। पर ख़तरा तो मोल लेना ही पड़ेगा! बिना त्याग-बलिदान के कभी कुछ भी अच्छा हासिल नहीं होता। ऐसे तमाम उदाहरण हैं, दुनिया के इतिहास में। तो आइये...हम आगे बढ़ें! अपने को, इस देश को बन्धन-मुक्त करने का संकल्प लें! आनेवाली पीढ़ियों के लिए, जी हाँ, अपने बच्चों के लिए हमें यह ख़तरा तो उठाना ही पड़ेगा।

जुर्गेन अपने अभियान में सफल हुआ। एक-एक कर लोग उससे जुड़ते गये। और अन्ततः एक बड़ा संगठन खड़ा हो गया। एक देशव्यापी संगठन।...और फिर! लाइप्सिस में चार सितम्बर, 1989 का वह छोटा-सा जुलूस शीघ्र ही जन-आन्दोलन में बदल गया। संयोग की बात थी। उसी समय सोवियत-संघ में भी असन्तोष तेज़ी से पनपने लगा था। पूर्वी यूरोपीय देशों में, जहाँ-जहाँ भी साम्यवादी शासन व्यवस्था मौजूद थी, उन पर भी इसका असर पड़ा। सोवियत रूस की जनता अपनी राजनीतिक, आर्थिक-संरचना से सन्तुष्ट नहीं थी। जुर्गेन अपने साथियों के साथ मिलकर इस अवसर का पूरा-पूरा लाभ उठाकर लोगों को शासन के ख़िलाफ़ खड़ा होने के लिए तैयार कर रहा था। उधर सोवियत-संघ की स्थिति दिनों-दिन कमज़ोर होती जा रही थी। और अन्ततः 1991 आते-आते, उसका विघटन हो गया। उसके साथ ही, पूर्वी यूरोपीय देशों पर उसका प्रभाव भी कम हो गया। सोवियत-संघ की बैसाखी पर चलनेवाली पूर्वी जर्मनी की सरकार को उखाड़ फेंकना जुर्गेन और उसके साथियों के लिए आसान हो गया।

उन्होंने अपना अभियान और तेज़ कर दिया। आये दिन हड़ताल। कभी इस शहर में, तो कभी उस शहर में। कम्युनिस्ट प्रशासन की लाख कोशिशों के बावजूद विरोध कम नहीं हो सका। बल्कि दबाव इतना बढ़ गया कि सीमाओं को सुरक्षित रख पाना मुश्किल हो गया। इस बीच हंगरी और पोलैण्ड ने अपनी तरफ़ की सीमाओं को खोल दिया। परिणाम यह हुआ कि पूर्वी जर्मनी से हज़ारों लोग हंगरी-पोलैण्ड होते हुए भागकर पश्चिमी जर्मनी चले गये।

आल्फ़्रेड को बीच में टोकते हुए, कमलेश्वर ने पूछा–"जुर्गेन सरकार के ख़िलाफ़ इतना कुछ कर रहा था, फिर भी सरकार ने उस पर कोई कार्रवाई नहीं की, यह बात मेरी समझ में नहीं आ रही है। आख़िर इसका राज़ क्या था?"

आल्फ़्रेड ने अपनी बात को जारी रखते हुए बताया कि जुर्गेन की कार्यपद्धति की एक विशेषता यह थी कि वह खुद कभी 'लाइम-लाइट' में नहीं आता। उसने हमेशा 'लो-प्रोफ़ाइल' बनाये रखा और पृष्ठभूमि में रहकर ही काम करता रहा। इसका एक फ़ायदा यह हुआ कि पूरे अभियान के दौरान जब देश भर में छोटे-बड़े तमाम जन-आन्दोलन हुए, वह कभी सरकार की नज़रों में नहीं आया। वैसे उसका कोई भी साथी कभी लाइम-लाइट में नहीं रहा। उन्होंने तब एक नारा दिया था–"Wir sind das Volk" अर्थात् 'हम हैं देश-वासी।' वे अपनी माँग-पत्रों पर भी हस्ताक्षरकर्त्ता की जगह यही लिखते, किसी का नाम नहीं।''

आल्फ़्रेड की बात सुनकर कमलेश्वर ने मुस्कराते हुए कहा–''हमारे यहाँ एक कहावत है–'हाथी के पाँव में सबका पाँव।' यह नारा भी हाथी के पाँव जैसा ही था, जिसमें सभी के पाँव समा गये थे। सरकार के लिए किसी एक के पग-चिह्न की शिनाख़्त करना मुश्किल ही नहीं नामुमकिन था।''

आल्फ़्रेड ने हँसते हुए हामी भरी और आगे कहा–''तुम ठीक कह रहे हो। इस नारे ने देशवासियों को जोड़ने में ग्लू का-सा काम किया था और सरकार की तानाशाही के ख़िलाफ़ एक सशक्त हथियार बन गया था।''

आल्फ़्रेड ने बताया कि चार सितम्बर से लाइप्सिस शहर में प्रारम्भ हुए प्रदर्शन, फिर कभी बन्द नहीं हुए। अक्टूबर के महीने में सबसे बड़ा प्रदर्शन बर्लिन में हुआ, जिसमें लाखों लोगों ने भाग लिया। जनता का रुख़ भाँपकर प्रशासन ने सीमाओं पर से प्रतिबन्ध हटा दिये। अब जनता बिना रोक-टोक पश्चिमी जर्मनी जाने के लिए स्वतन्त्र थी। जुर्गेन और उसके साथियों की नज़र बर्लिन की दीवाल पर थी। वह अपने हज़ारों साथियों को साथ लेकर पूरी तैयारी के साथ बर्लिन पहुँचा था। इसके पहले कि कोई कुछ समझ पाता, उसके साथी दीवाल ढहाने में लग गये। उनकी देखा-देखी वहाँ उपस्थित तमाम और लोग भी उनकी मदद में जुट गये। सीमा-पुलिस मूक दर्शक बनी रही। देखते-ही-देखते, अट्ठाईस साल तक बर्लिन शहर को पूर्वी और पश्चिमी हिस्सों में बाँटकर रखनेवाली वह अभेद्य दीवाल, तहस-नहस हो गयी। टूटकर बिखर गयी। और फिर....। 'Wir sind frei!' (हम आज़ाद हैं) और 'Wir haben gewonnen!' (हम जीत गये)- जैसे नारों से पूरा वातावरण गूँज उठा। जितने लोग इस तरफ़ थे,

उससे कम दूसरी तरफ़ नहीं थे। दोनों तरफ़ के लोग टूटी दीवाल को लाँघकर एक-दूसरे से गले मिल रहे थे और आज़ादी के नारे लगा रहे थे। जुर्गेन ने नोटिस किया कि कुछ लोग 'हम हैं देश-वासी' के बजाय 'हम हैं एक देश के वासी' (Wir sind ein Volk) का नारा लगा रहे थे। यह चौंकानेवाली बात थी, क्योंकि इसमें 'एक जर्मनी' का भाव झलक रहा था।

अगले कई हफ़्तों तक उल्लास का-सा माहौल रहा। लोग दीवाल के टुकड़े तोड़कर यादगार के लिए अपने-अपने घर ले गये। बाद में बड़े उपकरणों की सहायता से दीवाल को पूर्ण रूप से ढहा दिया गया।

"इसके बाद जुर्गेन ने क्या किया? क्या तुम इस बीच उससे कभी मिले।"

"हाँ, हाँ! एक बार नहीं, अनेक बार उससे मेरी मुलाक़ात हुई। सच बताऊँ तुम्हें। उसके साथ रहते-रहते मेरी सोच में भी बहुत बदलाव आ गया था। मैं समझ गया था कि इसके पूर्व मैं जो कुछ पार्टी या देश के नाम पर कर रहा था, उसके पीछे मेरा व्यक्तिगत स्वार्थ-भर था। एक महत्त्वाकांक्षा थी। आगे बढ़ने की लालसा। देश और पार्टी-हित तो महज़ एक दिखावा-भर था। यह सोच-सोचकर मुझे ग्लानि होने लगी थी। मैंने देखा, कि वहीं जुर्गेन जो कुछ कर रहा था, वह निश्छल और निःस्वार्थ भाव से कर रहा था। वह पूर्ण रूप से अपने देशवासियों की आज़ादी के लिए कटिबद्ध था। मैंने यह भी महसूस किया कि वह साम्यवाद के ख़िलाफ़ नहीं है। उसे भी समाज में आर्थिक अथवा अन्य किसी प्रकार का भेदभाव पसन्द नहीं था। किन्तु ऐसी व्यवस्था, जो लोगों के मन में भय पैदा करे, जहाँ क़दम-क़दम पर पुलिस का पहरा हो और लोगों को अपनी तरह से जीने का अधिकार न हो, उसे पसन्द नहीं थी।

मैं भी अब जुर्गेन की मुहिम का एक हिस्सा बन गया था। ख़ासतौर से, बर्लिन की दीवाल ढह जाने के बाद, जो इतने बड़े पैमाने पर पलायन हुआ, यहाँ तक कि मेरी रिया भी मुझे छोड़कर चली गयी, उससे मेरी सोच एक़दम बदल गयी। मैं इस निष्कर्ष पर पहुँचा था कि यदि हमारे देश के हुक्मरान ने इसे जेल न बना दिया होता और यदि यहाँ के लोगों को अपनी मर्ज़ी से जीने, रहने और सोचने की आज़ादी रही होती, तो जो कुछ यहाँ हुआ है, वह नहीं होता। मेरी रिया भी आज मेरे साथ होती।...रिया के पिता उसके साथ होते।...और ये हज़ारों-हज़ारों लोग अपना घर-परिवार छोड़कर पश्चिम की ओर नहीं भागे होते।

मैंने जब रिया के पलायन की बात जुर्गेन को बतायी, तो वह बहुत दुःखी हुआ। उसने भी मेरे साथ रिया को ढूँढ़ने में काफ़ी समय लगाया। पर रिया हमें नहीं मिली। जुर्गेन को इस बात का बहुत दुःख था।

"इस घटना के बाद फिर जर्मनी में क्या हुआ?" कमलेश्वर ने जानना चाहा।

"सुनो, मैं बताता हूँ। बर्लिन की दीवाल के गिरने के बाद पूर्वी जर्मनी में कम्युनिस्ट शासन का लगभग अन्त-सा हो गया। किन्तु उसके साथ ही पूर्वी जर्मनी का भविष्य भी अधर में लटक गया। बहुत मुश्किल-भरे दिन थे वे। पूर्वी जर्मनी एक स्वतन्त्र देश के रूप में अस्तित्व में रहे, अथवा उसका पश्चिमी जर्मनी में विलय हो जाये—यह एक बड़ा प्रश्न था देश के सामने।

सीमाओं के खुल जाने और बर्लिन की दीवाल ढह जाने के बाद भी प्रदर्शन रुके नहीं। चलते रहे। सभी को अनिश्चितता का डर सता रहा था। लगभग सभी संस्थान और फ़ैक्ट्रियाँ बन्द हो गयी थीं। लोगों का भविष्य अन्धकारमय हो गया था। अन्ततः अलग-अलग गुटों के कुछ बड़े नेताओं ने मिलकर देश में चुनाव कराने और नयी सरकार बनाने का निर्णय लिया और चुनाव की प्रक्रिया शुरू हो गयी।

आल्फ़्रेड से बात करने के बाद, कमलेश्वर इस निष्कर्ष पर पहुँचा था कि जर्मनी में प्रवास-काल के समय, जिसे वह मात्र चन्द लोगों का व्यक्तिगत असन्तोष और आक्रोश समझता था, वह वास्तव में जन-जन में व्याप्त था। बदलाव की आकांक्षा हर किसी के मन में थी। पर कोई आगे आकर उनका नेतृत्व करनेवाला नहीं था। लोग भयभीत थे। परन्तु जब उन्हें जुर्गेन-जैसों का साथ मिला, वे अपने को रोक नहीं पाये। उनके मन का भय समाप्त हो गया। और वे सैलाब बनकर सड़कों पर उतर आये। सरकार उस जन-सैलाब को रोक नहीं पायी। उसे हार माननी पड़ी।

कमलेश्वर के लिए यह बड़ी हैरानी की बात थी। क्योंकि आमतौर पर तो लोग उसे ख़ुशहाल नज़र आते थे। माना कि, पश्चिम की तड़क-भड़क वहाँ नहीं थी। पर उनकी ज़रूरतों को पूरा करने के लिए सब-कुछ तो था उनके पास। यह सब देखकर ही तो उसने अपने प्रवास के प्रारम्भिक काल में अपनी डायरी में लिखा था—'The future of poor in Asia lies in Marxism' अर्थात् एशिया

की ग़रीब जनता का भविष्य मार्क्सवाद है।' पर उसकी यह धारणा ग़लत साबित हुई थी। वह समझ गया था कि मनुष्य की ख़ुशी के लिए मात्र भौतिक आवश्यकताओं की पूर्ति ही काफ़ी नहीं है। मार्क्सवादियों का यह तर्क कि सारी स्वतन्त्रताओं की जननी आर्थिक स्वतन्त्रता है, पूर्ण सत्य नहीं है। बल्कि मनुष्य की सबसे बड़ी आवश्यकता आज़ादी है। आज़ादी वास्तव में मनुष्य को उसके अस्तित्व का बोध कराती है।

मनुष्य तो मनुष्य, पंछी भी पिंजरे में बन्द नहीं रहना चाहता। चाहे पिंजरा सोने का ही क्यों न हो! अवसर मिलते ही वह एक पल में आसमान में उड़ जाता है।

...आज वह पिंजरा टूट गया था। लोग आज़ाद हो गये थे।

18

सब तरफ़ चुनाव की चर्चा थी। पैंतीस साल के अन्तराल के बाद, पूर्वी जर्मनी में पहली बार स्वतन्त्र चुनाव जो होने थे। उसमें एक नहीं, कई पार्टियाँ भाग ले रही थीं। ज़ुर्गेन अस्वस्थ चल रहा था। उसके साथी निर्णय नहीं ले पा रहे थे कि किस पार्टी को सपोर्ट किया जाय! जनता भी कम कन्फ्यूज़्ड नहीं थी।. ..किसे वोट दे, किसे नहीं?

यह चुनाव कितना निर्णायक था, तब शायद कोई सोच भी नहीं रहा था! परन्तु खुश सब थे। आख़िर पहली बार वे अपनी स्वेच्छा से किसी पार्टी या उम्मीदवार को अपना मत देने जा रहे थे। किसी प्रकार का दबाव नहीं था। जनता द्वारा, जनता के लिए, जनता की सरकार चुनने का अवसर। शायद यही उनकी ख़ुशी का कारण था।

''क्या सचमुच चुनाव हुआ?'' कमलेश्वर ने आल्फ़्रेड से पूछा।

''हाँ, हाँ! चुनाव हुआ। और इस बार चुनाव होते दिखा भी। पार्टियों ने पर्चियाँ बाँटीं। जगह-जगह उनके पोस्टर लगे। प्रमुख नेताओं के वक्तव्य हुए। अखबारों में उनके बयान आये। अर्थात् वह सब-कुछ हुआ, जो एक स्वतन्त्र निष्पक्ष चुनाव में होता है। जनता में ख़ूब उत्साह दिखा। सबने बढ़-चढ़कर मतदान किया।''

''और...परिणाम!''

''परिणाम चौंकानेवाले थे। किसी एक पार्टी को बहुमत नहीं मिला। कुल मिलाकर चार-सौ प्रतिनिधि चुने गये थे। चुनाव लड़नेवाली पार्टियों में क्रिश्चियन डेमोक्रेटिक यूनियन (सीडीयू), सोशल डेमाक्रेटिक पार्टी (एसपीडी), जर्मन सोशल यूनियन, पार्टी ऑफ़ डेमोक्रेटिक सोशलिज़्म प्रमुख थीं। बहरहाल, चुनाव

में सबसे ज़्यादा एक-सौ-तिरसठ सीटें सीडीयू को मिलीं, जबकि कुल अट्ठासी सीटें जीतकर एसपीडी दूसरे नम्बर पर रही। इस तरह कोई भी पार्टी दो-सौ के बहुमत का आँकड़ा छू नहीं पायी। अन्त में एक मिली-जुली सरकार बनी। लगभग 40 वर्षों तक निरंकुश और निर्विरोध सत्ता में रहनेवाली पार्टी, एसपीडी को इस गठबन्धन में शामिल नहीं किया गया। उसे सत्ता से बाहर रखा गया।

यह सरकार बहुत दिन तक चल नहीं पायी। किन्तु एसपीडी के लाख विरोध और प्रयास के बावजूद, सीडीयू और उसकी साथी पार्टियों ने मिलकर 23 अगस्त, 1990 को पूर्वी जर्मनी का पश्चिमी जर्मनी में विलय करने-जैसा महत्त्वपूर्ण निर्णय ले लिया। इस तरह लगभग चालीस वर्ष पूर्व रचा गया इतिहास पल-भर में मिटा दिया गया।

पश्चिमी जर्मनी के नेतागण तो यह चाहते ही थे। उन्होंने विलय के बाद पूर्वी जर्मनी के हिस्से के विकास तथा वहाँ के निवासियों के लिए नौकरी-पेशा में बराबर का अवसर प्रदान करने की बात कही थी। तत्कालीन पूर्वी जर्मनी के बाशिन्दों में कुछ तो विलय के इस निर्णय से बहुत ख़ुश थे, परन्तु अधिकतर लोग इस निर्णय से ख़ुश नहीं थे। वे यह कदापि नहीं चाहते थे कि पूर्वी जर्मनी का अस्तित्व समाप्त हो जाये। पर अब तो जो होना था, हो गया। अब देखना यह था कि उनका भावी जीवन इस निर्णय से कितना प्रभावित होता है!

ज़ुर्गेन और उसके साथियों को इस निर्णय से बड़ा धक्का लगा। वे तो चाहते थे कि पूर्वी यूरोप के अन्य कम्युनिस्ट-शासित देशों की भाँति, पूर्वी जर्मनी भी एक स्वतन्त्र लोकतान्त्रिक राष्ट्र बने। पर ऐसा नहीं हुआ। बल्कि पश्चिमी हिस्से में विलय करके सदा-सदा के लिए उसका अस्तित्व मिटा दिया गया।

सुनने में आया था कि ज़ुर्गेन यह आघात सह न सका। और अवसादग्रस्त होकर अन्ततः उसने आत्महत्या कर ली थी। ख़बर अख़बारों में छपी, जिसे पढ़कर उसके चाहनेवालों को बहुत आघात लगा। उन्हें लगा, सीडीयू को समर्थन देकर उन्होंने बड़ी ग़लती की थी। लेकिन अब वे कर भी क्या सकते थे?"

"किन्तु आल्फ़्रेड, एक बात मेरी समझ में नहीं आ रही है कि आख़िर लोगों ने एसपीडी को समर्थन क्यों नहीं दिया? क्योंकि यह तो पता ही था कि सीडीयू पश्चिमी जर्मनी में शासन कर रही सीडीयू पार्टी का ही एक अंग है और वह

उन्हीं के इशारों पर नाचेगी।'' कमलेश्वर ने जानना चाहा।

''दसअसल, एसपीडी को समर्थन न देने का एक बड़ा कारण यह था कि इस पार्टी में पूर्ववर्ती कम्युनिस्ट पार्टी के तमाम सक्रिय कार्यकर्त्ता-पदाधिकारी सम्मिलित थे। इस देश के लोग किसी भी हालत में कम्युनिस्टों को पुनः सत्तारूढ़ होते देखना नहीं चाहते थे। उन्हें सत्ता में बिठाकर अपने पैरों में बेड़ियाँ पहनने का शौक किसी को नहीं था। यही कारण था कि कोई अन्य विकल्प न होने की दशा में लोगों ने सीडीयू को सपोर्ट किया। साथ ही, एक और कारण भी था। पूर्वी जर्मनी का आर्थिक ढाँचा एक़दम ध्वस्त हो चुका था। वहाँ के औद्योगिक उत्पाद स्पर्द्धा करने में सक्षम नहीं थे। यहाँ तक कि मक्खन और दूध-जैसे स्थानीय उत्पाद भी ग्राहकों को तब ज़्यादा आकर्षक लगते थे, यदि वे पश्चिम की पैकेजिंग में आते थे। यह आनेवाली मुश्किलों की शुरुआत थी। निःसन्देह पश्चिमी जर्मनी के सहयोग के बिना इसे फिर से खड़ा कर पाना सम्भव नहीं था। एक बात और। पश्चिमी जर्मनी के तत्कालीन चान्सलर हेल्मुत कोल ने पूर्वी जर्मनी के पुनरुद्धार की स्वयं ज़िम्मेदारी ली थी। बड़े-बड़े वायदे किये थे। उनमें से कुछ वायदे पूरे भी हुए। पर पूर्वी जर्मनी के समाप्त होने का दुःख तो आज भी बहुतों को सता रहा है।''

''क्या जुर्गेन की मृत्यु के बाद तुम कभी उसकी गर्ल-फ़्रैण्ड 'रेनी' से मिले।'' कमलेश्वर ने पूछा।

''हाँ, मिला।...कई बार मिला। जुर्गेन की मृत्यु से रेनी को बड़ा धक्का लगा था। एक़दम टूट गयी थी वह। सच कहूँ तो, वह गहरे अवसाद में चली गयी थी। उसकी हालत देखकर मुझे चिन्ता होने लगी थी। इसलिए मैं उससे जल्दी-जल्दी मिलता रहता। सान्त्वना देता। समझाता। मुझसे मिलकर, मुझसे बातें कर, उसका मन हल्का हो जाता।

एक बार की बात है। रेनी मेरे पास ग्रोस-लुज़ेवित्स आयी हुई थी। उस बार वह कई दिनों तक मेरे साथ ही रही। एक दिन उसका मन बहलाने की दृष्टि से मैं उसे वार्नेमुण्डे के बीच पर लेकर गया। समुन्दर के किनारे बैठकर हमने ढेर-सारी बातें कीं। जुर्गेन की बात चली तो उसे जैसे कुछ याद आया। उसने अपने पर्स से निकालकर मुझे एक पत्र दिया। हुम्बोल्ट यूनिवर्सिटी के लेटर-हेड पर लिखा गया वह पत्र एक 'माफ़ीनामा' था, जो साइन्स फ़ैकल्टी के डीन प्रो.

गेर्डश्रोडर के हस्ताक्षर से जुर्गेन को भेजा गया था। पत्र में लिखा था—'पच्चीस वर्ष पूर्व कम्युनिस्ट सरकार के ख़िलाफ़ आप द्वारा दी गयी व्यंग्यात्मक टिप्पणी के कारण आपको विश्वविद्यालय से निष्कासित कर दिया गया था। विश्वविद्यालय उसके लिए आपसे माफ़ी माँगता है और निवेदन करता है कि यदि आप अपनी पढ़ाई पूरी करना चाहें, तो विश्वविद्यालय आपको पूरा सहयोग देगा।''

पत्र पढ़कर मैं चौंक-सा गया। रेनी चुप रही। कुछ देर बाद मैंने रेनी से पूछा- ''जुर्गेन की क्या प्रतिक्रिया थी?''

रेनी ने बताया कि जुर्गेन भी पत्र पढ़कर कम हैरान नहीं हुआ। किन्तु वह ख़ुश था कि देर से ही सही, सरकार को अपनी ग़लती का एहसास हुआ। बाद में पता चला कि ऐसे पत्र उन तमाम लोगों को भेजे गये थे, जिन्हें पूर्व की सरकार ने अनायास ही परेशान किया था।

बात आगे बढ़ी तो रेनी ने बताया कि जुर्गेन ने फिर से यूनिवर्सिटी में दाख़िला लेने का मन बनाया था। किन्तु वह आनुवंशिकी के बजाय समाजशास्त्र पढ़ना चाहता था। यह बताते-बताते रिया भावुक हो गयी। उसकी आँखों में आँसू आ गये। मैंने उसे अपनी बाँहों में भर लिया, वह फफककर रो पड़ी। थोड़ी देर बाद जब वह कुछ आश्वस्त हुई, तो उसने एक चौंका देनेवाली बात बतायी।

उसने बताया, ''जुर्गेन ने आत्महत्या नहीं की थी; उसकी हत्या की गयी थी।...उसे ज़हर देकर मारा गया था।'' रेनी की बात सुनकर मैं भौचक रह गया था।

मैंने उससे पूछा- ''तुम यह क्या कह रही हो? क्या तुम विश्वास के साथ कह सकती हो कि उसे ज़हर दिया गया था।...यदि हाँ, तो तुम्हारे इस विश्वास का आधार क्या है?''

फिर रेनी ने एक बहुत अफ़सोसजनक कहानी सुनायी।

बर्लिन की दीवाल गिरने और सीमाओं पर से प्रतिबन्ध हटा लेने के बाद देश में जैसे अराजकता-सी फैल गयी थी। पलायन ज़ोरों पर था। यह तो मैंने तुम्हें बताया ही था। साथ ही, वर्षों से पनप रहा जनमानस का आक्रोश एकाएक फूट पड़ा। एक बात जो उस समय अक़सर सुनने में आ रही थी, वह यह कि पार्टी, ख़ुफ़िया-पुलिस और मिलीशिया के पूर्व-सीनियर अधिकारियों को पकड़कर मारा-पीटा जा रहा है। उनके घरों में लूटपाट की जा रही है। ख़ैर, यह तो मैं

जानता था कि बर्लिन की दीवाल के गिरने के बाद देश के शीर्ष पर बैठे कई बड़े नेता या तो मौत के घाट उतार दिये गये थे या वे चोरी-छिपे देश छोड़कर कहीं भाग गये थे। खुद एरिश होनेकर जैसा शक्तिशाली नेता भी अपनी जान बचाकर इधर-उधर छिपता फिरा था। अन्त में, प्रेसिडेण्ट गोर्बाचेव की मदद से भागकर उन्होंने सोवियत यूनियन में जाकर शरण ली थी।

रिया ने बताया, जुर्गेन इन सब बातों को लेकर बहुत चिन्तित था। अपने पुराने हुक्मरानों से बदला लेने की यह नीति उसे क़तई पसन्द नहीं थी। इससे तो पूरे देश में अराजकता फैल जायेगी। पूर्वी जर्मनी को जनतान्त्रिक देश बनाने का उसका सपना टूट जायेगा। अस्वस्थ होने के बावजूद, वह तुरन्त हरकत में आ गया। उसने अपने कुछ मित्रों के साथ मिलकर 'शान्ति-दूत' नाम से वालण्टियर्स का एक दल खड़ा किया। वह खुद और उसके वालण्टियर्स शहर-शहर घूमकर लोगों को समझाने और जन-विरोधी गतिविधियों को रोकने के प्रयास में जुट गये। यद्यपि कुछ क़रीबी पुराने साथी उसके इस क़दम से सहमत नहीं थे। उन्होंने जी-जान से उसकी मुखालिफ़त की। किन्तु वह अपनी मुहिम में जुटा रहा।

रेनी ने मुझे बताया कि मॉब-लिचिंग के डर से जुर्गेन ने उसके मम्मी-पापा को अपने घर में छुपा कर रखा हुआ था। जुर्गेन दिन-भर अपने साथियों के साथ इस अभियान में व्यस्त रहता। रेनी घर में अपने मम्मी-पापा को सँभालती। सब-कुछ ठीक-ठाक चल रहा था। पर उस रोज़, जैसे ही पूर्वी जर्मनी का पश्चिमी जर्मनी में विलय हो जाने के निर्णय की ख़बर टी.वी. पर प्रसारित हुई, उस ख़बर को सुनकर उसके पापा आग-बबूला हो गये। वे चिल्ला-चिल्लाकर कहने लगे, यह सब जुर्गेन-जैसे नासमझ युवकों के कारण हुआ है। यह देश जिसके लिए हमने रात-दिन पसीना बहाया, वह एक पल में समाप्त हो गया। ये सब-के-सब देशद्रोही हैं। इनके ऊपर देशद्रोह का मुक़दमा चलाना चाहिए। रेनी ने बताया कि उसके पिता इतने गुस्से में थे कि यदि जुर्गेन उस समय उनके सामने होता, और उनके हाथ में पिस्टल होती, तो वे उसे तत्काल गोली मार देते।

यह तो अच्छा हुआ कि उस दिन जुर्गेन देर रात को घर आया। जुर्गेन बहुत दुःखी और निराश लग रहा था। उसने तो कभी सोचा भी नहीं था कि ऐसा कुछ हो जायेगा! उसने तो बस एक स्वतन्त्र गणतान्त्रिक देश का सपना देखा था।

और उस सपने को पूरा करने के लिए उसने रात-दिन एक कर रखा था। पर यहाँ तो सब-कुछ ख़त्म हो गया था। उसका अपना देश जिसके लिए वह जीवन-भर लड़ता रहा, उसका अस्तित्व ही समाप्त हो गया था।

घर के सभी लोग खाना खा चुके थे। पिता जी सोने चले गये थे। रेनी और उसकी माँ जुर्गेन के आने का इन्तज़ार कर रही थीं। रेनी ने कई बार अपनी माँ से कहा कि वह जाकर सो जाये। वह खुद जुर्गेन को खाना खिला देगी। पर वे नहीं मानीं। बल्कि उन्होंने रेनी को ही सोने के लिए भेज दिया और खुद जुर्गेन का इन्तज़ार करती रहीं। जुर्गेन आया तो काफ़ी देर हो चुकी थी। उसका खाने का बिलकुल मन नहीं था। बहुत थका हुआ भी था, और सो जाना चाहता था। पर रेनी की माँ के ज़िद करने पर, वह हाथ-मुँह धोकर खाने की मेज़ पर बैठ गया। रेनी की माँ ने उठकर खाना परोसा।

खाना खाकर जुर्गेन लेट गया। उसकी तबीयत कुछ ठीक नहीं लग रही थी। देखते-ही-देखते उल्टियाँ शुरू हो गयीं। शीघ्र ही उसकी हालत बहुत गम्भीर हो गयी। जल्दी-जल्दी में उसे हास्पिटल ले जाया गया। परन्तु तब तक बहुत देर हो चुकी थी। डॉक्टर उसे बचा नहीं पाये।

पोस्टमार्टम के बाद पता चला कि उसकी मृत्यु ज़हर से हुई है।

दूसरे दिन सुबह, रेनी के पापा ने प्रेस-कान्फ्रेन्स बुलाकर यह दुःखद समाचार दिया और बताया कि जुर्गेन, जो ता-उम्र एक स्वतन्त्र देश की स्थापना के लिए लड़ता रहा, उसका अस्तित्व अचानक समाप्त होते वह सहन नहीं कर पाया। उसने ज़हर खाकर अपनी जान दे दी। फिर क्या था! दूसरे दिन सभी अख़बारों और मीडिया में जुर्गेन की आत्महत्या की ख़बर मोटे अक्षरों में छपी। और सब लोगों ने इसी को सच मान लिया।''

''तो क्या, यह सच नहीं है?''

''नही।...यह सरासर झूठ है। जुर्गेन ने ज़हर खाकर अपनी जान नहीं दी थी।...मेरे मम्मी-पापा ने उसे ज़हर दिया था। मुझे पूरा विश्वास है, वे दोनों ही उसके क़ातिल हैं। मेरे मम्मी-पापा उसे पसन्द नहीं करते थे। मैं यह जानती थी। क्योंकि उनको लगता था—जुर्गेन ने उनका सुख-चैन, सब-कुछ छीन लिया था। उन्हें राजा से रंक बना दिया था।

जुर्गेन की मृत्यु के बाद मम्मी-पापा के व्यवहार और उनके हाव-भाव से मैं समझ गयी थी, यह करामात उन्होंने ही की थी। मुझे उनसे वितृष्णा हो गयी और मैं उन्हें छोड़कर बर्लिन चली आयी। उसके बाद मैं फिर कभी उनसे नहीं मिली।''

जुर्गेन का अन्त इस तरह होगा, कमलेश्वर ने कभी सोचा भी नहीं था।

❍

19

जुर्गेन के शव के पोस्ट-मार्टम से यह बात तो स्पष्ट हो गयी थी कि उसकी मृत्यु ज़हर से हुई थी। रेनी अपनी बात पर दृढ़ थी। जुर्गेन को ज़हर उसके मम्मी-पापा ने ही दिया था। किन्तु कुछ समय बाद, एक ऐसी बात का पता चला, जिससे उसकी मृत्यु का मामला कुछ और उलझ गया। पूर्व कम्युनिस्टों और सरकारी अधिकारियों के साथ बदसलूकी और मार-पीट के ख़िलाफ़ जुर्गेन द्वारा चलाये गये अभियान के कारण उसके कुछ क़रीबी साथी ख़ुश नहीं थे। बात इतनी बढ़ गयी कि उसके ऊपर कई बार जान-लेवा हमले भी हुए। हमलों के पीछे किसका हाथ हो सकता है? यह प्रश्न आल्फ़्रेड को बार-बार कचोट रहा था। एक दिन उसने रेनी से पूछा, 'क्या जुर्गेन के ऊपर हुए हमलों को लेकर उसको किसी व्यक्ति पर शक है?' यद्यपि इन हमलों को लेकर वह चिन्तित अवश्य थी, किन्तु उसका कभी इस ओर ध्यान नहीं गया था। आल्फ़्रेड ने जब यह प्रश्न किया, तो वह सोच में पड़ गयी। फिर उसने आल्फ़्रेड को एक चौंका देनेवाली कहानी सुनायी।

कम्युनिस्ट-पार्टी के ख़िलाफ़ अपनी मुहिम में जुर्गेन सफल रहा था। देश के कोने-कोने से 'लाइक-माइण्डेड पीपुल' की तलाश कर उसने संगठन खड़ा किया था। उस समय उसे संगठन की तरफ़ से कोई चुनौती नहीं मिली। किन्तु जब उसने 'शान्ति-दूत' दल की स्थापना की और शहर-शहर घूमकर पूर्व कम्युनिस्टों और अधिकारियों पर हो रहे हमलों के ख़िलाफ़ मुहिम चलायी, तो उसे शीघ्र ही अपने कुछ पुराने मित्रों से चुनौतियाँ मिलने लगीं। वे लोग जुर्गेन के इस अभियान से ख़ुश नहीं थे। उस दौरान ही उसके ऊपर ये जान-लेवा हमले हुए। जुर्गेन ने कभी इस बात की चर्चा नहीं की। परन्तु वह इस बात से हैरान

अवश्य था कि कुछ लोग उस पर व्यक्तिगत लांछन लगा रहे थे। उनका कहना था कि जुर्गेन ने अपने ससुर यानी मेरे पिता और उनके साथियों को बचाने के उद्देश्य से यह मुहिम चलायी हुई है। किन्तु जुर्गेन कभी यह जान नहीं पाया था, कि इस घिनौने कृत्य के पीछे किसका हाथ है!

एक बार जुर्गेन किसी काम से ड्रेसडेन गया हुआ था। रात में वह अपने किसी विली नामक मित्र के घर ठहरा हुआ था। खाने-पीने के बाद वे देर रात तक बातें करते रहे। उसी बीच घर-परिवार की बात चल पड़ी। जुर्गेन ने उसे बताया, उसके मम्मी-पापा अब इस दुनिया में नहीं हैं। वह अकेला है।

'कोई गर्ल-फ्रे़ण्ड?' पूछने पर उसने उसे मेरे बारे में बताया और कहा, 'रेनी के साथ ने उसे बहुत सहारा दिया है। वह मेरे काम में भी पूरा सहयोग करती है। हम शीघ्र ही शादी करनेवाले हैं।''

''यह तो बड़ी खुशी की बात है। कोई तो है, सहारा देने के लिए।'' विली ने प्रसन्नता व्यक्त करते हुए कहा। ''कभी अवसर मिला तो मैं उसे यह ज़रूर बताऊँगा कि तुम उससे कितना प्यार करते हो!''

विली की बात सुनकर जुर्गेन हँस पड़ा।

''मैं तुम्हें अपनी गर्ल-फ्रे़ण्ड की फ़ोटो दिखाता हूँ।'' उसने कहा और अपना पर्स खोलकर विली के सामने रख दिया। पर्स में लगी मेरी फ़ोटो देखकर, विली असमंजस में पड़ गया। फ़ोटो उसे कुछ जानी-पहचानी-सी लगी। किन्तु वह पूरी तरह श्योर नहीं था। उसने शीघ्र ही अपने को संयत कर लिया और कहा-

''वाह, कितनी सुन्दर है यार! तुम सचमुच खुशक़िस्मत हो, जो तुम्हें रेनी-जैसी सुन्दर दोस्त मिली है।''

''थैंक यू, विली!'' इतना कहकर जुर्गेन ने मेरी फ़ोटो को चूम लिया।

उस घटना के कुछ दिन बाद की बात है। जुर्गेन ने बर्लिन में शान्ति-दूत दल के कुछ सदस्यों की बैठक बुलायी थी। विली को भी उस बैठक में भाग लेना था। किन्तु वह उस बैठक में भाग लेने बर्लिन जाने के बजाय, लाइप्सिस हमारे घर आ गया। मेरे मम्मी-पापा तब अभी हमारे साथ ही रहते थे। घण्टी बजी तो मेरी मम्मी ने जाकर दरवाज़ा खोला। विली ने उन्हें नमस्कार किया और बताया कि वह जुर्गेन का दोस्त है। किसी काम के सिलसिले में लाइप्सिस आया हुआ था। सोचा, उससे मिलता चलूँ, सो यहाँ आ गया।

"पर जुर्गेन तो घर पर नहीं है। आज सबेरे ही वह बर्लिन के लिए निकल गया था। शायद कोई बैठक होनी है।" मेरी मम्मी ने उसे बताया।

"रेनी तो होगी न! मैं उसी से मिल लेता हूँ।" उसने मेरी मम्मी से कहा।

"हाँ, हाँ! वह घर पर ही है। तुम भीतर आ जाओ। मैं उसे बुलाती हूँ।" इतना कहकर वह भीतर चली गयीं। उन्होंने मुझे बताया, "जुर्गेन का कोई दोस्त आया हुआ है। मैंने उसे बताया कि जुर्गेन घर पर नहीं है, तो उसने तुमसे मिलने की ख़्वाहिश ज़ाहिर की।"

मैं अपने कमरे से निकलकर ड्राइंग-रूम में आयी। विली को देखते ही, मैं उसे पहचान गयी। मैंने चकित होते हुए कहा—

"विली! तुम...यहाँ?" कहते हुए हाथ मिलाने के लिए मैंने अपना हाथ उसकी ओर बढ़ाया।

"हाय, रेनी! तुम्हें देखकर मेरा मन प्रसन्नता से भर गया। मैं तो डर रहा था...तुम मुझे पहचान भी पाओगी या नहीं?" इतना कहकर वह मेरे क़रीब आ गया। उसने मुझे अपनी बाँहों में भर लिया और 'किस' किया। मैं भौचक रह गयी। उससे ऐसे व्यवहार की मुझे तनिक उम्मीद नहीं थी।

इसी बीच मेरी माँ कोल्ड-ड्रिंक्स लेकर आ गयीं। हम दोनों अलग हो गये। माँ चकित हो मेरी ओर देख रही थीं। मैं कुछ शरमा-सी गयी। मैंने उन्हें बताया, "यह विली है। विली स्टोफ़! बचपन में जब हम वाईमार में रहते थे, तब विली वहीं मेरे साथ स्कूल में पढ़ता था। आज अचानक वह घर आ गया!"

"हाँ, आण्टी! तब हम दोनों अच्छे दोस्त थे। किन्तु तब से कितने साल बीत गये, हम मिल नहीं पाये। आज अचानक रेनी को देखकर, मुझे अपने बचपन की दोस्ती याद आ गयी।" विली ने अपनी बात पर ज़ोर देते हुए कहा।

विली लगभग एक घण्टे तक हमारे घर रहा। हमनें ढेर-सारी बातें कीं। घर-परिवार से लेकर वाईमार के अपने स्कूल तक की। जब वह जाने लगा, तो उसके आग्रह पर मैं उसे बस-स्टेशन तक छोड़ने गयी।

रास्ते-भर वह स्कूल के दिनों की बातें करता रहा। मुझे उसकी बातों में कोई दिलचस्पी नहीं थी। किन्तु वह बार-बार यह जताने की कोशिश कर रहा था कि वे दोनों कभी एक-दूसरे को बहुत चाहते थे। वह आज भी उसे भूला नहीं है।

हम बस का इन्तज़ार कर रहे थे। अचानक तभी वह अपना दाहिना हाथ मेरे कन्धे पर रखकर क़रीब आते हुए कहा, ''रेनी मैं तुमको बिलकुल भुला नहीं पाया हूँ। मैं आज भी तुम्हें उतना ही प्यार करता हूँ। मैं चाहता हूँ, क्यों न हम फिर से एक-दूसरे के साथ हो लें!''

मैं उसकी बात सुनकर दंग रह गयी। मैंने उसे साफ़-साफ़ बता दिया कि मैं उसे प्यार नहीं करती। हो सकता है, बचपन में हम एक-दूसरे को पसन्द करते रहे हों। किन्तु उसे प्यार कहना बेमानी है। फिर वह बात भी तो कब की बीत चुकी है। अब मैं ज़ुर्गेन को प्यार करती हूँ। वही मेरा सब-कुछ है। हम दोनों शीघ्र ही शादी के बन्धन में बँधनेवाले हैं।''

''नहीं, नहीं रेनी! प्लीज़, ऐसा मत कहो! मैं तुम्हारे बिना नहीं रह सकता। जब से मुझे तुम्हारे बारे में पता चला, मैं तुमसे मिलने के लिए बेताब था। आज जब मैंने तुम्हें देखा, मेरे मन में छिपा प्यार उमड़ आया।'' इतना कहकर उसने मेरे माथे को चूम लिया। मैं अवाक् हो उसकी ओर देखती रही।

इसी बीच उसकी बस आ गयी। बस पर चढ़ने से पहले, वह कहता गया– वह फिर उससे मिलने आयेगा।''

उसके चले जाने के बाद मैं लौटकर घर आयी। मेरा मन बहुत उद्विग्न था। मैं बेसब्री से ज़ुर्गेन के आने का इन्तज़ार कर रही थी। वह शाम को देर से घर पहुँचा। मैंने उससे सारी बातें बतायीं।

विली का उसकी अनुपस्थिति में घर आकर रेनी से मिलना ज़ुर्गेन को भी खटका। विली जानता था, ज़ुर्गेन घर पर नहीं होगा। मीटिंग में बर्लिन न जाकर वह यहाँ रेनी से मिलने आ गया। उसने यह ठीक नहीं किया। उसे यह तो पता ही है, रेनी उसकी फ़ियांसे है।

''रेनी तुमने उसे यह बताकर ठीक किया कि तुम उससे प्यार नहीं करती।''

परन्तु दुःख तो इस बात का था कि अगले कुछ दिनों में विली कई बार लाइप्सिस आया। हर बार वह उसके घर तभी आता, जब ज़ुर्गेन घर पर नहीं होता। वह लगातार रेनी पर दबाव बनाता रहा। बचपन की दोस्ती का वास्ता देकर उसे अपनी ओर आकृष्ट करने की कोशिश करता। रेनी के बार-बार मना

करने के बाद भी कि वह उससे प्यार नहीं करती, वह अपनी ज़िद पर अड़ा रहा। रेनी उसके इस व्यवहार से बहुत खिन्न थी। जुर्गेन भी इस बात को लेकर कम चिन्तित नहीं था।

विली जुर्गेन का दोस्त था। उसके साथ उसने स्वतन्त्रता की लड़ाई लड़ी थी। वह नहीं चाहता था कि उससे उसका सम्बन्ध बिगड़े। यही सोचकर उसने एक दिन विली से बात की। उसने उसे बताया—रेनी और मैं शीघ्र ही शादी करनेवाले हैं। हम एक-दूसरे को बहुत प्यार करते हैं। ऐसी हालत में, तुम्हारा रेनी पर बार-बार दबाव बनाना ठीक नहीं है। उसने तुम्हें साफ़-साफ़ बता भी दिया है, वह तुमसे प्यार नहीं करती। मैं तुम्हें अपनी दोस्ती का वास्ता देकर निवेदन करता हूँ, तुम रेनी से दूर रहो।''

विली ने उससे क्षमा माँगते हुए, दुबारा रेनी को परेशान न करने की बात कही। उसने जुर्गेन को यह आश्वासन भी दिया, कि अब वह फिर रेनी से कभी नहीं मिलेगा।

उस दिन के बाद से वह जुर्गेन के साथ पूर्ववत् दोस्ती का भाव बनाये रखा। किन्तु आख़िरी बार जब वह रेनी से मिला था, उसको यह चेतावनी देकर आया था, यदि वह उसकी नहीं हो सकती, तो वह जुर्गेन या किसी और की भी नहीं होगी! यह बात रेनी ने जुर्गेन को बता दिया था। उसने उसे चेतावनी भी दी थी कि वह भविष्य में विली से सावधान रहे।

उस दिन के बाद विली फिर कभी रेनी से नहीं मिला। किन्तु भीतर-ही-भीतर वह जुर्गेन के ख़िलाफ़ उसके दोस्तों को भड़काता रहा। वह उन्हें जुर्गेन के होनेवाले ससुर की कम्युनिस्ट पृष्ठभूमि के बारे में बताता, और यह भी कि वह इसी कारण शान्ति-दूत जैसे संगठन की स्थापना कर कम्युनिस्टों के ख़िलाफ़ चल रही मुहिम को कुन्द करने में लगा है।

''तो क्या, जुर्गेन पर हमले की साज़िश विली ने ही रची थी?'' आल्फ़्रेड ने रेनी से पूछा।

''निश्चित रूप से तो मैं नहीं कह सकती। किन्तु उसके अलावा किसी और के ऐसा करने का कारण नहीं लगता। हाँ, एक बात और...''विली जुर्गेन को उसके मित्रों की नज़रों में गिराना अवश्य चाहता था।'' रेनी ने ज़ोर देते हुए कहा—

"क्या ऐसा तो नहीं, विली ने ही जुर्गेन को ज़हर दिया हो? क्योंकि उस रात जुर्गेन जब घर लौटकर आया, उसके पहले वह अपने साथियों के साथ एक पार्टी में कुछ खाया-पीया अवश्य था। बाद में मुझे पता चला, उस पार्टी को आयोजित करने और खाने-पीने का इन्तज़ाम विली ने ही किया था।" आल्फ़्रेड ने रेनी को बताया।

रेनी चुप रही। उसने कोई कमेण्ट नहीं किया।

आल्फ़्रेड ने मन-ही-मन कहा, "इसका पता हम लगाकर रहेंगे। जिस किसी ने भी यह काम किया है, उसे सज़ा तो दिलवानी ही होगी।"

❍

20

जुर्गेन की कहानी सुनकर कमलेश्वर को बहुत आघात लगा था। वह उसके बारे में सोच ही रहा था कि ऐसे कई चेहरे जिन्हें वह बहुत क़रीब से जानता था, उसकी आँखों के सामने एक-एक कर उभरने लगे। डॉ. बेलमैन एक सुयोग्य वैज्ञानिक थे। उनका दोष यही था कि उन्होंने पार्टी की सदस्यता ग्रहण नहीं की थी। वे एक समर्पित ईसाई थे और उनकी पत्नी यहूदी थीं। प्लाण्ट-ब्रीडिंग-संस्थान के निदेशक रहे प्रो.रूदोल्फ़ शिक् एक विश्व-विख्यात वैज्ञानिक थे। देश-हित के लिए पूर्णतः समर्पित भी। परन्तु व्यवस्था की दृष्टि में उनमें दूरदर्शिता की कमी थी। डॉ. दीत्रिख़ रोथाकर को ग़लती से किसी पेरूवियन वैज्ञानिक ने एक पत्र लिख दिया था। इसलिए उन पर 'स्पाई' होने का इल्ज़ाम लगा। लाखों लोगों की तरह जुर्गेन देश की व्यवस्था से ख़ुश नहीं था। किन्तु वह औरों की तरह चुप नहीं रहा। वह उसे बदलना चाहता था। उसने व्यवस्था को चुनौती दी थी। रिया के पिता एक स्वतन्त्र-चेता किसान-नागरिक थे। उन्हें अपनी खेती-बारी से प्रेम था। यही उनका दोष था। रिया अपने पिता के दोषियों को कभी भुला नहीं पायी। उसे घुटन होती रही। वह खुली हवा में साँस लेना चाहती थी। आल्फ़्रेड एक महत्त्वाकांक्षी युवक था, जो पार्टी और व्यवस्था को केवल अपने हित-साधन के लिए प्रयोग करना चाहता था।

...आख़िर क्या हश्र हुआ इन सबका?

कमलेश्वर के दिमाग़ में यही सब चल रहा था कि उसे एक पुरानी घटना याद आ गयी।

...9 नवम्बर, 1989 को बर्लिन की दीवाल गिरायी गयी थी। उस समय कमलेश्वर अपने देश में ही था। उसने यह ख़बर अख़बारों में पढ़ी। ख़बर पढ़कर

उसे अपार दुःख और निराशा हुई थी। उसकी पत्नी आज भी कभी-कभी उसे याद कर कहती हैं—''कमल को इसके पहले मैंने कभी इतना दुःखी होते नहीं देखा, जितना वह उस ख़बर को पढ़कर हुआ था।'' कमल के दुःखी होने का कारण यह नहीं था कि पूर्वी जर्मनी में कम्युनिस्ट-पार्टी के शासन का अन्त हो गया था, वामपन्थ हार गया था। वरन् इसलिए कि जर्मनी के लोग एक बार फिर हार गये थे। उनके सपने टूटे थे। उनका भविष्य अधर में लटक गया था। एक़दम वैसे ही जैसे द्वितीय विश्व-युद्ध के बाद हुआ था।...उसे अचानक संविधान की वह पुस्तिका याद हो आयी थी, जिसे उसने धरोहर के रूप में वर्षों से अपनी आलमारी में सँजोकर रखा था।

...सन् 1965 की बात है। ग्रोस-लुज़ेवित्स आये हुए उसे अभी कुछ ही महीने हुए थे। एक दिन जब वह अपने निवास पर पहुँचा, तो उसे एक पुस्तिका मिली। यह पुस्तिका डाक द्वारा उसके पते पर भेजी गयी थी। वह पुस्तिका पूर्वी जर्मनी के प्रस्तावित नये संविधान के प्रथम ड्राफ़्ट की एक प्रति थी। वह पुस्तिका के पन्ने उलट-पुलटकर देख रहा था कि उसकी नज़र प्रथम पृष्ठ पर लिखे एक नोट पर पड़ी। नोट एक अपील थी। नये संविधान की प्रति भेजने का उद्‌देश्य यह था कि लोग उसे ध्यान से पढ़ें। उस पर चर्चा करें तथा अपने सुझाव उस समिति को भेजें, जिसे इस संविधान के निर्माण की ज़िम्मेदारी सौंपी गयी थी।

उस नोट को पढ़कर, कमलेश्वर तब बहुत चकित हुआ था। संविधान के निर्माण की यह प्रक्रिया उसे बहुत अच्छी लगी थी। एकदम नयी। एक ऐसी प्रक्रिया जिसमें देश का प्रत्येक नागरिक भाग ले रहा था। कितनी जनतान्त्रिक थी यह प्रक्रिया! यह सोचकर उसका रोम-रोम ख़ुशी से नाच उठा था।

उस दिन उस पुस्तिका को पढ़ते-पढ़ते, उसे अपने देश 'भारत' की याद आ गयी थी। उसके देश का संविधान क्या है? यह तो उसने कभी जाना ही नहीं। उस वक़्त वह लगभग 23 वर्ष का रहा होगा। किन्तु तब तक उसे अपने देश के संविधान के बारे में कुछ पता नहीं था। सत्य तो यह था कि उसने अपने संविधान की पुस्तक देखी तक नहीं थी। हाँ, यदा-कदा संविधान से सम्बन्धित एकाध पहलुओं पर अख़बारों में चर्चाएँ अवश्य पढ़ी थीं। कुछ-एक बातें उसने बच्चों की समाजशास्त्र की पुस्तकों में भी पढ़ी थी। किन्तु इससे ज़्यादा कुछ नहीं।

पूर्वी जर्मनी के संविधान के निर्माण में वहाँ हर किसी को सम्मिलित किया जा रहा था। कमलेश्वर के लिए यह आश्चर्यजनक बात थी। उसे ठीक से याद तो नहीं है, पर इतना अवश्य याद है कि जिस दिन उसे वह पुस्तिका मिली थी, उसके एक सप्ताह के भीतर ही उसके विभाग में एक बैठक बुलायी गयी थी। बैठक में चर्चा का विषय ही था संविधान की संरचना। कई लोगों ने तब अपने-अपने संशोधनात्मक विचार प्रस्तुत किये थे। इस सम्बन्ध में संस्थान के स्तर पर बुलायी गयी बैठक में भी कमलेश्वर ने भाग लिया था। वहाँ सभी विभागों से आये प्रस्तावों पर पुनः चर्चा हुई। अन्त में वे सभी सुझाव सम्बन्धित समिति को बर्लिन भेज दिये गये थे। यह प्रक्रिया पूरे देश में चली थी। ऐसा उसे संचार-माध्यमों से पता चला था। अन्त में, एक वृहद् बैठक बर्लिन में इसी मुद्दे पर चर्चा के लिए बुलायी गयी थी। उस बैठक की कार्यवाही टेलीविज़न पर प्रदर्शित की गयी थी। कुछ समय बाद जब यह संविधान अपने नये रूप में प्रकाशित होकर आया, तब एक प्रति उसे भी डाक द्वारा भेजी गयी थी। जब वह वापस भारत लौटा था, तब वह उस पुस्तिका को भी अपने साथ ले आया था। तब से आज तक उसने उसे सहेज कर अपनी एक आलमारी में रखा था।

काफ़ी समय बीत गया था। उसने अपनी वह आलमारी नहीं खोली थी, जिसमें ऐसी तमाम पुस्तकें रखी हैं, जो उसके विषय की तो नहीं हैं, पर उसे अत्यन्त प्रिय हैं। पूर्वी जर्मनी की वह संविधान-पुस्तिका, जिसे वह एक बहुमूल्य धरोहर मानता आया है, उसी आलमारी में रखी हुई है।

उस दिन दिल्ली में जब बर्लिन की दीवाल के ढहने की ख़बर अख़बार में पढ़ी, तो उसका ध्यान अचानक उस पुस्तिका की ओर चला गया। किन्तु चाहते हुए भी वह उस आलमारी को खोलकर उस पुस्तिका को छूने की हिम्मत जुटा नहीं पाया। उसे तब लगा था, मानो वह सम्पूर्ण संविधान, जो कभी जनतान्त्रिक मूल्यों की रक्षा के लिए बनाया गया था, सिमटकर मात्र कम्युनिस्ट-पार्टी के एकाधिकारवाद तक सीमित रह गया था। और उस एकाधिकारवाद ने एक ऐसे तानाशाही रवैये को जन्म दे दिया था, जिसके समक्ष हिटलर, मुसोलिनी और मार्कोस-जैसे बड़े तानाशाह भी बौने लगने लगे थे।

उसे लगा था—जैसे इतिहास फिर जख़्मी हुआ है। उसे गहरी चोट लगी है। बहुत गहरी चोट। हिटलरी उन्माद के अन्त के बाद से प्रारम्भ हुई कहानी पुनः उसी मोड़ पर आकर रुक गयी है। एक बार फिर वे ही प्रश्न मुँह बाये खड़े हो गये हैं, जिनके उत्तर ढूँढ़ने के प्रयास द्वितीय महायुद्ध के बाद किये गये

थे। किन्तु क्या वे उत्तर सचमुच सही थे? और यदि सही थे, तो कहाँ, कब और कैसे सब-कुछ बदल गया? बदलाव भी ऐसा जो उस पवित्र संविधान को ही निगल गया जिसमें एक विशिष्ट 'गणतन्त्र' की संरचना के मन्त्र निहित थे।

वह हतप्रभ-सा कभी उस पुस्तिका को देखता, तो कभी उन लोगों के बारे में सोचने लगता, जो उस घड़ी दुविधा के सागर में डूब-उतरा रहे थे। बात केवल उसके चन्द दोस्तों की ही नहीं थी, बल्कि सम्पूर्ण जर्मन राष्ट्र की थी, जिसका अंग-अंग तितर-बितर हो रहा था। न जाने इसका अन्त क्या होगा? यह सोचकर तब वह सिहर उठा था।

होटल के कमरे में बैठे-बैठे कमलेश्वर अपने इन्हीं पुराने ख्यालों में डूब-उतरा रहा था और जर्मनी के क्षत-विक्षत इतिहास के पन्ने पलट रहा था, जिसमें उसकी मुँहबोली बहन रिया कहीं खो गयी थी।

❍

21

आल्फ़्रेड के आने में अभी देर थी। कमरे में बैठे-बैठे कमलेश्वर को ऊब-सी होने लगी थी। वह नीचे जाकर होटल के लॉन में बैठ गया।

खुले आसमान के नीचे, हरियाली के बीच बैठकर उसे अच्छा लग रहा था। उसने एक रंग-बिरंगी तितली को एक फूल से दूसरे फूल पर उड़ते देखा। उसका मन खिल उठा। कॉफ़ी का ऑर्डर रूम से उतरते ही रिसेप्शन पर दे आया था। बेयरा कॉफ़ी लेकर आ गया, वह कॉफ़ी का स्वाद लेने लगा। उसके मन में तमाम तरह के सवाल उभर रहे थे।...ग्रोस-लुज़ेवित्स में उसे अपने विद्यार्थी जीवन की याद आयी, तो अचानक उसके चेहरे पर एक रूखी-सी हँसी बिखर गयी।...कितने पापड़ बेलने पड़े थे उसे, पी-एच.डी. की थीसिस पूरी करने में!

उसे याद आया।

...उस दिन सुबह वह जल्दी उठ गया था और जल्दी-जल्दी तैयार हो रहा था। थोड़ी ही देर में उसे बर्लिन के लिए निकलना था। डॉ. आरेन्स जो उसकी थीसिस की सलाहकार-समिति के सदस्य थे, उनसे उसका अपाइण्टमेण्ट था। उसके फील्ड-एक्सपेरिमेण्ट्स सब पूरे हो चुके थे। जो डेटा उसने एकत्र किये थे, उनकी जाँच वह डॉ.आरेन्स से करवाना चाहता था। एक बार वे 'हाँ' कर दें, फिर तो बस डेटा की एनालिसिस कराकर वह थीसिस लिखना प्रारम्भ कर देगा। इस तरह अगले तीन-चार महीनों के भीतर उसकी थीसिस का काम पूरा हो जायेगा। उसे डिग्री भी मिल जायेगी। पी-एच.डी. की डिग्री अर्थात् वैज्ञानिक होने का सर्टिफ़िकेट। फिर वह डॉक्टर की पदवी के साथ ख़ुशी-ख़ुशी वापस अपने देश लौट जायेगा।

चार साल से ऊपर हो गये थे, वह अपने घरवालों से मिला नहीं था। तब कम्यूनिकेशन भी तो इतना अच्छा नहीं था। बस चिट्ठियों का ही सहारा था। परन्तु उनके आने-जाने में महीनों लग जाते थे। यह सोचकर कि अब वह शीघ्र ही अपने परिवारवालों से मिल सकेगा, उसका मन ख़ुशी से नाच उठा।...तभी दरवाज़े की घण्टी बजी।

'लगता है आल्फ्रेड आ गया।' उसने मन-ही-मन कहा और जाकर दरवाज़ा खोला। आल्फ्रेड बाहर खड़ा था। आल्फ्रेड उसे अपनी गाड़ी से रोस्टॉक स्टेशन छोड़ आया। तय यह हुआ था कि शाम को जब वह बर्लिन से वापस लौटेगा, तो वह रिया के साथ आकर उसे स्टेशन से ले लेगा। फिर वे किसी रेस्तराँ में खाना खायेंगे और ग्रोस-लुज़ेवित्स लौट जायेंगे।

ग्रोस-लुज़ेवित्स में उसकी शोध का काम शुरू होने के लगभग डेढ़ साल बाद ही डॉ. बेलमैन बर्लिन चले गये थे। अतः पिछले ढाई-तीन सालों में उसे अपने काम के सिलसिले में अनेक बार बर्लिन जाना-आना पड़ा था। परन्तु इस बार जब वह बर्लिन के लिए रवाना हुआ, तब वह बहुत ख़ुश था। उसे लग रहा था, थीसिस के सम्बन्ध में बर्लिन की शायद उसकी यह आख़िरी यात्रा होगी।

स्टेशन से उतरकर वह सीधा हुम्बोल्ट यूनिवर्सिटी में डॉ. आरेन्स के ऑफिस पहुँचा। उनकी सचिव ने उसे बताया कि सर अभी क्लास ले रहे हैं। आधा घण्टा और लगेगा। तब तक तुम उनके ऑफ़िस में बैठो। मैं कॉफ़ी भिजवाती हूँ। डॉ. आरेन्स जब क्लास लेकर आये, तब लगभग साढ़े बारह बज रहे थे। उन्होंने कहा—"लंच का समय हो गया है। चलो, घर चलते हैं। लंच करने के बाद घर पर ही मैं तुम्हारा काम देख लूँगा।"

कमलेश्वर उनके घर इसके पहले भी कई बार जा चुका था। एक-दो बार तो वह उनके घर पर ठहरा भी था। डॉ. आरेन्स की पत्नी बहुत भली महिला थीं। वह जब भी उनके घर जाता, वे उसका विशेष ध्यान रखतीं। सोचा, इसी बहाने उनसे भी मुलाक़ात हो जायेगी।

खाना खाने के बाद, डॉ. आरेन्स उसे अपने अध्ययन-कक्ष में ले गये। उन्होंने उसके एक्सपेरिमेण्टल डेटा की सब तरह से जाँच-पड़ताल की। वे उसके काम से पूर्णतः सन्तुष्ट दिखे। कमलेश्वर बहुत ख़ुश हुआ। उसने उनसे निवेदन किया कि वे अपने कम्प्यूटर-सेण्टर के किसी स्टॉफ से कहकर उसके डेटा की

एनॉलिसिस करवा दें, ताकि उसका लिखने का काम जल्दी से पूरा हो जाये। किन्तु जब डॉ.आरेन्स ने उसे बताया कि उसके डेटा की एनॉलिसिस उपलब्ध स्टैटिस्टिकल मॉडल से सम्भव नहीं है, उसके लिए नये स्टैटिस्टिकल फॉरमूले विकसित करने पड़ेंगे, तब कमलेश्वर की तो जैसे साँस ही अटक गयी।

" नये फ़ॉरमूले?" चकित होते हुए उसने पूछा।

"हा! नये फ़ॉरमूले!"

"परन्तु नये फ़ॉरमूले विकसित करेगा कौन?" कमलेश्वर ने सहमते-सहमते पूछा।

"कमल! यह काम तुम्हें ही करना पड़ेगा न। दूसरा कोई क्यों करेगा?" डॉ. आरेन्स ने बड़ी सहजता से उत्तर दिया।

"मैं?...सर मैं यह काम कैसे कर सकता हूँ? मैं तो इसके बारे में कुछ जानता ही नहीं!" कमलेश्वर ने अपनी बेबसी जतायी।

"क्यों नहीं कर सकते तुम? तुमने मॉडल विकसित करने की विधि मेरे स्टैटिस्टिकल क्लास में पढ़ी थी। एक बार फिर तुम अपने पुराने नोट खँगालो और प्रयास करो। मुझे विश्वास है, तुम यह काम अवश्य कर लोगे।" इतना कहकर उन्होंने उसे विदा किया।

"तो, यह तीसरी सीढ़ी है, जिस पर चढ़कर उसे आगे बढ़ना होगा!" उसने मन-ही-मन सोचा।

नये फ़ॉरमूले विकसित करने का काम उसे असम्भव-सा लग रहा था। '...यदि वह फेल हो गया तो?' इस सोच मात्र से ही उसका दिल काँप उठा।

वह जितने ख़ुशी मन से बर्लिन गया था, उससे कहीं ज़्यादा दुःखी होकर ग्रोस-लुज़ेवित्स लौटा था। रोस्टॉक स्टेशन पर आल्फ़्रेड और रिया उसका इन्तज़ार कर रहे थे। उन्हें देखकर वह अपने को सँभाल नहीं पाया। उसने आल्फ़्रेड को अपनी बाँहों में भर लिया और फफककर रो पड़ा।

आल्फ़्रेड और रिया उसे देखकर हैरान थे। आख़िर ऐसा क्या हुआ है, जो कमल इतना दुःखी है! किसी तरह कमल को शान्त कराकर वे स्टेशन से बाहर आये, घण्टा-घर के सेलर रेस्तराँ में खाना खाया और फिर ग्रोस-लुज़ेवित्स आ गये। घर पहुँचने पर रिया ने कमल से पूछा- "कमल, ऐसी क्या बात हुई है, जो तुम इतने परेशान दिख रहे हो।"

"क्या बताऊँ तुम्हें रिया? ऐसा लगता है—"मेरी थीसिस का काम कभी पूरा होगा ही नहीं और मैं वापस इण्डिया लौट नहीं पाऊँगा।"

"क्यों? तुम ऐसा क्यों कह रहे हो?" आल्फ्रेड ने चिन्तित स्वर में पूछा।

"देखो न! पहले तो डॉ. बेलमैन ने मेरे थीसिस की शोध का टॉपिक बताने से इनकार कर दिया था। उसके लिए मुझे चार-पाँच महीनों तक कितनी जद्दोजहद करनी पड़ी थी! फिर जब एराबिडॉप्सिस पर काम करने की बात चली, तो प्रो. शिक् ने कितनी बेफ़िक्री से कह दिया था कि मैं उस स्व-सेचित पौधे को पर-सेचित बनाऊँ, जो अपने आप में एक असम्भव कार्य था। और अब!...अब जब मुझे लग रहा था कि मेरा काम पूरा होनेवाला है, तो डॉ. आरेन्स ने टाँग अड़ा दी। कह दिया, मैं अपने डेटा-एनॉलिसिस के लिए ख़ुद नये फ़ॉरमूले विकसित करूँ। अब तुम्हीं बताओ! क्या मैं कोई स्टैटिस्टिशियन हूँ? क्या वे नहीं जानते कि मैं एक प्लाण्ट-ब्रीडर हूँ! और मेरे लिए स्टैटिस्टिक्स के नये फ़ॉरमूले विकसित कर पाना सम्भव नहीं होगा।" कमल ने अपनी नाराज़गी ज़ाहिर करते हुए कहा।

"भाई कमल! तुम यह बताओ कि क्या तुम वह सब नहीं कर पाये थे, जो डॉ. बेलमैन और प्रो. शिक् ने तुमसे करने के लिए कहा था?...तुमने वह सब कर लिया था न! तो, विश्वास मानो, तुम यह काम भी कर लोगे! डॉ. आरेन्स ने तुम्हारी क्षमता को ध्यान में रखकर ही यह काम करने के लिए कहा है।...और यदि तुम यह काम नहीं कर सकोगे, तो डॉ. बेलमैन और डॉ. आरेन्स तो हैं न! क्या वे तुम्हें बिना डिग्री लिये यहाँ से वापस जाने देंगे? इसलिए तुम अपने मन से ये नकारात्मक विचार निकाल दो और जैसा डॉ. आरेन्स ने कहा है, वैसा करो! हम जानते हैं कि तुम सक्षम हो और तुम यह काम कर लोगे।" आल्फ़्रेड ने उसका ढाँढ़स बँधाते हुए कहा।

कमलेश्वर के पास अब विकल्प भी क्या रह गया था! उसने अपने पुराने नोट पढ़ने शुरू कर दिये। अपनी याददाश्त ताज़ा की और लग गया एक उपयुक्त मॉडल विकसित करने में। हफ़्ते भर के उधेड़-बुन के बाद उसने वे समीकरण विकसित कर लिये थे, जिनके माध्यम से उसके डेटा की एनॉलिसिस हो सकती थी। वह बहुत उत्साहित था। दो दिन बाद वह डॉ. आरेन्स से मिलने बर्लिन गया। उन्होंने उसके द्वारा विकसित समीकरणों को गम्भीरतापूर्वक जाँचा और सही पाया। फिर उन्होंने अपने कम्प्यूटर विभाग के अपने एक स्टॉफ़ को बुलाकर कमलेश्वर की डेटा-एनॉलिसिस का काम सौंप दिया।

कमलेश्वर की ख़ुशी का ठिकाना नहीं था। उसने कुछ ऐसा कर दिखाया था, जिसकी उसने कभी कल्पना भी नहीं की थी। इस सफलता से उसके मन में एक नया विश्वास जगा। यह इसी विश्वास का परिणाम था कि वह आगे चलकर बायोमेट्रिकल जेनेटिक्स के क्षेत्र में एक अच्छा स्थान बना पाया। उसकी बहुचर्चित पुस्तक—बायोमेट्रिकल जेनेटिक्स भी उसके इसी विश्वास का परिणाम थी। वह अपनी इस सफलता का श्रेय डॉ. आरेन्स को देता है। यदि उन्होंने उसे यह काम स्वयं करने के लिए बाध्य न किया होता और उसका काम खुद या किसी और से करवा देते, तो सम्भवतः उसे बायोमेट्रिकल जेनेटिक्स में वह मुकाम हासिल नहीं हुआ होता, जो आगे चलकर उसे हासिल हो पाया।

"एक बार कोशिश करके तो देखो, शायद तुम वह काम कर पाओ, जिसे तुम असम्भव समझते हो।" यह एक महत्त्वपूर्ण पाठ था, जो उसने जर्मनी में अपनी शिक्षा के दौरान सीखा था।

कमलेश्वर अपने इन्हीं विचारों में खोया हुआ था कि आल्फ्रेड आ गया। वह उसे अपने किसी परिचित के घर डिनर पर ले जाने आया था।

शाम होने जा रही थी। सूरज ढलान पर था। उसकी लालिमा धीरे-धीरे क्षितिज की गोद में समाती नज़र आ रही थी। उनकी कार शहर से बाहर निकलकर किसी ग्रामीण-सड़क पर दौड़ रही थी। सड़क के दोनों ओर हरे-भरे खेत, बाग़-बग़ीचे और जंगल बहुत ही सुहावना दृश्य प्रस्तुत कर रहे थे। शहर से दूर सुनसान इलाक़े में यहाँ-वहाँ छोटी-छोटी बस्तियों को देखकर कमलेश्वर ने अपनी उत्सुकता व्यक्त की, तो आल्फ्रेड ने उसे बताया कि पिछले कुछ दशकों से यह एक ट्रेण्ड-सा बन गया है, लोग शहरों से निकलकर दूर-दराज़ के ग्रामीण-इलाक़ों में जाकर बसने लगे हैं—शहर के शोर-शराबे और धुआँ-धूल से दूर...प्रकृति की गोद में।

लगभग आध-पौन घण्टे बाद उनकी कार एक ऐसी ही बस्ती में पहुँची। आल्फ़्रेड ने अपनी कार सड़क पर ही रोक दी, और वे कुछ दूर पैदल एक पगडण्डी से होते हुए एक मकान पर पहुँचे। आल्फ़्रेड ने बेल बजायी। कुछ पल बाद एक बुज़ुर्ग व्यक्ति ने आकर दरवाज़ा खोला और मुस्कराकर कहा, 'Wilkommen Sie Herr Alfred and ihr Freund!' आल्फ़्रेड ने उन्हे धन्यवाद दिया और वे उनके ड्राइंग-रूम में जाकर बैठ गये।

कमलेश्वर उत्सुकता-भरी नज़र से उस बुजुर्ग को देख रहा था। वे 'हा हा' करके हँसते हुए बोले,

"पहचान नहीं पाये आप मुझे!...पहचानेंगे भी कैसे?...बूढ़ा जो हो गया हूँ।....शकल भी तो कितनी बदल गयी है!"

फिर कुछ रुककर उन्होंने कहा, "मैं दीत्रिख़ रोथाकर हूँ।"

" डॉ. रोथाकर?...ग्रोस-लुज़वित्सवाले?" कमलेश्वर ने चकित होते हुए पूछा।

"हाँ, हाँ भाई! वही रोथाकर।" उन्होंने अपनी लम्बी दाढ़ी पर हाथ फिराते हुए उत्तर दिया।

"पर आप तो जेल में..." कमलेश्वर अपनी बात पूरी करता, उसके पहले ही डॉ. रोथाकर ने उसे टोकते हुए कहा—

"हाँ, मैं जेल में था। आलू के जर्मप्लाज़्म की चोरीवाले मुद्दे को लेकर मुझे जेल भेज दिया गया था। गद्दारी गोरेया ने की थी। खामियाजा मुझे भुगतना पड़ा। मैं आज भी उस बात को भुला नहीं पाया हूँ।" इतना कहकर वे चुप हो गये। उनके चेहरे पर पीड़ा के भाव स्पष्ट थे।

वे अपनी कुर्सी से उठे और किचन में चले गये। वे एक प्लेट में रेड-वाइन की एक बोतल और तीन वाइन-ग्लासेज़ लेकर आये। कहने लगे—"वे बुरे दिन थे।...बीत गये। अब उनको याद कर अपना दिमाग़ ख़राब क्यों किया जाये! बल्कि हम क्यों न इस फ्रेंच-वाइन का मज़ा लें।"

इतना कहकर वे 'हा-हा-हा' कर हँस पड़े और हमारी ग्लासेज़ में वाइन उँड़ेलने लगे।

डॉ. रोथाकर अकेले रहते थे। उनकी पत्नी कुछ साल पहले गुज़र गयी थीं। दोनों बच्चे अपनी-अपनी घर-गृहस्थी सँभाल रहे थे। डॉ. रोथाकर ने हमारे खाने के लिए रोस्टेड चिकेन, फ्रेंच ब्रेड और आलू का सलाद बनाया हुआ था। हमने उनके साथ वाइन पी और उनके हाथ से बनाये डिनर का मज़ा लिया।

खाने के बाद फिर बातों का सिलसिला शुरू हुआ। कमलेश्वर ने ग्रोस-लुज़ेवित्स का नाम लिया, तो वे बिफ़र-से गये। उन्हें इस बात का अपार दुःख था कि ग्रोस-लुज़ेवित्स प्लाण्ट-ब्रीडिंग-संस्थान बन्द कर दिया गया था। वह संस्थान जिसके बनाने में उन्होंने अहम भूमिका निभायी थी और जो कभी दुनिया-भर में आलू की शोध के लिए विख्यात था। उसका अस्तित्व ही मिटा

दिया गया। इसलिए नहीं कि उनके साथ कुछ बहुत बुरा हुआ था, अपितु वे इस बात से अधिक दुःखी थे कि आख़िर इससे किसका भला हुआ; बल्कि देश का अहित ही हुआ। यही नहीं, प्रो.शिक् जैसे विश्वविख्यात वैज्ञानिक को संस्थान से ऐसे निकाल दिया गया जैसे उन्होंने कोई बड़ा जुर्म किया हो।''

कमलेश्वर के मन में दो सवाल बार-बार उभर रहे थे। एक तो यही कि डॉ. रोथाकर आख़िर जेल से कब और कैसे छूटे? क्योंकि पूर्वी जर्मनी की जेलों से किसी का भी छूटकर बाहर आ पाना नामुमकिन-सा था। दूसरा सवाल यह था कि आख़िर प्रो. शिक् को संस्थान से क्यों हटा दिया गया था? उसकी नज़र में तो गोदामों में आलू का सड़ना महज़ एक बहाना-भर था।

डॉ. रोथाकर ने जेल से अपनी रिहाई का जो क़िस्सा सुनाया, वह आश्चर्यजनक भी था और पीड़ादायक भी। वह सीधे-सीधे मानव-तस्करी का मामला था, जो किसी भी सभ्य समाज को मान्य नहीं हो सकता। वह पूर्णतः एक अमानवीय कृत्य था। पश्चिमी जर्मनी सभी जर्मन को अपना नागरिक मानता था। पूर्वी जर्मनी में बसे लोग भी उसके अपने नागरिक थे। इसलिए पूर्वी जर्मनी की जेलों में बन्द नागरिकों को रिहा कराकर स्वतन्त्र ज़िन्दगी प्रदान करना, उनका नैतिक उत्तरदायित्व था। किसी प्रकार की क़ानूनी सम्भावना के अभाव में उसने पूर्वी जर्मनी की सरकार से एक समझौता किया था, जो Haeftlingsfreikauf अर्थात् 'जेल-बन्दियों की आज़ादी की सौदेबाज़ी' के नाम से जाना जाता था। पूर्वी जर्मनी की कम्यूनिस्ट-सरकार के लिए जेल-बन्दियों की रिहाई विदेशी मुद्रा कमाने का एक ज़रिया था। क़ीमत निर्धारित की गयी थी एक लाख डॉलर। वे इसे उस व्यक्ति के ऊपर उसकी शिक्षा-दीक्षा के लिए किया गया ख़र्च मानते थे। शर्त थी कि सब-कुछ गुप-चुप तरीक़े से हो। भेद खुलने पर बदनामी का डर जो था।

डॉ. रोथाकर पूर्णतः अनभिज्ञ थे कि उनकी आज़ादी पैसे देकर खरीदी गयी है। जब इस सत्य का पता चला, उन्हें अपार दुःख हुआ। यों तो उन्हें पहले से ही कम्युनिस्ट-शासन से रंज था। किन्तु इस घटना ने उनके रंज को घृणा में बदल दिया था–इतनी क्रूर और अमानवीय व्यवस्था, जिसकी वे कल्पना भी नहीं कर सकते थे!

डॉ. रोथाकर जेल से रिहा होकर पश्चिमी जर्मनी आये। उसके कुछ समय बाद ही उन्हें हनोवर के प्लाण्ट-ब्रीडिंग-संस्थान में नौकरी मिल गयी। वे वहीं से सेवा-मुक्त भी हुए। उसके बाद वे यहाँ आकर इस गाँव में बस गये।

डॉ. रोथाकर से मिलकर कमलेश्वर को बहुत ख़ुशी हुई थी। ख़ासतौर पर इसलिए कि वे पूर्वी जर्मनी की स्तासी पुलिस के चंगुल से निकलकर पुनः एक सामान्य ज़िन्दगी बिता रहे थे।...पर उनके जैसे सौभाग्यशाली कितने लोग थे?

डॉ. रोथाकर अपनी रिहाई की बात करते-करते बहुत भावुक हो गये थे, जो स्वाभाविक भी था। ऐसी हालत में उनसे प्रो. शिक् के संस्थान से निकाले जाने की बात छेड़ना अटपटा अवश्य लग रहा था, परन्तु कमलेश्वर अपने को रोक नहीं पाया। उसने यह सवाल उनसे पूछ ही लिया।

डॉ. रोथाकर कुछ देर आँखें बन्द किये चुप बैठे रहे। शायद वे पुरानी बातें याद कर रहे थे! फिर उन्होंने कमलेश्वर की ओर मुख़ातिब होते हुए कहा, "अँगरेज़ी में एक मुहावरा है—'Larger than life figure', जानते हो न!"

"जी, जानता हूँ।"

"हाँ तो प्रो. शिक् का बड़ा व्यक्तित्व ही उनका दुश्मन बन गया था। चाहे प्लाण्ट-ब्रीडिंग-संस्थान हो, रोस्टॉक यूनिवर्सिटी हो या सामुदायिक खेती की प्रबन्ध समिति, उनके व्यक्तित्व का प्रभाव इतना अधिक था कि कोई भी व्यक्ति उनके सामने चीं-चपड़ नहीं कर पाता। पार्टी का बड़ा-से-बड़ा अधिकारी भी उनके सामने अपने को बौना महसूस करता। वह अपनी मनमानी नहीं कर सकता था। यह बात पार्टी के बॉसेज़ को बहुत खलती थी। वे हर वक़्त मौके की तलाश में रहते कि कब प्रो. शिक् कोई ग़लती करें और वे उन्हें उखाड़ फेंकें। गोदामों में आलू का सड़ना उनके लिए हथियार बन गया। पलक झपकते ही पार्टी ने उन्हें संस्थान से बाहर कर दिया। पार्टी को इस बात से कोई मतलब नहीं था कि उनके इस क़दम से संस्थान को कितना नुक़सान होगा! वे तो बस अपना वर्चस्व चाहते थे, ताकि वे अपने ढंग से संस्थान को चला सकें। एक सामान्य-से पार्टी-कार्यकर्त्ता को प्रो. शिक् की जगह संस्थान का निदेशक बनाना, उनकी इसी रणनीति का हिस्सा था।

...परन्तु इसका परिणाम क्या हुआ, यह तो तुम जानते ही हो!"

22

होटल के कमरे में अपने बिस्तर पर लेटे-लेटे कमलेश्वर ग्रोस-लुज़ेवित्स के बारे में सोच रहा था। अचानक उसे डॉ. बेलमैन का ध्यान आया। उनकी मृत्यु की ख़बर मिसेज़ बेलमैन ने दी थी। वह बहुत दुःखी थीं। अकेली जो हो गयी थीं। उन्होंने अपने लम्बे ख़त में परिवार से जुड़े अनेक संस्मरणों का ज़िक्र किया था। एक संस्मरण उनके बेटे का था। उन्होंने लिखा था—"पूर्वी जर्मनी में तो हमें हमारा हक़ नहीं मिला। सोचा था—देश जब स्वतन्त्र होगा, हमारे गिले-शिकवे सब दूर हो जायेंगे।

शायद तुम्हें याद हो, हमारे बेटे स्टीफ़ेन को जब इंजीनियरिंग में दाख़िला नहीं मिला, उसने हार्टिकल्चर-डिप्लोमा कर लिया था। फिर उसे रोस्टॉक म्युनिसिपल कार्पोरेशन के हार्टिकल्चर विभाग में टेक्नीशियन का जॉब मिल गया था। थोड़ा समय अवश्य लगा, पर अपनी मेहनत और लगन से आगे बढ़ता हुआ, वह डिस्ट्रिक्ट हार्टिकल्चर ऑफ़िसर के पद पर पहुँच गया। हम उसकी इस तरक्की से बहुत खुश थे। लगभग उसी समय पूर्वी जर्मनी का पश्चिमी जर्मनी में विलय हो गया। हम स्वतन्त्र हो गये। हमारी खुशी का ठिकाना नहीं था। लगा, हमारे सभी दुःख दूर हो जायेंगे। परन्तु हमें वहाँ भी न्याय नहीं मिला। स्टीफ़ेन को उसके पद से हटा दिया गया। उनकी दृष्टि में वह इस पोस्ट के लिए योग्य नहीं था। अब वह फिर टेक्नीशियन बन गया है।...शायद हमारे भाग्य ही अच्छे नहीं थे!"

मिसेज़ बेलमैन का पत्र पढ़कर वह अपने को रोक नहीं पाया था। उसके आँसू बह निकले थे।

आज जब वह फिर उनके बारे में सोच रहा है, तो उसे एक घटना याद आ रही है।...ग्रोस-लुज़ेवित्स में रहते हुए, उसे लगभग डेढ़ साल ही हो पाये थे कि डॉ. बेलमैन ने ग्रोस-लुज़ेवित्स छोड़कर बर्लिन जाने की योजना बना ली। दरअसल, उनकी रूझान अब बेसिक साइन्स की ओर ज़्यादा हो गयी थी। वे कुछ नया करना चाहते थे। उन्हें लगने लगा था, यह काम वे प्रो. आरेन्स के साथ मिलकर ज़्यादा बेहतर कर सकेंगे। डॉ. आरेन्स से उनकी खूब बनती भी थी। वे कई प्रोजेक्ट्स उनके साथ कर भी चुके थे। उनके बर्लिन चले जाने के कारण कमलेश्वर को शुरू-शुरू में कुछ मुश्किलें अवश्य हुईं। पर बाद में सब ठीक हो गया। उसे जब भी ज़रूरत महसूस होती, वह बर्लिन चला जाता। उन दोनों लोगों के साथ बैठकर अपनी समस्याओं पर चर्चा कर लेता। ग्रोस-लुज़ेवित्स से बर्लिन पहुँचने में उसे रेल मार्ग से बस तीन घण्टे लगते थे। वह सुबह की ट्रेन पकड़कर बर्लिन पहुँच जाता! दिन-भर अपना काम निपटाता और शाम को ग्रोस-लुज़ेवित्स लौट आता। हाँ, जब कभी उसे वहाँ रुकना जरूरी हो जाता, वह डॉ. बेलमैन अथवा डॉ. आरेन्स के घर ठहर जाता।

एक बार की बात है, वह अपना काम निपटाकर कुछ जल्दी ही डॉ. बेलमैन के घर आ गया। चाय-नाश्ता करने के बाद वह मिसेज़ बेलमैन को किचेन के कामों में मदद करने लगा। इसी बीच डॉ. बेलमैन आ गये। घण्टी बजी, तो कमल ने जाकर दरवाज़ा खोला। डॉ. बेलमैन तेज़ी से घर में घुसे। अपना हैण्ड-बैग एक तरफ़ फेंककर, वे सोफ़े पर धम्म से बैठ गये। उनका चेहरा तमतमाया हुआ था। वह बहुत गुस्से में थे।

'डार्लिंग, तुम आ गये!' फ्राऊ बेलमैन ने किचेन से ही पूछा।

पर डॉ. बेलमैन चुप रहे। उन्होंने कोई जवाब नहीं दिया। फ्राऊ बेलमैन समझ गयीं—कोई बात ज़रूर है, अन्यथा वह तो 'गुड इवनिंग, डार्लिंग' कहते हुए ही घर में घुसते हैं।

वह किचेन से निकलकर आयीं और उनकी बगल में बैठ गयीं। उन्होंने उनके गले में अपनी बाँहें डालकर 'किस' किया और प्यार से बोलीं, 'डार्लिंग, क्या बात है? तुम इतने गुस्से में क्यों हो?...मैं कितनी बार कह चुकी हूँ—तुम गुस्से में अच्छे नहीं लगते! गुस्सा थूक दो और बताओ, आख़िर हुआ क्या है?'

इतना कहकर उन्होंने दुबारा किस किया और उत्सुकता-भरी नज़रों से उनकी ओर देखने लगीं।

डॉ. बेलमैन थोड़ी देर चुप रहे। वह बड़े तनाव में लग रहे थे। उन्होंने धीरे से कहा, 'स्टीफ़ेन को यूनिवर्सिटी में प्रवेश नहीं मिला।' बस वह इतना भर कह पाये थे, उनका गला भर आया था।

''प्रवेश नहीं मिला?'' फ्राऊ बेलमैन के मुँह से निकला और वह धड़ाम से सोफ़े से नीचे गिर गयीं। उनक मुँह खुला-का-खुला रह गया। अचानक हुई इस घटना से हम घबड़ा गये। किसी तरह हमने उन्हें उठाकर सोफ़े पर बैठाया। वह जाकर किचेन से ग्लास में पानी लेकर आया। डॉ. बेलमैन ने उन्हें पानी पिलाया और उनके सिर पर प्यार से हाथ फेरते हुए कहा, 'अनाबेला, अपने को सँभालो! यह सब जीवन के उतार-चढ़ाव हैं। इनका सामना तो करना ही पड़ेगा।'

फ्राऊ बेलमैन को नॉर्मल होने में कुछ समय लगा। उनकी आँखों में अनेक सवाल उभर आये थे, जिन्हें साफ़-साफ़ पढ़ा जा सकता था।

थोड़ी देर बाद जब माहौल कुछ शान्त हुआ, तो डॉ. बेलमैन कॉफ़ी बनाकर लाये। हम सब चुपचाप कॉफ़ी पीने लगे। अचानक तभी डॉ. बेलमैन ने कमलेश्वर की ओर मुख़ातिब होकर कहा, 'कमल, तुमने कभी एक बार मुझसे कुछ सवाल पूछे थे। क्या तुम्हे याद है? तुमने पूछा था, कि क्या पार्टी की सदस्यता ग्रहण न करने का कोई प्रभाव मेरे कॅरियर अथवा परिवार पर पड़ा? तुमने यह भी जानना चाहा था, क्या इस कारण कभी किसी ने मुझसे अभद्रता की?''

''जी, जी। मुझे पूरी तरह याद है। मुझे यह भी याद है कि तब आपने मेरे सवालों का जवाब देने के बजाय मुझे डाँटकर चुप करा दिया था।'' कमलेश्वर ने उत्तर दिया।

''आज मैं तुम्हारे उन प्रश्नों का उत्तर देता हूँ। पहली बात तो यह, कि पार्टी का सदस्य न होने के नाते कभी किसी ने मेरे साथ दुर्व्यवहार नहीं किया। शायद इसलिए कि मैं अपने काम में अच्छा था। साथ ही, मैंने अपने काम-से-काम रखा; दूसरों के काम में कभी टाँग नहीं अड़ायी। पर हाँ, मेरे कॅरियर पर इसका प्रभाव अवश्य पड़ा। अब यही देखो, यों तो मुझे कबका यूनिवर्सिटी में प्रोफ़ेसर बन जाना चाहिए था, पर ऐसा नहीं हुआ। जबकि उसके लिए मैं पूरी योग्यता

रखता हूँ। वहीं मुझसे जूनियर कई लोग पहले ही प्रोफ़ेसर बन गये। प्रो. आरेन्स को ही देखो, वह तो मुझसे बहुत जूनियर हैं, पर उन्हें प्रोफ़ेसर बने कई साल हो गये। किन्तु मैं जहाँ था, वहीं आज भी हूँ।

तुम्हारा दूसरा सवाल परिवार पर पड़नेवाले प्रभाव को लेकर था। तो, उसका प्रमाण तो तुम्हारे सामने ही है। तुम तो स्टीफ़ेन को जानते हो। हर क्लास में वह टॉप पर रहनेवाले बच्चों की श्रेणी में रहा। वह इंजीनियरिंग में ग्रेजुएशन करना चाहता था। उसने पूरी तैयारी भी की थी। यूनिवर्सिटी में प्रवेश के लिए सभी आवश्यक शर्तें वह पूरी करता था। पर...उसे प्रवेश नहीं मिला। कोई कारण नहीं। पूछें भी तो किससे पूछें! यहाँ तो न ही सवाल करने की इजाज़त है और न ही किसी की जवाबदेही।

उस बच्चे का दुर्भाग्य देखो! उसको सजा इस बात की मिल रही है, कि उसका 'बाप' कम्युनिस्ट पार्टी का सदस्य नहीं है। उसके नाम के पहले 'कामरेड' नहीं लगा है। वह ईश्वर में विश्वास रखता है और चर्च में होनेवाली प्रार्थनाओं में रेग्यूलर भाग लेता है।...और बताऊँ? उसकी माँ के खून में यहूदियों के डी.एन.ए. का अंश है। दुर्भाग्य से यहाँ यहूदी होना पहले भी अभिशाप था, आज भी अभिशाप है।''

इतना कहकर डॉ. बेलमैन चुप हो गये। उनका पूरा शरीर काँप रहा था। उनकी आँखों में पीड़ा साफ़-साफ़ झलक रही थी।

कमलेश्वर चुप था। वह अवाक् हो कभी डॉ. बेलमैन को, तो कभी उनकी पत्नी को देखता। आख़िर वह कहता भी तो क्या कहता! 'कोई व्यवस्था अपने ही नागरिक को इतना बेबस और लाचार कैसे बना सकती है?' यह सोचकर उसका अन्तर्मन काँप उठा।

उस दिन बड़े भारी मन से कमलेश्वर ग्रोस-लुज़ेवित्स लौटा। कई दिनों तक वह इस घटना से उबर नहीं पाया। उसका ध्यान डॉ. बेलमैन और उनके परिवार पर टिका रहा। उसे याद आया।...काफ़ी पहले की बात है। एक बार वह डॉ. आरेन्स के घर ठहरा हुआ था। डिनर के बाद बहुत देर तक वह डॉ. आरेन्स से बातें करता रहा। अचानक उसे शरारत-सी सूझी और उसने डॉ. आरेन्स से पूछ लिया, 'सर! ऐसी क्या बात है, जो डॉ. बेलमैन अभी तक प्रोफ़ेसर नहीं बन पाये हैं? जबकि उनकी योग्यता में तो कोई कमी है नहीं?'' डॉ. आरेन्स सकते

में आ गये। उन्हें ऐसे किसी प्रश्न की अपेक्षा नहीं थी। वह कुछ देर चुप रहे और एकटक उसकी ओर देखते रहे। वह कुछ सहम-सा गया—कहीं उसने यह सवाल पूछकर कोई ग़लती तो नहीं कर दी!

"देखो कमल, तुमसे कुछ छिपा नहीं है। हमारे देश में पार्टी-प्रतिबद्धता एक अनिवार्य शर्त है। किसी भी प्रकार का लाभ प्राप्त करने के लिए पार्टी का सदस्य होना आवश्यक है। मैंने डॉ. बेलमैन को कई बार समझाने की कोशिश की, कि पार्टी की सदस्यता ग्रहण कर लेने में कोई हर्ज़ नहीं है। इस देश में हज़ारों ऐसे लोग हैं, जो पार्टी के सदस्य तो हैं, पर वे पार्टी के कार्यों में कभी सक्रिय नहीं रहे। फिर भी सामान्य ज़िन्दगी जी रहे हैं। सरकार द्वारा प्रदत्त सुविधाओं का पूरा-पूरा लाभ उठा रहे हैं। परन्तु डॉ. बेलमैन को यह बात समझ में नहीं आती। वह कहते हैं, वे अपना उसूल नहीं तोड़ेंगे। अब तुम्हीं बताओ, ऐसी परिस्थिति में मैं या कोई और उनकी मदद कैसे कर सकता है! सच कहूँ कमल, दुःख तो मुझे भी होता है। वे एक प्रतिभाशाली वैज्ञानिक हैं। उनसे देश को बड़ी उम्मीदें हैं। परन्तु...।

डॉ. आरेन्स की बातों पर मैंने गम्भीरता से विचार किया। मुझे लगा, यहाँ व्यक्ति की कोई क़ीमत तो है नहीं! वह तो बस कम्युनिस्ट-रूपी मशीन का एक पुर्ज़ा-भर है, जिसे आवश्यकतानुसार फ़िट कर दिया जाता है। और जो कहीं फ़िट नहीं होता, उसे कूड़े के ढेर में रद्दी समझकर फेंक दिया जाता है। डॉ. बेलमैन ऐसे ही पुर्ज़ों में से थे, जिनकी कोई अहमियत नहीं थी।

लगभग चार साल लगे। कमलेश्वर की थीसिस पूरी हो गयी और वह वापस अपने देश लौट आया। पर डॉक्टर बेलमैन से उसका सम्पर्क बना रहा। कुछ साल बाद डॉ. बेलमैन का एक पत्र आया, जिसमें उन्होंने लिखा था, अब वे सक्रिय सेवा में नहीं हैं; उन्होंने प्री-रिटायरमेण्ट ले लिया है। सोचा—"बहुत कर लिया साइन्स। जीवन का एक लम्बा हिस्सा खपा दिया। मन में विचार आया—क्यों न अब कुछ अपने लिए करूँ! अपने मन का करूँ! मुझे बचपन से ही पेड़-पौधों से बहुत लगाव रहा है। अब मैं अपना पूरा समय अपने छोटे-से किचेन-गार्डेन में लगाता हूँ। मुझे अच्छा लगता है, प्रकृति के नज़दीक रहकर।"

डॉ. बेलमैन का पत्र पढ़कर कमलेश्वर को बहुत दुःख हुआ। वह उनके मन की पीड़ा समझ रहा था। डॉ. बेलमैन ने उसे एक बार बताया था कि ग्रोस-लुज़ेवित्स छोड़कर बर्लिन जाने का कारण केवल प्रो. आरेन्स के साथ मिलकर काम करना ही नहीं था। दरअसल, वे डॉ. आरेन्स की मदद से प्रोफ़ेसर

का पद प्राप्त करना चाहते थे। डॉक्टर बेलमैन ने सोचा था, चूँकि डॉ. आरेन्स का कम्युनिस्ट पार्टी में बहुत मान-सम्मान है, वे एक-न-एक दिन अपने व्यक्तिगत प्रभाव का प्रयोग कर उन्हें प्रोफ़ेसर का पद अवश्य दिलवा देंगे। पर कारण जो भी रहे हों, डॉक्टर आरेन्स उनकी मदद नहीं कर पाये। सम्भवतः निराश होकर ही डॉक्टर बेलमैन ने प्री-रिटायरेण्ट का निर्णय लिया होगा!

अपनी ग़लत सोच और नीतियों के कारण पूर्वी जर्मनी ने अपने एक प्रतिभाशाली वैज्ञानिक को खो दिया था। कमलेश्वर को वामपन्थ के विचारक डॉ. पी.एन. सिंह की वह बात आज अक्षरशः सत्य लगी, कि "व्यवस्था के रूप में सत्तासीन होने के बाद मार्क्सवादियों ने 'वाम' के उभार की सम्भावना को ही समाप्त करने की बात सोच ली। आश्चर्य नहीं, मार्क्सवादी-व्यवस्था ने बुद्धिधर्मी के नाम पर केवल व्यवस्था-सेवी बुद्धिजीवी एवं आइडियोलॉग ही पैदा किया। फलस्वरूप, व्यवस्था में आलोचना का स्रोत सूख गया, जो इसकी जड़ता और बिनाश का कारण बना।"

डॉ. बेलमैन का काम छोड़कर घर बैठ जाना, इसका एक ज्वलन्त उदाहरण है।

23

जर्मनी-प्रवास का यह उसका आख़िरी दिन था। रात में फ़्लाइट थी। उस दिन आल्फ़्रेड ने उसे 'दि पीपुल्स कार-म्यूज़ियम' दिखलाने ले जाने का कार्यक्रम बनाया था। 'फ़ॉक्स-वैगन' फ़ैक्ट्री में जहाँ कभी 'बीटल' मॉडल की कारें बनती थीं, अब उसका उत्पादन बन्द हो चुका था, जबकि मैक्सिको के प्यूब्लो शहर में उसका उत्पादन अभी भी चल रहा है। यह ख़बर म्यूज़ियम के एक गाइड ने उन्हें दी थी। फ़ॉक्स-वैगन कार के इतिहास का ज़िक्र करते हुए गाइड ने बताया कि बीटल की शक्ल की इस कार का उत्पादन हिटलर ने 1938 में अपनी एक महत्त्वाकांक्षी योजना के अन्तर्गत शुरू करवाया था। मॉडल को डिजाइन किया था आस्ट्रिया के एक इन्जीनियर फर्डीनैण्ड पोर्श ने। हिटलर ने इसे 'फ़ॉक्स-वैगन' अर्थात् 'जनता की कार' नाम दिया था। कुछ उसी तरह जैसे उसके देश में 'मारुति' कार का उत्पादन शुरू कराया गया था। कमलेश्वर ने मन-ही-मन सोचा।

बीटल कार का उत्पादन शुरू होने के कुछ समय बाद ही जर्मनी में युद्ध छिड़ गया और उत्पादन लगभग ठप-सा हो गया। परन्तु कार की विश्वव्यापी माँग को देखते हुए, हिटलर की पराजय के बाद उसका उत्पादन दुबारा ब्रिटिश अधिकारियों की देख-रेख में शुरू हुआ। और जब 1949 में, पश्चिमी जर्मनी एक स्वतन्त्र राष्ट्र के रूप में उभरा, तो इसका आधिपत्य इसे पुनः सौंप दिया गया। यों तो यह कार उन दिनों दुनिया-भर में पसन्द की जाती थी, पर पसन्द करनेवालों में सबसे ज़्यादा अमेरिकन थे। सन् '60 के दौरान यह कार अमेरिका में 'काउण्टर-कल्चर' के रूप में प्रसिद्ध हुई, जो बड़ी और लम्बी महँगी कारों के ख़िलाफ़ एक तरह से मध्यम वर्ग का मौन विरोध था।

पूर्वी जर्मनी में फ़ॉक्स-वैगन कार की उपलब्धता का कोई सवाल ही नहीं था। वहाँ के लोगों को तो बस स्थानीय निर्मित 'ट्राबाण्ट मॉडल' नामक छोटी कार से ही सन्तोष करना पड़ता था। उसके लिए भी लोगों को एडवान्स बुकिंग करानी पड़ती थी। उसकी ख़रीद की प्रक्रिया में कभी-कभी बहुत लम्बा समय लग जाता था।

फ़ैक्ट्री की विज़िट बहुत मज़ेदार रही। कमलेश्वर ने महसूस किया कि फ़ॉक्स-वैगन कार की कहानी एक तरह से जर्मनी की कहानी है। हिटलर के जमाने से लेकर अब तक के, ख़ासतौर पर औद्योगिक इतिहास को यहाँ देखा-समझा जा सकता है।

फ़ैक्ट्री की विज़िट के बाद उन्होंने म्यूज़ियम के रेस्टोरेण्ट में खाना खाया और शहर के बीचोबीच स्थित सेण्ट्रल पार्क की ओर निकल गये।

सेण्ट्रल पार्क में एक बेंच पर बैठे, आल्फ्रेड और कमल आपस में बातें कर रहे थे। कमलेश्वर को ब्राउनस्वाइग आये कई दिन हो गये थे। पर वह रिया को लेकर इतना उलझा रहा कि उसे यह याद भी नहीं आया कि वह आल्फ्रेड से पूछे कि आख़िर वह, कब और कैसे ग्रोस-लुज़ेवित्स को छोड़कर ब्राउनस्वाइग आ गया था!

आज जब वह आल्फ्रेड से बातें करने लगा, तो उसने सबसे पहले उससे यही सवाल पूछा। वह जानना चाहता था, क्या प्लाण्ट-ब्रीडिंग-संस्थान बन्द कर दिया गया था, अथवा कोई और बात थी, जो उसे ग्रोस-लुज़ेवित्स छोड़ने के लिए विवश होना पड़ा? कमलेश्वर के इस प्रश्न ने मानो उसकी दुखती रग पर हाथ रख दिया। उसने एक लम्बी साँस भरी और कहना शुरू किया, "हाँ, कमल! प्लाण्ट-ब्रीडिंग-संस्थान बन्द कर दिया गया था। पूर्वी और पश्चिमी जर्मनी के विलय के बाद का यह एक सबसे बड़ा निर्णय था।"

"सच कहूँ, कमल!" उसने अपनी बात को आगे बढ़ाते हुए कहा। "ग्रोस-लुज़ेवित्स का पराभव तो उसी दिन शुरू हो गया था, जिस दिन प्रो. शिक् को वहाँ से जाना पड़ा था। उस दिन हमारी पार्टी के लोगों ने उन्हें बहुत ज़लील किया था। दुर्भाग्य से...तब मैं भी उनकी ख़िलाफ़त में ही खड़ा हो गया था। अब जब कभी वह बात याद आती है, तो मेरा मन ग्लानि से भर जाता है।

‘‘ख़ैर! संस्थान जैसे-तैसे चल रहा था। ज़्यादातर स्टॉफ़ नया था। पुराने लोग या तो ट्रान्सफ़र कर दिये गये थे या उन्हें रिटायर कर दिया गया था। विज्ञान के प्रति कम, पार्टी के प्रति स्टॉफ़ की वफादारी ज़्यादा मायने रखती थी। तब किसी को किसी से शिकायत नहीं थी। परन्तु कुछ समय बाद, जब पूर्वी और पश्चिमी जर्मनी का विलय हो गया और देश में एक अनिश्चितता-सी हो गयी, तो वहाँ कार्यरत सभी जन की स्थिति डाँवाँडोल हो गयी। यद्यपि विलय से पूर्व वायदे किये गये थे, कोई भी प्रतिष्ठान बन्द नहीं किया जायेगा, न ही किसी की नौकरी जायेगी। बल्कि संस्थानों को भरपूर सहायता देकर उनकी क्षमता बढ़ायी जायेगी। उनको सुदृढ़ किया जायेगा। साथ ही, कुछ नये संस्थान भी खोले जायेंगे।...पर हुआ एक़दम उल्टा।

किसी अन्तरिम आकलन-रपट को आधार बनाकर पूरब के तमाम संस्थान और फ़ैक्ट्रियाँ अक्षम और अलाभकारी बताकर बन्द कर दी गयीं। उनमें कार्यरत हज़ारों कर्मचारियों-अधिकारियों को ज़बरन रिटायर कर दिया गया। हमारे संस्थान के साथ भी यही हुआ। संस्थान बन्द कर दिया गया और हम-सब रिटायर कर दिये गये। यद्यपि लगातार आश्वासन भी दिया जा रहा था कि भविष्य में नये संस्थान खोले जायेंगे। पुराने संस्थानों का पुनरुद्धार कर नये रूप में चलाया जायेगा और सबकी नौकरी बहाल कर दी जायेगी।’’

‘‘पर यदि सरकार चाहती तो भी यह काम रातों-रात तो हो नहीं सकता था। इसलिए सरकार को कोई अन्तरिम प्रबन्ध तो करना ही चाहिए था।’’ कमलेश्वर ने अपनी बात रखते हुए कहा।

‘‘तुम ठीक कह रहे हो। हम सब महीनों इस उम्मीद में बैठे रहे कि आज नहीं तो कल यह स्थिति सुधरेगी। हम पुनः अपने काम में लग जायेंगे। पर ऐसा कुछ नहीं हुआ। लगभग एक साल बाद, पता चला कि हमारे संस्थान को ‘बायोटेक्नोलॉजी सेण्टर’ के रूप में विकसित किया जायेगा।’’

‘‘तो क्या, बायोटेक्नोलॉजी सेण्टर बना?’’ कमलेश्वर ने पूछा।

‘‘हाँ, प्लाण्ट-ब्रीडिंग-संस्थान का बोर्ड हटाकर ‘इन्स्टीट्यूट ऑफ़ बायोटेक्नोलॉजी ऐण्ड मालीक्यूलर जेनेटिक्स’ का बोर्ड लग गया। एक निदेशक और दो-तीन वैज्ञानिक भी आ गये। छोटे पैमाने पर ही कुछ काम शुरू हुआ। परन्तु दो साल बाद ही यह सेण्टर बन्द कर दिया गया। बल्कि

एक 'फ़ेडरल इन्स्टीट्यूट ऑफ़ प्लाण्ट-ब्रीडिंग' नामक एक मातृ-संस्थान स्थापित किया गया, जिसकी एक शाखा ग्रोस-लुज़ेवित्स में भी खोली गयी।''

''तो क्या तुमने वहाँ नौकरी के लिए प्रयास नहीं किया?''

''नहीं! तब तक मैं ग्रोस-लुज़ेवित्स छोड़कर जा चुका था। आख़िर कब तक इन्तज़ार करता! संस्थान के बन्द हो जाने के बाद मैं कई महीनों तक काम की तलाश में इधर-उधर भटकता रहा। पर कुछ हो नहीं पाया। अन्त में, विवश होकर मैंने पश्चिम की ओर जाने का मन बनाया। रेनी तो विलय के पहले दिन से ही चाह रही थी कि मैं ग्रोस-लुज़ेवित्स छोड़कर बर्लिन आ जाऊँ। पर यह इतना भी आसान नहीं था। जहाँ हम पैदा हुए, पले-बढ़े, उसे छोड़कर कहीं अन्यत्र जाकर घरौंदा बनाना, क्या इतना आसान होता है? फिर मेरे मम्मी-पापा यहीं थे। उनकी उम्र भी तो बहुत हो गयी थी। परन्तु हम करते भी तो क्या करते! अभी इतनी उम्र भी तो नहीं हो गयी थी कि मैं एक रिटायरी की ज़िन्दगी जीऊँ। इसलिए मैं बर्लिन चला गया। बर्लिन में रेनी के पास रहकर मुझे नौकरी ढूँढ़ने में समय तो लगा, पर एक स्थायी ठिकाना होने के नाते मुझे ज़्यादा परेशानी उठानी नहीं पड़ी।''

''क्या वहाँ ऐसी कोई व्यवस्था की गयी थी, जिसके माध्यम से पूरब से आये लोगों को नौकरी ढूँढ़ने में सहूलियत मिल सके?'' कमलेश्वर ने जानना चाहा।

''हाँ! ऐसी व्यवस्था थी। मैंने वहाँ जाकर अपना रजिस्ट्रेशन करा लिया था। कुछ समय बाद मुझे कई जगहों से बुलावे भी आये। पर जब मैं वहाँ साक्षात्कार के लिए गया और उन लोगों का रवैया देखा, तो मेरा माथा ठनक गया। वे तो मेरी डिग्रियों और सर्टिफ़िकेट्स पर ही सवाल उठाने लगे थे! कहने लगे–पूरब की डिग्री यहाँ मान्य नहीं है। और न ही वहाँ का अनुभव ही कोई मायने रखता है।''

''अनुभव?'' उनकी बात सुनकर मैं चकित रह गया था।

''हाँ, बिना किसी स्पर्द्धा के आप वहाँ काम करते रहे हैं। अच्छा अथवा नया करने के लिए कोई इन्सेण्टिव तो वहाँ था नहीं। बस, सब-कुछ कामचलाऊ। क्यों, सही है न?'...वे पूछते।''

''और मेरी दर्ज़न-भर प्रजातियाँ!...क्या वे बिना स्पर्द्धा के विकसित की गयी थीं? क्या उनका कोई मूल्य नहीं है?'' मैंने उन्हें टोकते हुए कहा।

परन्तु वे मेरी बात सुनने के बजाय, मेरा और पूर्वी जर्मनी का मखौल उड़ाते रहे। कहते–'पुरबिया है।' जैसे मैं जर्मनी का नागरिक न होकर किसी अन्य देश से आया हुआ हूँ।''

''पुरबिया?'' कमलेश्वर ने चौंकते हुए कहा।

''हाँ! उन दिनों पश्चिमी हिस्से में पूरब से आये हुए लोगों के लिए एक शब्द बहुत प्रचलित हुआ था–ऑसिस (Ossis), जिसका मतलब था–पुरबिया यानी निकम्मा और पिछड़ा हुआ।

एक इण्टरव्यू में किसी ने टाण्ट कसने के उद्देश्य से पूछा- ''अच्छा एक बात बताओ...क्या तुम '601वाँ' भाग्यशाली बन पाये थे या नहीं?''

''601वाँ भाग्यशाली? यह क्या है? मैंने तो इसके बारे में पहले नहीं सुना।'' कमलेश्वर ने चकित होते हुए पूछा।

''दरअसल, वह पूरब में निर्मित छोटी 'ट्राबाण्ट' नामक कार की ओर इशारा कर रहा था। उन दिनों पूर्वी जर्मनी में इसके लिए एडवान्स बुकिंग करानी पड़ती थी। उसी सिलसिले में एक जोक प्रचलित हुआ था, 'यदि छह सौ-एक लोगों ने कार की बुकिंग करायी है, तो उनमें से कोई एक ही ऐसा भाग्यशाली व्यक्ति होगा, जिसे यह कार प्राप्त हो सकेगी। यद्यपि यह बात सही नहीं है। हाँ, कभी-कभी कुछ ज़्यादा समय अवश्य लग जाता था।''

''तुम तो यहाँ अपनी 'ट्राबाण्ट' कार को बहुत 'मिस' करते होगे!'' प्रश्नकर्त्ता ने टाण्ट कसते हुए अपनी बात को आगे बढ़ाया और कहा, ''और वे तुम्हारे बाबा आदम के ज़माने के कैमरे! टोन-बाण्ड ग़ैरेट! बदबूदार चॉकलेट और बेकरी-प्रोडक्ट्स, आदि तुम्हें याद तो बहुत आते होंगे!''

मुझे गुस्सा तो बहुत आता, पर मैं चुप रह जाता। कई जगह से मुझे 'ऑफ़र' भी मिले। पर एक 'बिगिनर' की सैलरी के साथ।...बहुत ह्यूमिलियेशन था यार, कमल।''

''मैं समझ सकता हूँ–कितना ह्यूमिलियेशन सहा होगा तुमने!'' कमलेश्वर ने खेद प्रकट करते हुए कहा। ''हैरानी तो इस बात की है, कि जब तुम्हारे जैसे 'क्वालीफ़ाइड' व्यक्ति के साथ उनका ऐसा व्यवहार था, तो आमजन के लिए वहाँ कितनी मुश्किलें रही होंगी!''

''तुम्हें क्या बताऊँ मित्र! सोच-सोचकर आँखें भर आतीं। अपने ही देश में सेकेण्ड-रैंक-सिटिज़न की तरह का व्यवहार!''

"पर ऐसा क्यों? तुम उन्हीं के तो भाई-बिरादर हो! हाँ, कुछ विशिष्ट कारणोंवश थोड़े समय के लिए उनसे अलग अवश्य हो गये थे।" कमलेश्वर ने बात आगे बढ़ाते हुए पूछा।

"दरअसल, उन्हें लगता था, जैसे पूरब के लोग यहाँ आकर उनका हक़ मार रहे हैं। उनसे स्पर्द्धा कर उनके हिस्से की नौकरियाँ छीन रहे हैं। यही नहीं। उन्हें लगता है, उनके टैक्स का पैसा पूर्वी हिस्से के निर्माण में ख़र्च किया जा रहा है। वहीं पूरब का आदमी भी यहाँ आकर कम दुःखी नहीं है। वह ठगा हुआ महसूस कर रहा है। पूरब में उसके पास दिखावे के लिए भले कुछ नहीं था। किंचित् प्रतिबन्ध भी थे। किन्तु एक सुकून तो था! यहाँ आकर वह खो-सा गया है।"

ख़ैर, "अन्त में जब मुझे यह समझ आ गया कि मेरी योग्यता और अनुभव के आधार पर कोई पद यहाँ मिलनेवाला नहीं है, तो मैंने हार मानकर एक प्राइवेट प्लाण्ट-ब्रीडिंग कम्पनी में ज्वॉइन कर लिया। वह भी उन्हीं की सेवा-शर्तों पर। अमेरिका-रिटर्न एक नया-नया प्लाण्ट-ब्रीडर मेरा बॉस बना। उसे प्रैक्टिकल प्लाण्ट-ब्रीडिंग का कुछ भी ज्ञान नहीं था। पर वह मुझे बार-बार याद दिलाता रहता कि वह मेरा 'बॉस' है और उसके आदेशानुसार ही उसे काम करना होगा।

कुछ दिन तक मैंने जैसे-तैसे उसके साथ काम किया। पर जब मुझे लगा कि मैं ऐसी परिस्थिति में कुछ विशेष कर नहीं पाऊँगा और अन्ततः निकम्मा करारकर मुझे नौकरी से निकाल दिया जायेगा, तो मैंने कम्पनी के मैनेजर से अपनी परेशानियाँ शेयर करने का मन बनाया। मैंने उससे सारी बातें साफ़-साफ़ बता दीं। वह एक अनुभवी और पुराना आदमी था। उसे मेरी बात समझ में आ गयी और उसने मुझे मेरी परियोजना का स्वतन्त्र चार्ज़ दे दिया।

मैंने जी-जान से रात-दिन मेहनत कर दो साल के भीतर मटर की एक ऐसी प्रजाति विकसित की, जो कम्पनी के लिए वरदान साबित हुई। फिर क्या था? मेरी सैलरी भी बढ़ा दी गयी और मेरा रुतबा भी कम्पनी में बढ़ गया। तब से सब-कुछ ठीक-ठाक चल रहा है।"

पार्क में कुछ समय बिताने के बाद कमलेश्वर ने होटल लौटने की इच्छा जतायी। चूँकि उसे उसी रात फ़्लाइट पकड़नी थी, तो वह समय से अपना

सामान-वग़ैरह पैक कर लेना चाहता था। आल्फ़्रेड चुप था। वह कुछ सोच रहा था। कमलेश्वर ने उसकी ओर देखा और पूछा—''किस विचार में डूबे हो भाई? मैंने कुछ कहा, क्या तुमने सुना नहीं?''

''हाँ, सुना! पर पहले तुम मेरे साथ चलो, मैं तुम्हें कुछ दिखलाकर लाता हूँ।''

''क्या?''

''चलो तो सही! वहाँ पहुँचकर ख़ुद देख लेना!''

24

उनकी कार तीव्र गति से एक साफ़-सुथरी चौड़ी सड़क पर भागी जा रही थी। कार आल्फ़्रेड चला रहा था। कुछ दूर आगे जाकर उसने कार को एक गली की ओर मोड़ लिया और कहा—"मैं तुम्हें पुराना ब्राउनस्वाइग दिखाते हुए चलता हूँ।" कमलेश्वर ने देखा, उनकी कार अब एक वन-वे सड़क पर जा रही है, जो अनगढ़ पुराने काले पत्थरों से बनी हुई थी; सड़क कुछ ऊबड़-खाबड़ भी थी। इसीलिए कार की गति अपने-आप कम हो गयी थी। सड़क के दोनों तरफ़ पुराने शैली में बने छोटी-छोटी ईंटोंवाले मकान, आकर्षक खिड़कियाँ और दरवाज़े, सब मोहक लग रहे थे। कार चलती जा रही थी और आल्फ़्रेड उसे पुराने आर्किटेक्चर के बारे में कुछ-कुछ बताता जा रहा था।

लगभग पौन घण्टे आगे जाने के बाद उनकी कार शहर की सीमा से बाहर निकल गयी। अब वे एक सुनसान क्षेत्र से गुज़र रहे थे। बायीं तरफ़ किसी नदी का किनारा और दूसरी तरफ़ घना जंगल। सब मिलाकर कार-राइड आनन्ददायी लग रही थी। 'पर हम जा कहाँ रहे हैं?' कमलेश्वर के मन में यह प्रश्न बार-बार उभर रहा था। आल्फ़्रेड ने कार की स्पीड तेज़ कर दी थी। कमलेश्वर को लगा, अभी गन्तव्य दूर है। पर उसका अन्दाज़ा ग़लत निकला। थोड़ी ही देर में उनकी कार एक विशाल भवन के सामने आकर रुक गयी। वे कार से बाहर निकले। कमलेश्वर ने भवन के मुख्य द्वार पर लगे बोर्ड को देखा। उस पर लिखा था—'मनोरोग-चिकित्सा-संस्थान।'

'मनोरोग-चिकित्सा-संस्थान?' उसके मन में एक प्रश्न-जैसा बनकर कौंधा। कमलेश्वर हैरान हो इधर-उधर देख रहा था। तभी आल्फ़्रेड ने उसे भीतर चलने के लिए कहा। भवन के गेट पर कुछ महिला-गार्ड खड़ी थीं। आल्फ़्रेड ने उन्हें अपना कार्ड दिखाया और उसका परिचय दिया, तो एक गार्ड

ने आगे बढ़कर दरवाज़ा खोल दिया और उन्हें भीतर जाने को कहा।

भीतर एक बड़ा, हॉलनुमा कमरा था। उसके एक तरफ़ ठीक बाहरी गेट के सामने रिसेप्शन-डेस्क बना हुआ था। दूसरी तरफ़ कुछ सोफ़ासेट और कुर्सियाँ रखी हुई थीं; शायद विज़िटर्स के बैठने और इन्तज़ार करने की जगह। कमलेश्वर ने मन-ही-मन सोचा।

आल्फ़्रेड ने रिसेप्शन पर बैठी महिला से बात की। उसने शायद कोई फ़ॉरमैलिटी पूरी करने के लिए एक बड़ा-सा रजिस्टर उसके आगे बढ़ा दिया था। आल्फ़्रेड ने कमलेश्वर को इशारे से अपने पास बुलाया और दोनों ने एक परिचारिका के साथ भवन में प्रवेश किया। कमलेश्वर ने देखा, उस डबल-स्टोरी बिल्डिंग के बीचोबीच एक विस्तृत खुला आँगन-जैसा मैदान था, जहाँ हरी-हरी घास लगी थी और किनारों पर फूलों की क्यारियाँ बनी हुई थीं। लॉन के बीच में जगह-जगह गोलाई में लगे पेड़ों के झुण्ड और उनके चारों तरफ़ बैठने के लिए बेंचें बनी हुई थीं। पूरे मैदान में महिला मनोरोगी गुलाबी रंग की कुरती और सफेद पिजामी पहने परिचारिकाओं के साथ तरह-तरह के क्रिया-कलापों में व्यस्त थीं। आँगन और कमरों के बीच चारों तरफ़ बरामदा बना हुआ था, जो लोहे की जालियों से इस तरह बन्द किया गया था कि न तो बाहर का कोई व्यक्ति भीतर आँगन में जा सके और न ही आँगन से कोई बाहर आ सके। हाँ, यहाँ-वहाँ कुछ गेट ज़रूर बने थे, जिन पर बड़े-बड़े ताले लटक रहे थे।

बरामदे के एक किनारे पर कुछ कुर्सियाँ रखी हुई थीं और ठीक उनके सामने भीतर लॉन की तरफ़ एक छोटा-सा सोफ़ा रखा हुआ था। आल्फ़्रेड ने बताया, यह रोगियों से मिलने की जगह है। वहाँ का सब-कुछ कमलेश्वर के लिए किसी कौतूहल से कम नहीं था। वह समझ नहीं पा रहा था, आख़िर आल्फ़्रेड उसे यहाँ किसलिए लाया है? क्या वह उसे इस मनोरोग-चिकित्सा-संस्थान की विज़िट कराना चाहता था, या कुछ और? आल्फ़्रेड उसे वहाँ की एक-एक चीज़ के बारे में विस्तार से बता रहा था : मानो वह वहाँ पहले भी कई बार आ चुका है और वहाँ की सभी चीज़ों से भली-भाँति परिचित है। किन्तु, कमलेश्वर की नज़र लॉन में घूम रही या बैठीं मनोरोगियों की तरफ़ थी, जो अनजान-सी अलग-अलग तरह के ऐक्ट में व्यस्त थीं। किसी-किसी को देखकर उसके चेहरे पर मुस्कान उभर आती, तो किसी को देखकर मन द्रवित हो उठता।

बरामदे में चलते-चलते, वे एक बड़े हॉल के सामने आये। वह संस्थान का म्यूज़ियम था। वे उसमें घुस गये। वहाँ अनेक नये-पुराने मास्टर्स की पेण्टिंग्स लगी थीं। फ़ोटोग्राफ़्स का सेक्शन काफ़ी बड़ा था। एक-से-एक मनमोहक फ़ोटोग्राफ़्स, जिन पर से आँखें हटा पाना मुश्किल था। उसमें एक विशेष सेक्शन भी था, जिसमें उन महिलाओं के फ़ोटोग्राफ़्स लगे थे, जो संस्थान से ठीक होकर अपने घरों को चली गयी थीं। कमलेश्वर उत्सुकतावश बड़े ग़ौर से उनके फ़ोटोग्राफ़्स देख रहा था। अचानक उसकी नज़र एक फ़ोटोग्राफ़ पर आकर टिक गयी। फ़ोटोग्राफ़ में महिला का चेहरा कुछ जाना-पहचाना-सा प्रतीत हुआ। वह कुछ और क़रीब चला गया।

"माय गॉड! यह तो,...रि...या है!" उसके मुँह से निकला और वह लड़खड़ाकर धम्म से फ़र्श पर गिर पड़ा। उसका पूरा शरीर थर-थर काँप रहा था। साँसों की गति तेज़ हो गयी थी। वह बदहवास-सा अपना सिर पकड़कर 'रिया. ..रिया' चिल्ला रहा था। आँसू थे कि थमने का नाम नहीं ले रहे थे।

आल्फ़्रेड ने उसे पकड़कर वहाँ रखी एक कुर्सी पर बिठाया। कमलेश्वर संज्ञा-शून्य-सा कभी उस फ़ोटो की ओर तो कभी आल्फ़्रेड की ओर देखता। थोड़ी देर बाद, जब वह कुछ आश्वस्त हुआ, आल्फ़्रेड उसे रिसेप्शन हॉल में ले आया। वे एक सोफ़ा सेट पर बैठ गये। आल्फ़्रेड ने कैण्टीन के बेयरा को बुलाकर एक गिलास पानी और दो कप कॉफ़ी लाने को कहा। कुछ ही क्षण में बेयरा पानी ले आया। कमलेश्वर ने पानी पिया। धीरे-धीरे उसका मन कुछ शान्त हुआ।

दोनों चुप थे। कोई कुछ कहे भी, तो क्या कहे! कमलेश्वर का मन रो रहा था। रिया को याद कर-कर उसके आँसू झर-झर झरने लगते। उसने कभी कल्पना में भी नहीं सोचा था, कि रिया मनोरोग-संस्थान में होगी। रिया ने राखी बाँधकर उसे अपना भाई बनाया था और उसने रिया को उसकी रक्षा का वचन दिया था। उसे इस बात का दुःख था, कि वह अपना वचन निभा नहीं पाया। जब उसे ज़रूरत थी, तब वह वहाँ था ही नहीं। काश!...बर्लिन की दीवाल ढहने के समय वह ग्रोस-लुज़ेवित्स में ही रहा होता और रिया को अकेले भागकर जाने से रोक पाया होता!

कमलेश्वर को बहुत-कुछ जानना था आल्फ़्रेड से। अनेक सवाल थे उसके मन में। आल्फ़्रेड कमलेश्वर की बेचैनी को समझ रहा था। उसे पूरी कहानी

सुनाने के सिवा और कोई चारा नहीं था। हालाँकि वह जानता था, इससे उसके मन के घाव पुनः हरे हो जायेंगे। फिर भी उसने उसे संक्षेप में पूरी कहानी दुहरायी।

यह उन दिनों की बात है जब पूर्वी जर्मनी अपने बुरे दौर से गुज़र रहा था। सीमाओं पर, ख़ासतौर से पोलैण्ड और चेकोस्लोवाकिया द्वारा ढील दे दिये जाने के कारण बड़ी संख्या में लोगों का पूर्वी जर्मनी से पश्चिम की ओर पलायन हो रहा था। पार्टी और शासन सब परेशान थे। एक कठोर क़दम उठाने की बात चल रही थी। इसलिए अक़सर बैठकें की जा रही थीं।...उस दिन कोई निर्णायक फ़ैसला होनेवाला था। मैं कपड़े पहनकर बस निकलने ही वाला था कि रिया बरस पड़ी। वह चिल्ला-चिल्लाकर बस एक ही बात कह रही थी—''आज तुम बैठक में भाग लेने नहीं जाओगे!''

मैंने उसे समझाने की बहुत कोशिश की, ''ज़रूरी बैठक है, मुझे जाना पड़ेगा। देश के भविष्य का सवाल है। जल्दी लौट आऊँगा।'' लेकिन रिया कुछ भी सुनने को तैयार नहीं थी। उसने गुस्से में कहा, ''देश जाये भाड़ में! तुम्हें नहीं मालूम मैं तुम्हारे बच्चे की माँ बननेवाली हूँ! एडवान्स स्टेज है। मेरी तबीयत ठीक नहीं है और तुम बैठक में जाने की रट लगाये हुए हो। मैं तुमसे पूछती हूँ, 'क्या पार्टी ही देश-सेवा का एकमात्र माध्यम है? हम दोनों वैज्ञानिक हैं, अपने-अपने ढंग से देश की सेवा कर रहे हैं। क्या यह काफ़ी नहीं है?''

''किन्तु...रिया!'' आल्फ्रेड ने उससे कुछ कहने की कोशिश की, तो रिया ने नाराज़गी ज़ाहिर करते हुए उसे टोका—''मैं तुमसे आख़िरी बार कह रही हूँ। तुम यहीं मेरे पास रुको! मुझे तुम्हारी ज़रूरत है। तुम्हारे बैठक में भाग न लेने से कोई पहाड़ नहीं टूट जायेगा! अन्य बहुत-से लोग हैं, बैठकें करने और देश सँभालने के लिए।''

पर मैंने उसकी बात नहीं मानी और बैठक में भाग लेने के लिए चला गया।

उस दिन बैठक भी देर तक चली। बैठक की समाप्ति की घोषणा होने ही वाली थी कि तभी पार्टी का एक कार्यकर्त्ता कमरे में प्रविष्ट हुआ और बोला—

''बर्लिन की दीवाल ढहा दी गयी।''

''क्या?'' सब एक साथ बोल पड़े, और हक्का-बक्का होकर एक-दूसरे की ओर देखने लगे। टीवी चालू किया गया। वहाँ का नज़ारा देखकर सब अवाक्

रह गये। लाखों की भीड़। टूटी हुई दीवाल। उस पार जाने के लिए सब इतनी हड़बड़ी में लग रहे थे, जैसे कोई उनका पीछा कर रहा हो और वे उस पार पहुँचकर सुरक्षित हो जायेंगे।

बैठक में भाग लेनेवाले सब सकते में आ गये थे। किसी ने कुछ नहीं कहा। अब कहने को रह भी क्या गया था! बिना निर्णय लिये बैठक समाप्त हो गयी। एक-एक कर सभी समिति-कक्ष से बाहर निकल गये।

आल्फ़्रेड ने अपनी कार चालू की और ऐक्सीलेटर दबा दिया। ग्रोस-लुज़ेवित्स का आधे घण्टे का रास्ता उसने चन्द मिनटों में पूरा कर लिया और घर पहुँच गया। परन्तु वहाँ तो, दरवाज़े पर ताला लगा हुआ था। रिया घर पर नहीं थी। आस-पास के लोगों से पूछा, पर पता नहीं चल पाया—रिया कहाँ गयी है! यह सोचकर कि रिया कुछ देर में आ ही जायेगी, वह थोड़ी देर के लिए अपने ऑफ़िस चला गया और कुछ काम करने लगा। कब दो घण्टे बीत गये, उसे पता ही नहीं चला। उसने घड़ी देखी और सोचाः अब तक तो रिया घर आ ही गयी होगी। जल्दी-जल्दी ऑफ़िस बन्दकर वह घर पहुँचा। पर वहाँ तो अभी भी ताला बन्द था।

शाम ढल गयी थी। अँधेरा हो रहा था। रिया का कहीं अता-पता नहीं था। यह सोच-सोचकर आल्फ़्रेड की बेचैनी बढ़ती जा रही थी....आख़िर रिया कहाँ गयी होगी!

उसके पड़ोस में डॉ. हर्मन थील रहते थे। वह उनके यहाँ चला गया और अपनी चिन्ता जतायी। उन्होंने कहा—"काफ़ी देर हो गयी है। पहले तुम कुछ खा लो। फिर सोचते हैं, क्या किया जाये!" आल्फ़्रेड ने जब खाना खा लिया, तो डॉ. थील ने यह सुझाव दिया कि क्यों न मकान का ताला तोड़कर देख लिया जाये—"क्या पता वहाँ कुछ सुराग मिले!"

ताला तोड़कर जब वे घर में घुसे, तो उन्हें सब-कुछ सामान्य-सा लगा। सब-कुछ पूर्ववत् यथास्थान सलीक़े से लगा हुआ। दो कमरों का मकान था; दोनों कमरे देखे गये। पर कहीं कुछ ऐसा नहीं दिखा जिससे किसी अनहोनी का अन्देशा लगे। अचानक आल्फ़्रेड को ड्रेसिंग-टेबिल पर रखा हुआ काग़ज़ का एक टुकड़ा दिखायी दिया। उसने उसे उठाकर देखा। वह रिया का लिखा हुआ पत्र था। उसने जब वह पत्र पढ़ा, तो उसके पैरों तले से धरती खिसक गयी।

वह लड़खड़ाकर फ़र्श पर गिर पड़ा। डॉ. हर्मन ने उसे सहारा देकर उठाया, तो आल्फ़्रेड ने वह पत्र उनके हाथ में थमा दिया। रिया ने लिखा था—"मैं तुम्हें और तुम्हारे घर को छोड़कर जा रही हूँ। सदा-सदा के लिए। मुझे ढूँढ़ने की कोशिश मत करना। तुम्हें तुम्हारी पार्टी मुबारक; तुम्हारा देश मुबारक! और मुझे मेरी आज़ादी : तुमसे भी और तुम्हारे इस देश से भी...रिया।"

अब कुछ कहने-सोचने का समय नहीं था। वे दोनों तुरन्त रोस्टॉक के लिए निकल पड़े। रोस्टॉक स्टेशन पहुँचकर वे रिया को ढूँढ़ने लगे। पर वह वहाँ नहीं मिली। फिर वे बर्लिन के लिए चल पड़े। बर्लिन की क्षत-विक्षत दीवाल के आसपास भारी भीड़ लगी थी। आल्फ़्रेड और हर्मन उसे वहाँ घण्टों ढूँढ़ते रहे। पर वह उन्हें वहाँ भी नहीं मिली। फिर वे पश्चिम बर्लिन में शरणार्थियों के लिए बनाये गये टेम्पोररी शिविरों में जाकर रिया का पता लगाने लगे। लगातार दो दिन तक वे भूखे-प्यासे, इधर-उधर भटकते रहे। परन्तु रिया का कहीं पता नहीं चला। थक-हारकर वे ग्रोस-लुज़ेवित्स लौट आये। उसके बाद भी आल्फ़्रेड कई बार बर्लिन और पश्चिमी जर्मनी के अलग-अलग शहरों में बनाये गये शिविरों में गया। हर बार उसे निराशा ही हाथ लगी। अन्त में हार मानकर वह घर बैठ गया और अपने कामों में मन लगाने की कोशिश करने लगा।

इसी बीच पूर्वी जर्मनी में सामान्य चुनाव की प्रक्रिया शुरू हो गयी। वह उसमें व्यस्त हो गया। ख़ैर! देश में नयी सरकार बनी और अन्ततः पूर्वी जर्मनी का पश्चिमी जर्मनी में विलय हो गया।...वह सब तो तुम जानते ही हो।"

धीरे-धीरे कई साल बीत गये। रिया उसकी यादों से गुम-सी हो गयी थी। फिर उसने रेनी के साथ एक नयी ज़िन्दगी शुरू की। सब-कुछ ठीक-ठाक चलने लगा था। वे बहुत खुश थे। पर अचानक एक दिन उसकी ज़िन्दगी में कुछ ऐसा घटित हुआ कि वह पुनः बेचैन हो गया। हुआ यों था कि एक दिन ब्राउनस्वाइग के महिला मनोरोगी-चिकित्सा-संस्थान के मनोरोगियों की लिस्ट और उनके फ़ोटोग्राफ़्स टी.वी. पर दिखाये जा रहे थे। रेनी उस दिन घर पर ही थी। संयोग से वह उस प्रोग्राम को देख रही थी। उनमें कुछ ऐसे रोगी थे, जिनका पता-ठिकाना और परिवार का पता नहीं था। यद्यपि वे ठीक हो गये थे, किन्तु

उनका कोई ठिकाना न होने के कारण, अभी भी वहीं रह रहे थे। अचानक उनमें से एक चेहरा रेनी को कुछ जाना-पहचाना-सा लगा।

'शायद...रिया!'

उसने तुरन्त फ़ोन कर आल्फ़्रेड को घर बुलाया। आल्फ़्रेड जब तक घर पहुँचा, तब तक वह प्रोगाम बन्द हो गया था। रेनी ने उसे उस प्रोगाम के बारे में बताया, कहा कि रिया-जैसा एक चेहरा उसे टी.वी. पर दिखा था।

रेनी की बात सुनकर आल्फ़्रेड का चेहरा स्याह पड़ गया।

"...रिया...?...मनोरोग-संस्थान में?" उसने मन-ही-मन दोहराया और कराह उठा। उसकी आँखों से अश्रु की धारा बह निकली। रेनी ने उसे किसी तरह सँभाला और धैर्य रखने को कहा। फिर वे दोनों तुरन्त संस्थान के लिए निकल पड़े। और कुछ देर बाद ही वे वहाँ पहुँच गये। रिसेप्शन पर बैठी महिला को आल्फ़्रेड ने अपना परिचय दिया और टी.वी. पर दिखाये गये कार्यक्रम में उसकी परिचित रिया के होने की शंका जतायी। रिसेप्शनिस्ट ने संस्थान के महिला मनोरोगियों का एलबम लाकर उनके सामने रख दिया।

आल्फ़्रेड और रेनी एक-एक फ़ोटो बड़े ग़ौर-से देख रहे थे। लिस्ट लम्बी थी। काफ़ी देर की छान-बीन के बाद उनकी नज़र एक फ़ोटो पर आकर टिक गयी। आल्फ़्रेड ने रेनी को और रेनी ने आल्फ़्रेड की ओर देखाः हो-न-हो, यह रिया ही हो! उनके आग्रह पर रिसेप्शनिस्ट ने एक महिला गार्ड के साथ उन्हें रिया से मिलाने के लिए भीतर हॉल में भेज दिया। उसने उन्हें बरामदे में रखी कुर्सियों पर बैठाकर इन्तज़ार करने को कहा। उन्होंने देखा, एक परिचारिका किसी मनोरोगी महिला को उसका हाथ पकड़कर, उससे कुछ-कुछ बतियाती हुई, उनकी तरफ़ ला रही है। महिला के सिर पर स्कार्फ बँधा हुआ था। इस कारण उसका चेहरा साफ़-साफ़ दिखायी नहीं दे रहा था। वह महिला अपने ख़ाली हाथ को बार-बार ऊपर उठाकर पिस्टल चलाने जैसा एक्ट कर रही थी। और कुछ-कुछ बुदबुदा रही थी। बाद में परिचालिका से पता चला कि वह हर घड़ी "गोली मार दूँगी" कहती रहती है।

परिचारिका ने उसे सोफ़ा सेट पर बिठा दिया और बोली–"देखो तो, कौन आया है?" परन्तु वह बेख़बर अपना हाथ उठाकर पिस्टल चलाने का एक्ट करती रही। परिचारिका ने उस महिला के सिर से स्कार्फ हटा दिया। फिर जब आल्फ़्रेड की नज़र उसके चेहरे पर पड़ी, तो उसके मुँह से चीख निकल गयी–

''री...या!''

वह अपनी सीट से उठकर खड़ा हो गया। उसके हाथ-पाँव काँपने लगे थे। वह अपने को सँहाल नहीं पा रहा था। रेनी ने उसे पकड़कर कुर्सी पर बिठाया। आल्फ़्रेड संज्ञा-शून्य-सा कभी रिया को, तो कभी रेनी को देखता। उसके आँखों से आँसू झर-झर झर रहे थे।

किन्तु रिया पूर्ववत् अपने एक्ट में लगी हुई थी।

आल्फ़्रेड के मन में बार-बार सवाल उठते—आख़िर रिया यहाँ कब और कैसे पहुँची?...उसकी यह हालत कैसे हुई?

''समय समाप्त हो गया।'' परिचारिका ने कहा। जब वे चलने को तैयार हुए, तो परिचारिका भी रिया को लेकर जाने लगी। आल्फ़्रेड थोड़ी देर तक वहीं खड़ा होकर उसकी ओर देखता रहा—क्या पता वह मुड़कर उसकी ओर देखे! पर नहीं। वह तो अपनी पिस्टल चलाती हुई चुपचाप आगे निकल गयी।

''फिर क्या हुआ? क्या तुम वहाँ के डॉक्टरों से मिले?...उन्होंने क्या बताया?'' कमलेश्वर ने जानना चाहा।

''हाँ, हम डॉक्टरों से मिले थे। पता चला—वह किसी गहरे सदमें में है और उनकी हर सम्भव कोशिश के बावजूद उसमें कोई सुधार नहीं आ पाया है। उसका इलाज तो अब भी चल रहा है। पर किसी दवा का कोई असर होते उन्होंने नहीं देखा। सम्भवतः अब वह कभी ठीक नहीं होगी।

डॉक्टर की बात सुनकर आल्फ़्रेड बिफर पड़ा था। आँसू थमने का नाम नहीं ले रहे थे। डॉक्टरों ने उसे समझाया और कहा कि इसे नियति का खेल मानकर सन्तोष कर लेना ही बेहतर होगा।

❍

25

मनोरोग-संस्थान से आल्फ़्रेड और रेनी घर लौट तो आये। पर उनका मन वहीं अटका रहा...रिया के पास। उस रात वे दोनों सो नहीं पाये। आल्फ़्रेड पश्चात्ताप की आग में जल रहा था। रिया को इस हालत तक पहुँचाने का ज़िम्मेदार वही है। उस दिन यदि वह रिया को छोड़कर पार्टी की बैठक में नहीं गया होता, तो रिया की यह हालत नहीं हुई होती। बल्कि रिया उसके साथ होती। उसका बच्चा उसके पास होता। इतना कहकर आल्फ़्रेड कराह उठा। उसकी आँखों से आँसू बहने लगे। रेनी ने आल्फ़्रेड को अपनी बाँहों में भर लिया। प्यार से उसके माथे को चूमते हुए, उसने उसे ढाँढ़स बँधाया और कहा,

''क्यों न हम, रिया को अपने घर ले आयें? उसे अपने साथ रखें।''

''क्या?'' आल्फ़्रेड के मुँह से निकला।

''हाँ, रिया ने अब तक बहुत दुःख सहा है। अब और नहीं! क्या पता, हम लोगों की देख-रेख में रहते हुए, रिया ठीक हो जाये! कहते हैं, प्यार में बहुत ताक़त होती है। रिया तो एक लम्बे समय से प्यार से वंचित रही है। बल्कि उपेक्षा और अपमान झेलती रही है।''

रेनी की बात सुनकर, आल्फ़्रेड अपने को रोक नहीं पाया। उसकी आँखों में फिर आँसू छलक आये। रेनी ने जैसे उसके मन की बात कह दी हो। उसने रेनी को गले लगा लिया और कहा, ''तुम ठीक कह रही हो! रिया अब हमारे साथ ही रहेगी।''

आल्फ़्रेड ने अपने मन में यह भी ठान लिया था, कि वह उसके दोषियों को सज़ा भी अवश्य दिलवायेगा।

दूसरे दिन सुबह वह रेनी को साथ लेकर संस्थान पहुँचा। सबसे पहले वह रिया के डॉक्टर से जाकर मिला। उसने उनको अपने मन की बात बतायी। डॉक्टर बहुत ख़ुश हुआ। उसने कहा, ''आप बहुत सही सोच रहे हैं। मैं तो बल्कि ख़ुद ही आपको यह सलाह देने की सोच रहा था। क्योंकि रिया का अब संस्थान में रहना क़तई ज़रूरी नहीं है। उसे अब दवा की नहीं, दुआ और प्यार की ज़रूरत है। निश्चय ही अपनों के बीच रहने से उसकी रिकवरी के चान्सेज़ बढ़ जायेंगे। और नहीं तो, कम-से-कम वह वहाँ सुख से तो रहेगी! घर का-सा माहौल संस्थान में दे पाना कहाँ सम्भव है!

उसने उन्हें बताया, वे एडमिन-ऑफ़िस में जाकर ज़रूरी फ़ार्मेलिटीज़ पूरी कर लें। इस बीच वह रिया की डिस्चार्ज-स्लिप तैयार कर वहीं भिजवा देगा। फिर आप रिया को अपने साथ ले जा सकेंगे।

देखते-ही-देखते सारी फ़ार्मेलिटीज़ पूरी हो गयीं। उधर परिचारिकाओं ने रिया को तैयार भी कर दिया। डॉक्टर साहब ख़ुद उसका हाथ पकड़कर उसे बाहर गाड़ी तक छोड़ने आये। इस तरह सबसे विदा होकर रिया दुबारा अपने घर के लिए चल पड़ी।

''ओह, तो रिया अब तुम्हारे साथ रहती है! किन्तु मैं इतने दिनों से तुम्हारे साथ हूँ, तुमने यह बात मुझे बतायी तक नहीं, उससे मिलवाने की बात तो दूर। अब जल्दी से मुझे अपने घर ले चलो। मुझे रिया से मिलना है।''

थोड़ी ही देर में आल्फ़्रेड कमलेश्वर को लेकर घर पहुँच गया। कमलेश्वर को साथ लाने की बात आज सुबह ही उसने रेनी को बता दिया था। रेनी ने रिया की नर्स को उसे तैयार करने को कहकर, ख़ुद नाश्ता बनाने चली गयी। इसी बीच वे लोग आ गये। घण्टी बजी, तो रेनी ने जाकर दरवाज़ा खोला। आल्फ़्रेड के बताने से पहले ही, रेनी कमल को पहचान गयी थी। उसने उसे 'हग' किया और उसका हाथ पकड़कर ड्राइंग-रूम में ले आयी। कमल को सोफ़े पर बैठाकर, वह ख़ुद रिया को लेने भीतर चली गयी।

कमलेश्वर की नज़रें रिया को ढूँढ़ रही थीं। उसके चेहरे पर बेचैनी साफ़-साफ़ देखी जा सकती थी। ड्राइंग-रूम की दीवालों पर, रिया के

अनेक फ़ोटोग्राफ़्स लगे थे। कुछ फ़ोटोग्राफ़्स रिया और आल्फ़्रेड की शादी के भी थे। वह यह सब देख ही रहा था, कि रेनी ने रिया को लेकर कमरे में प्रवेश किया। उसे देखते ही कमल की आँखें खुली-की-खुली रह गयीं। वह सोफ़े से उठकर खड़ा हो गया और आगे बढ़कर रिया को पकड़कर अपने पास सोफ़े पर लाकर बैठाया। ''रिया कैसी हो?'' उसने धीरे से पूछा और उसके हाथों को चूम लिया। कमल थोड़ी देर तक उसे निहारता रहा। रिया चुप बैठी रही। वह अपने को रोक नहीं पाया। उसके सब्र का बाँध टूट गया। वह 'रिया...रिया' कहकर सिसक पड़ा। किन्तु, रिया एक़दम शान्त बैठी रही। कोई प्रतिक्रिया नहीं। चेहरे पर समान भाव लिये।

कमल बेचैन हो उठा। उसने अपनी कलाई पर बँधे रक्षाबन्धन की तरफ़ इशारा करते हुए, रिया को याद दिलाने की कोशिश करने लगा। 'रिया...तुम्हारा भाई कमल!...याद करो रिया, तुमने मुझे राखी बाँधी थी।'

किन्तु रिया चुप रही। उसे तो जैसे देश-दुनिया की ख़बर थी ही नहीं। वह तो बस बीच-बीच में अपना दाहिना हाथ ऊपर उठाकर 'गोली मार दूँगी' कहती रही।

कमलेश्वर के मन में बार-बार सवाल उठते—''आख़िर रिया की ऐसी हालत कब और कैसे हुई? क्या अब वह कभी ठीक नहीं होगी?''

इस बीच रेनी कुछ खाने की चीज़ें और कॉफ़ी लेकर आयी। वे कॉफ़ी पीने लगे। साथ ही बातों का सिलसिला चल पड़ा। कमलेश्वर को रिया के बारे में बहुत-कुछ जानना था। फिर आल्फ़्रेड ने उसे आगे की कहानी सुनायी।

आल्फ़्रेड ने उसे बताया कि मनोरोग-चिकित्सा-संस्थान से रिया को घर तो ले आया, किन्तु उसके मन में यह प्रश्न बार-बार उभर रहा था, आख़िर रिया वहाँ—उस मनोरोगी संस्थान में कब और कैसे पहुँची! वह अपने इस प्रश्न का उत्तर पाने के लिए बेताब था।

दूसरे दिन सुबह ही वह रेनी को साथ लेकर संस्थान पहुँच गया। उसने रिया की केस-हिस्ट्री के बारे में जब रिया के डाक्टरों से पूछा, तो

उन्होंने उसे सलाह दिया कि वह एडमिन-ऑफ़िस में जाकर पता करे। क्योंकि वहीं पर हर रोगी का पूरा रिकार्ड रहता है।

एडिमन-ऑफ़िस में जाकर आल्फ़्रेड ने वहाँ के अधिकारियों से बात की। उन्होंने उसे रिया के ताल्लुक़ सारी जानकारी उपलब्ध कराने का आश्वासन दिया। उन्होंने बताया कि इस काम में एक-दो दिन लग सकते हैं। परन्तु जैसे ही ये जानकारियाँ उपलब्ध हो जायेंगी, वे उसे सूचित कर देंगे।

दो दिन बाद ही उसे रिया से जुड़े दस्तावेज़ों की छायाप्रति मिल गयी, जिससे उसे बर्लिन के उस अस्पताल का पता मिल गया, जहाँ से ''रेफर'' होकर रिया मनोरोग-संस्थान में लायी गयी थी। जिस समय रिया संस्थान में आयी थी, उसकी मानसिक व शारीरिक हालत अत्यन्त खराब थी। रिया अक़सर उग्र हो जाती। उसे सँभालना मुश्किल हो जाता। डॉक्टरों ने बताया, रिया को सँभलने में बहुत समय लगा। यद्यपि उसकी याददाश्त अभी तक लौट नहीं पायी है, किन्तु उसके व्यवहार में गुणात्मक सुधार हुआ है। उग्रता तो अब रही ही नहीं।

इतना तो आल्फ़्रेड भी जान गया था कि अब रिया एक़दम शान्त हो गयी है। यद्यपि वह बीच-बीच में ''गोली मार दूँगी'' कहना नहीं भूलती।

दो दिन बाद आल्फ़्रेड और रेनी बर्लिन पहुँचे। उन्हें उस अस्पताल को ढूँढ़ने में अधिक दिक्क़त नहीं हुई, जहाँ से रिया को मनोरोग-संस्थान के लिए रेफर किया गया था। उस अस्पताल के अधिकारियों ने उनका पूरा-पूरा सहयोग किया। तब डिज़िटल का जमाना तो था नहीं। सारी सूचनाएँ फ़ाइलों में दर्ज़ थीं। वहाँ फाइलों का अम्बार लगा हुआ था। केस भी काफ़ी पुराना था। कई दिनों की मशक्कत के बाद कुछ दस्तावेज़ हाथ लगे, जिनसे रिया के केस से जुड़ी कुछ महत्त्वपूर्ण जानकारियाँ मिलीं।

दस्तावेज़ों से पता चला कि रिया का 'गैंग-रेप' हुआ था।

''गैंग-रेप?...जीसस क्राइस्त!...रिया का गैंग-रेप हुआ था!!'' आल्फ़्रेड सिर पकड़कर कराह उठा।

''हाँ, गैंग-रेप हुआ था और वह यहाँ बेहोशी की हालत में लायी गयी थी। रक्त-स्राव तेज़ी से हो रहा था। उसका चेहरा पीला पड़ गया था। इमर्जेन्सी में रिया का ऑपरेशन करना पड़ा। उसके पेट में बच्चा मर चुका

था। खून अधिक बह जाने से, उसका शरीर शिथिल पड़ गया था। एनिस्थीसिया का प्रभाव कुछ कम हुआ, पर अभी भी वह अर्द्ध-बेहोशी में थी। किसी तरह होंठ हिल रहे थे। 'मेरा बच्चा!' बस इतना भर कह पायी थी वह और फिर बेहोश हो गयी। कुछ देर बाद उसकी बेहोशी ख़त्म हुई। उसके चेहरे पर चिन्ता के भाव थे। उसने धीमी आवाज़ में पूछा, "मेरा बच्चा कहाँ है?"

रेनी की हालत को देखते हुए, डॉक्टर उसके बच्चे के बारे में बताना नहीं चाहते थे। उन्हें डर था, कहीं असलियत जान लेने के बाद, वह अपना सन्तुलन न खो बैठे! पर उसके दुबारा पूछने पर डॉक्टर ने बच्चे को न बचा पाने की बात बतायी। फिर वही हुआ, जिसका डर था। रिया बौखला-सी गयी। अपनी पूरी शक्ति लगाकर उसने चिल्लाते हुए कहा, "नहीं!" और मूर्च्छित होकर बिस्तर पर गिर पड़ी। कुछ समय बाद उसे पुनः होश तो आया, पर उसकी मानसिक स्थिति डाँवाँडोल रही।

डॉक्टरों के लाख प्रयासों के बावजूद, रिया ठीक नहीं हो पायी। उसकी याददाश्त जाती रही। मानसिक सन्तुलन बिगड़ गया। वह अनायास ही उग्र हो जाती। तोड़-फोड़ करने लगती। नर्सेज़ और डॉक्टरों पर हाथ छोड़ देती। कभी-कभी वह अपना दाहिना हाथ उठाकर "गोली मार दूँगी" जैसा कुछ कहती रहती।

कई हफ़्ते बीत गये। रिया की हालत में सुधार नहीं हुआ। बल्कि उसकी उग्रता बढ़ती ही जा रही थी। अन्ततः डॉक्टरों ने उसे मनोरोग-चिकित्सा-संस्थान में भेजने का निर्णय लिया। इस तरह बर्लिन के हास्पिटल में लगभग डेढ महीना बिताने के बाद, रिया ब्राउनस्वाइग-मनोरोग-चिकित्सा-संस्थान में आ गयी।

एक तरफ़ आल्फ़्रेड कमलेश्वर को रिया की कहानी बता रहा था, दूसरी ओर उसकी आँखों से झर-झर आँसू बह रहे थे। उसकी आत्मा कराह रही थी। कमलेश्वर उसकी पीड़ा को समझ रहा था। रिया जिसे वह अपनी जान से भी ज़्यादा चाहता था, उसकी ऐसी हालत देखकर, आल्फ़्रेड कितना आहत हुआ होगा, कमलेश्वर को इसका पूरा-पूरा एहसास था।

हफ़्तों लगे थे, आल्फ़्रेड को सँभलने और आश्वस्त होने में। यह तो रेनी ही थी, जो उसे सँभाल पायी थी। किन्तु अब वह बहुत खुश है।

क्योंकि रिया उसके साथ रहने लगी है। आल्फ़्रेड और रेनी उसका बहुत ख्याल रखते हैं। उनके मन में कहीं-न-कहीं एक उम्मीद बनी हुई है, रिया एक दिन ठीक अवश्य हो जायेगी!

आल्फ़्रेड रिया के दोषियों को सज़ा दिलवाने के प्रयास में जी-जान से जुट गया है। बर्लिन के अस्पताल और शरणार्थी-शिविर से आवश्यक दस्तावेज़ मिल गये हैं। न्याय तो उसे जुर्गेन को भी दिलवाना है।

दोनों के केस कोर्ट में चल रहे हैं...

●●